JN430684

뤼미에르 피플

뤼미에르 피플

장강명 연작소설

차례

801호

박쥐 인간

사람을 찾습니다

● **인적 사항**

성명: 이경운(1996년 7월 21일생, 16세, 남)

실종 일시: 2012년 2월 3일 오전 11시경

실종 장소: 서울 강북구 번2동 번동중학교에서 우이천 사이

● **인상착의**

키 168cm, 몸무게 55kg, 갸름한 얼굴

눈썹 정도까지 오는 머리, 회색 폴로셔츠

지능은 정상이나 말투가 어눌하며 자폐 증세가 다소 있음.

고개를 숙이고 다니며 사람 눈을 마주 보지 못함.

● 실종 개요

번동중학교에서 우이천 방향으로 여동생과 함께 산책을 나
갔다 귀가 중 없어짐. 공상을 많이 하여 주변 상황을 잘 파
악하지 못할 때가 있음.

● 연락처

신고자: 02-×××-0469, 010-××××-7817

강북경찰서 여성청소년계: 02-×××-0118

전국 국번 없이 112

강북경찰서장

민물에서 사는 돌고래가 있다는 걸 아시는지? 양쯔강, 갠
지스강, 그리고 아마존강에 각각 민물 돌고래가 산다.

서로 다른 대륙에서 별도의 진화 과정을 거친 생물인데도
이들 강돌고래에게는 몇 가지 공통점이 있다. 맑은 물이 아닌
흐린 물에서 산다는 점(그래서 현대 과학기술로도 이들에 대한 연구나
추적이 어렵다), 천적이 없는데도 개체 수가 이상하리만치 적다

는 점, 산 채로 포획된 예가 없다는 점(그래서 동물원에서 볼 수 없다) 등이다.

이들 민물 돌고래의 서식지 주변 원주민 사이에서는 강돌고래들이 아름다운 남자나 여자로 변신해 사람을 유혹하거나 강으로 데리고 들어갔다는 전설이 아주 흔하다. 중국에서도, 인도에서도, 브라질에서도.

나는 민물 돌고래들이 박쥐 인간처럼 사람으로 변신할 수 있는 수인족(獸人族)일 거라고 생각한다. 아마존이나 양쯔강 주변에 퍼져 있다는 전설로 미뤄 판단하건대, 이들은 오래전부터 그렇게 인간에 대한 호감을 갖고 아무 생각 없이 사람들에게 다가갔던 것 같다. 한편으로는 인간들도 이들에게 막연한 호감과 매력을 느꼈다. 그러나 인간은 자신들이 좋아하는 대상을 기가 막힌 솜씨로 파괴하거나 추잡하게 변질시킨다.

반면 박쥐 인간들은 인간을 두려워했고, 인간들도 박쥐 인간을 막연히 혐오했다. 사람들이 박쥐 인간에게 가진 어렴풋한 기억은 고대와 중세에는 흡혈귀 전설로(박쥐로 변신하는 흡혈귀 전설이 얼마나 보편적인지 아는가?), 기억이 흐릿해진 현대에 와서는 〈배트맨〉과 같은 만화와 영화, 〈뱃보이〉와 같은 뮤지컬의 형태로 발전했다. 이런 도시 민담 속에서 박쥐 인간들은 대체로 이해받지 못하고 고립돼 있으며, 주변 사람들을 두렵게 하는 존재다.

세계 어느 곳을 가든 인간으로 변신하는 여우니 너구리니 늑대니 하는 반인반수 설화가 있다. 지금도 중앙아프리카 몇몇 부족은 무당들이 표범으로 변하는 제사를 치른다. 아메리칸인디언을 관찰한 인류학자들의 기록 중에는 코요테로 변하는 도중에 실제로 몸에 털이 자라나고 이빨이 날카로워지며 놀라운 속도로 빨리 달릴 수 있게 된 마술사에 대한 증언이 있다. 고대의 샤먼들은 모두 자기 부족의 동물로 변신할 줄 알았다.

박쥐 인간이었을 때, 나는 그런 일들을 그냥 알고 있었다. 박쥐 인간들은 인간과 달리 현재가 과거와 분리되지 않는다. 조상들의 과거는 현재만큼이나 실제적이며, 미래는 현재에 없다.

이런 것도 있다.

코스타리카에는 황금두꺼비 전설이 있다. 원주민 전승 설화에 따르면 황금빛으로 빛나는 이 두꺼비를 보려면 숲으로 들어가 아무것도 먹지도 마시지도 않은 채 며칠을 기다려야 한다. 황금두꺼비가 인간의 체취에 예민한 건 아닐까? 어쨌든 황금두꺼비를 본 사람은 누구나 내면의 평화를 찾고 자신이 가야 할 길에 대한 통찰을 얻게 된다고 한다.

양서류 전문가 벤 크럼프는 1987년 막 이혼한 상태에서 자포자기한 심정으로 코스타리카 연구 출장을 자원했다. 그는 그해 4월 15일 코스타리카 몬테베르데 운무림 보존 지구에서 무려 100여 마리의 황금두꺼비가 한 웅덩이 주변에 있는 모습을 발견했다. 황금두꺼비들은 마치 그가 오기를 기다리고 있었다는 듯 그 자리에 꼼짝 않고 앉아 있었다. 영롱한 황금색이 너무 도드라져서, 자연 진화로 이런 색깔이 나왔다는 게 믿기지 않았다. 크럼프는 이틀 동안 황금두꺼비 사진을 수백 장 찍었고, 스케치를 몇 장 그렸다. 황금두꺼비가 낳은 알을 몇 개 채취해 오기도 했다.

서구인들이 황금두꺼비를 목격한 것은 이때뿐이다. 코스타리카 처녀와 재혼한 벤 크럼프는 다음 해에도 다른 연구자들과 몬테베르데에 갔는데, 이번에는 황금두꺼비를 한 마리도 발견하지 못했다. 사진과 알이라는 증거를 무시할 수 없었던 과학자들은 황금두꺼비에 대해 '발견되자마자 사라진 변종'이라고 설명했다. 실험실에서 알은 부화하지 않았다.

민물 돌고래들이 인간들에게 원하는 것이 정확히 무엇인지는 모르겠다. 그러나 그들이 사람들과 함께 있고 싶어 하는데는 뭔가 괜찮은 이유가 있을 것이다. 사람들에게 호감을 줄 만한.

황금두꺼비들은 사람에게 지혜를 주지만, 그네들이 인간에게 원하는 건 없는 것 같다.

박쥐 인간이 사람들에게 원하는 것은 슬픔과 눈물이다. 비탄에 빠진 인간 곁에 있으면 박쥐 인간의 피와 정신은 맑아진다. 그러나 박쥐 인간이 그 슬픔을 일으키는 것은 아니다. 인간들이 삼림욕을 하며 나무가 내뿜는 맑은 공기를 마시는 것과 비슷하다. 인간들의 날숨이 나무에 아무런 해를 미치지 않는 것처럼 박쥐 인간이 얻는 상쾌함도 인간들의 슬픔에 영향을 끼치지 않는다. 사람에게 산림욕이 필수적이진 않지만 박쥐 인간에게 슬픔은 필수적이라는 사실이 다를 뿐이다.

　아마도 박쥐 인간들이 이처럼 인간의 비애를 필요로 하기 때문에, 사람들도 박쥐 인간을 혐오스러운 존재로 인식하게 된 것 같다. 박쥐 인간의 정체를 무의식중에 꿰뚫어 보는 것이리라. 그러나 왜 박쥐 인간이 원하는 것이 눈물이 아니라 피인 것처럼 바꾸어 흡혈귀라는 이미지를 덧씌웠는지 모르겠다. 흡혈박쥐들 때문인가?

　박쥐 인간이었을 때, 나는 머리가 흐릿해질 때마다 세브란스병원 장례식장에 가곤 했다. 장례식장에서는 가능하면 조화도 하객도 없는 빈소를 찾아 그 앞의 장의자에 앉는다. 눈을 감고 가만히 앉아 있으면 빈소 안에서 흘러나오는 비통한 감정을 느낄 수 있다. 그럴 때면 마치 만성 위염과 만성 두통, 만성 소화불량이 일시에 사라지는 듯한 기분이 든다.

세브란스병원이 가깝다는 점도 내가 신촌을 근거지로 정하는 데 영향을 미쳤다. 기독교 재단이 세운 세브란스병원 영안실에서는 술을 제공하지 않았고, 조용히 장례를 치르려는 유족들이 이 병원을 찾았다. 그래서 다른 병원 장례식장보다 분위기가 훨씬 더 엄숙하고 침통했다. 나는 간혹 소아 병동이나 방사선 병동에 다녀오기도 했다. 그곳에는 언제나 조용한 슬픔이 가득했다.

박쥐 인간이 둥지를 틀기에 신촌은 그 밖에도 장점이 많았다. 월세가 싼 고시원이 골목마다 있었고, 최저 시급을 받는 단순한 아르바이트거리도 많았다.

나는 신촌 뤼미에르 빌딩 1층의 편의점에서 저녁 6시부터 자정까지 일하고 자정부터 아침 8시까지는 같은 건물 2층의 만홧가게에서 일했다. 그렇게 일해서 하루에 버는 돈이 5만 원이 조금 넘었다. 아침에 만홧가게에서 나온 뒤에는 길 건너 '조이리빙텔'이라는 이름의 고시원에서 낮 시간 햇빛을 피했다.

포도라든가 사과, 방울토마토 따위의 과일을 그랜드마트에서 몇천 원어치 사 와서 고시원 방마다 있는 미니 냉장고에 넣어두었다. 나는 거의 잠을 자지 않았다. 낮에는 보통 침대에 누워 멍하니 있다가 과일을 꺼내 천천히 과즙을 빨아 먹으며 시간을 보냈다. 박쥐 인간들이 낮에 돌아다니지 않는 것은 태양 광선을 무서워해서가 아니다. 우리는 햇빛의 영향을 받지 않는다. 햇빛의 영향을 받는 것은 인간들이다. 햇살 아래서 사람들은 생기를 뿜어내고, 그 생(生)의 의지가 우리를 숨막히게 한다.

생기는 눈빛으로 나온다. 맹수들이 사람과 눈을 마주치면 몇 초 이상 견디지 못해 고개를 돌리거나 거꾸로 사람을 공격한다는 사실을 아는가? 사람과 가장 가까운 동물인 개들조차 인간의 시선을 오래 받아내지 못한다. 인간의 응시를 10초 이상 참을 수 있는 동물은 인간뿐이며, 심지어 사람과 사람 사이에서도 그보다 오래 상대의 눈을 바라보는 것은 위험한 행동으로 간주된다.

한낮에 어린아이들이 내뿜는 눈빛은 박쥐 인간에게 살인 광선이나 마찬가지다. 한창 골목에서 뛰어놀고 있는 아이 몇을 불러 줄을 세운 뒤 박쥐 인간 한 명을 뚫어지게 쳐다보게 하면 아마 박쥐 인간은 그 자리에서 쓰러져 숨질 것이다. 어른의 눈빛은 그보다 탁해서 좀 견딜 만하다. 그리고 밤이 되면 사람들은 눈에서 힘을 잃는다. 다행히 박쥐 인간들은 인간의 눈길을 피하는 데 능숙하다. 대부분의 사람은 박쥐 인간이 옆에 있더라도 그 사실을 잘 눈치채지 못한다.

그래도 나는 사람들의 눈빛이 강한 낮에는 되도록 외출하지 않으려 했다. 오후 3~4시쯤 일어나 빨래를 했다. 옷이라고는 청바지 두 벌과 티셔츠 세 벌, 점퍼 하나, 속옷이 위아래로 세 벌뿐이었다.

저녁 6시부터 자정까지 편의점은 할 일이 많았다. 대신 이 시간에 일하는 아르바이트생은 청소를 하지 않아도 괜찮았다. 술에 취한 손님들에게 시달리다 앞치마를 벗고 만홧가게로 올라가면 그다음 여덟 시간은 그다지 바쁘지 않았다. 간혹 흡연실이 아닌 곳에서 담배를 피우거나 신용카드로 만화 대여료를 계산하겠다는 사람들 정도가 문제 될 뿐이었다. 자정이 넘어 만홧가게에 있는 손님들은 대개 조용하고 말썽을 일으키지 않는 사람들이었다. 택시 요금이나 모텔비가 없어 만홧가게에서 밤을 보내는 사람도 더러 있었다. 그런 사람들은 소파에서 불편한 자세로 자도록 그냥 내버려두었다. 간혹 그런 사람들에게서 애잔한 기운이 나오기도 했고, 그러면 나는 책이나 일회용 자장면 그릇을 치우는 척하면서 그런 사람들 옆에 가 서 있었다.

그녀를 처음 만난 것은 추석 연휴 때였다. 추석 전날 새벽 1시에 텅 빈 만홧가게에 임신부가 줄담배를 피우며 앉아 있으니 눈길이 가지 않을 도리가 없었다. 다른 손님들도 흘끔흘끔 그녀를 훔쳐보았다. 예쁘장한 얼굴에 임신 6, 7개월 정도로 배가 불러 있었다. 나이는 나보다 다섯 살쯤 많아 보였다. 기껏해야 이십대 중반 정도.

연휴 중간쯤 새벽 1시에 만홧가게에 앉아 있는 손님들의 얼굴은 궁상맞았고 가게는 조용했다. 그날 밤 나는 청소할 것이 없는데도 그녀 근처에 자주 갔다. 그녀가 뿜어내는 슬픔의 기운이 너무 강력해서 도저히 거부할 수가 없었다. 초콜릿 과자를 먹는 어린아이처럼, 그 슬픔을 맛보는 일을 멈출 수가 없었다. 도대체 무슨 사연이 있기에 이 사람은 이렇게 슬픈 걸까, 나는 궁금히 여겼다.

그녀가 의식을 잃고 쓰러지기 전까지.

놀란 내가 그녀에게 달려가 몸을 일으키자 그녀는 금세 정신을 차렸지만 얼굴은 지독하게 창백했다. 휴대전화를 꺼내 119를 누르려 하자 그녀는 나를 만류했다.

"됐어요……. 물이나 한 잔 주세요."

남편이나 가족을 부르겠다고 연락처를 물어봐도 그녀는 고개를 젓기만 했다. 대신 그녀는 자기를 집까지 데려다줄 수 있겠느냐고 물었다. 집이 바로 이 건물에 있다는 것이었다. 내가 난처한 표정을 짓자 손님 한 명이 자기가 가게를 봐줄 테니 그녀를 집까지 바래다주고 오라고 했다. 그녀를 부축해 몇 층을 올라갔다 내려오는 데 그렇게 시간이 오래 걸릴 것 같지는 않았다.

나는 그녀가 한쪽 팔을 내 목에 걸치게 하고 한 손으로 그녀의 등을 받치며 천천히 걸었다. 그녀는 내게 기대 발을 땅에 닿지 않게 하려는 듯이 불편한 자세로 걸었다. 임신부니까 내게 의지하지 않은 다른 쪽 손으로라도 자기 배를 감싸고 있어야 할 것 같았는데 그러지 않아서 이상하다는 생각이 들었다.

801호에는 침대 하나와 책상 하나, 의자 하나 외에는 제대로 된 가구가 없었다. 이 여자, 이혼당했구나 하는 생각이 스쳤다. 침대에 앉히자 그녀는 내게 간절한 목소리로 물었다.

"차 한잔하고 가실래요?"

"가게에 가봐야 해요."

나는 뒷걸음질로 그 집을 빠져나와 만홧가게로 돌아왔다. 가게를 봐주겠다던 남자는 사라지고 없었다. 계산대에 있던 돈도.

박쥐들이 음흉해 보인다고? 낮에 숨어 있고 밤에 움직인다는 이유 때문에? 나는 인간이 훨씬 더 음흉한 존재라고 생각한다. 박쥐 인간으로서의 삶을 마치고 평범한 사람으로 돌아오게 된 지금은 그런 생각이 더 확고하다.

얼마간은 이런 글을 쓸 수 있는 것도 내가 지금 박쥐 인간이 아니기 때문이다. 글을 쓴다는 것은 기본적으로 과거와 현재를 구분하고, 미래를 염두에 둔 행위니까. 박쥐 인간들은 언제나 현재를 살기 때문에 미래를 생각하지 않고, 다른 사람을 속이거나 이용하려는 계획을 세울 수 없다. 반성도 후회도 역사도 시나리오도 없다. 아마 인간을 제외한 모든 동물이 그럴 것이다.

골초 임신부는 내가 그녀를 집까지 바래다준 다음 날 떡과 순대를 사 들고 만홧가게로 왔다.

"어제 신세를 졌는데 고맙다는 말도 제대로 못 해서……. 먹을 걸 싸가지고 왔어요."

"그렇군요."

과일이나 먹으면 충분한 나는 떨떠름한 표정으로 그녀가 포장해 온 간식거리들을 내려다보았다.

"좋지 않아요? 추석 때 누가 떡을 주니까."

"떡을 별로 안 좋아하는데요."

"그럼 뭘 좋아하죠?"

"과일이요."

그녀는 한숨을 쉬더니 "과일 사 올게요"라고 말하고 가게를 나갔다. '떡을 별로 좋아하지 않고 과일을 좋아한다'는 말이 그 상황에서 무례한 반응이라는 사실을 한 박자 늦게 깨달았다.

박쥐 인간이었을 때 나는 인간의 언어를 이해하고 말하는데 어려움을 겪었다. 흉내는 냈지만 완벽하지는 않았다. 간혹 편의점이나 만홧가게에 온 손님 중 몇몇은 내가 지능이 모자란다고 여기고 무례하게 굴거나 반대로 과도하게 친절을 베

풀곤 했다.

임신부는 편의점에서 파는 포장 과일들을 사 왔다. 그녀는 그물망에 든 귤과 두 개씩 묶어 파는 바나나, 씻지 않고 바로 먹을 수 있는 사과를 비닐봉지에 넣어 왔다. 나는 그 과일들이 대형 마트에서 파는 가격에 비해 얼마나 비싼지 알고 있었다.

"이렇게 비싼 거 사 오실 필요 없는데……."

"먹기나 해요."

그녀는 그 뒤로도 몇 번 만홧가게에 과일을 사 들고 왔다. 밤에 가게에 와서 카운터 옆에 앉아 과일을 까먹으며 이야기를 했다. 그럴 때 그녀는 주로 각종 소년 소녀 만화에 대해 평했고 나는 듣기만 했다.

만화에 대해 이야기하는 동안에도 그녀에게서는 진한 슬픔이 풍겨 나왔다. 그녀를 알게 된 이후로 나는 세브란스병원 영안실에 다닐 필요가 없어졌다. 그녀의 슬픔은 빈소 한 곳의 슬픔보다 컸다. 어떻게 한 인간에게 그렇게 큰 슬픔이 담겨 있을 수 있는지, 그렇게 큰 슬픔을 간직하고 있으면서 어떻게 저렇게 시치미를 뚝 떼고 태연한 척할 수 있는지 궁금했다.

계산대에 다른 손님이 오면 그녀는 말을 멈추었다. 그녀는 그럴 때 얼굴이 굳어져 허공을 쳐다보며 팔과 어깨를 늘어뜨리고, 버림받은 자세로 있었다. 그런 자세가 다른 사람의 이 목을 더 끈다는 사실을 모르는 듯했다. 그녀는 팔을 결코 불룩 나온 배 위에 올려놓는 법이 없었다. 사람들은 그녀가 담배를 피우는 모습을 흘끔거리며 바라보았다.

"이렇게 이야기를 오래 했는데 내가 궁금하지도 않아?"

어느 날 새벽 그녀는 계산대에 얼굴을 괸 채 말했다.

"뭐가요?"

"왜 임신한 여자가 밤마다 만홧가게에 와서 몇 시간이나 있다가 가는지."

나는 "별별 손님이 다 오시니까요"라고 대충 얼버무렸다.

"밤에 잠이 안 와. 잠을 못 자겠어."

나는 아무 말도 하지 않고 기다렸다. 그녀는 크게 한숨을 쉬더니 내게 병원을 같이 가줄 수 있느냐고 물었다.

"병원이요?"

그녀는 고개를 끄덕였다. 나는 무슨 병원이냐고 물으려다가 그녀의 불룩 나온 배를 보고 입을 다물었다.

"가까운 데고, 택시 타고 갈 거야. 택시비도 내가 낼게."

"그럴게요."

아마 그때 내 마음을 움직였던 것은 연민의 감정이었으리라. 인간이 아니니까 인류애는 아니고, 이름을 붙이자면 '포유류애(愛)'라고 해야 할 동정심과 책임감. 긴장하고 있던 그녀의 어깨가 내 대답에 천천히 내려갔다.

그날 낮 나는 선글라스를 쓰고 나갔다. 택시 안에서 그녀는 산만하게 내게 질문을 퍼부었다. 그동안 내게 궁금했지만 차마 묻지 못했던 것을 물어보면서 불안을 달래려는 듯했다. 나이는 몇 살인가? 밤에 어떻게 편의점과 만홧가게 두 곳에서 아르바이트를 할 수 있나? 고등학교는 왜 안 다니나? 어디서 잠을 자나? 부모님은 왜 날 찾지 않나?

병원이 멀리 있었더라면 질문을 더 많이 받았을지도 모른다. 병원은 연세대 정문에서 사러가쇼핑 쪽으로, 연희동과 남가좌동 사이에 있는 산부인과였다. 3층짜리 건물 전체가 산부인과 병원이었다. 간호사는 우리에게 부부냐고 물은 뒤 문진표를 한 장 작성하게 했다.

의사는 살집 좋은 얼굴에 머리를 뒤로 넘긴 사십대 남자였다. 그녀가 간신히 입을 떼 "아이를 지우고 싶다"라고 말했을 때 의사는 단박에 "안 된다"라고 잘라 말했다.

"제 친구는 여기서 수술을 받았다고 하던데요……."

"그건 그 친구분이 아가씨처럼 늦게 오지 않으니까 그랬겠죠. 사정이 어떤지 모르겠지만 아가씨처럼 배가 나와서는 수술 못 해요. 지금 7개월 넘으셨다고 했죠? 24주가 넘으면 기형아라도 중절 수술 못 하게 돼 있습니다. 그래도 해주겠다는 곳이 있을지 모르겠지만 저희는 안 해요. 여태까지 수술

안 하신 걸 보면 낳을 생각이 있으셨던 걸 텐데, 남자친구분 (그러면서 그는 나를 바라보았다)하고 돌아가셔서 잘 생각해보시고, 부모님하고 잘 상의하시고, 어지간하면 낳아서 키우세요."

그는 서랍에서 A4 용지 몇 장을 꺼내더니 우리에게 보여주었다. '모자보건법 시행령'이라는 제목과 법령 중간 '24주'라는 대목에 형광펜으로 줄이 그어져 있었다.

그녀는 돌아오는 택시 안에서 또 정신을 잃었다. 나는 임신부의 손가방을 뒤져 택시 요금을 내고 축 늘어진 그녀를 부축해 뤼미에르 빌딩으로 돌아왔다. 그녀를 침대에 눕힌 뒤 나도 소파에 앉아 깜빡 잠이 들었다. 눈을 떴을 때 그녀는 내 옆에서 차를 마시고 있었다. 별달리 할 말이 없어 우리는 그렇게 멍하니 창밖을 보며 30분 정도 나란히 앉아 있었다.

"왜 그렇게 친절해?"

그녀가 불쑥 물었다. 나는 대답할 말이 생각나지 않아 잠자코 있었다. 그러자 그녀는 자기 이야기를 하기 시작했다.

"이게…… 생명이 아니라 무슨 종양 같아. 자기가 살겠다고 어머니, 아버지의 생명력을 쪽쪽 빨아먹고 있어. 소름이 끼쳐. 이게 생긴 뒤로 잘된 일이 없어. 가게는 망하고 남자친구는 죽고……."

그녀는 남자친구와 이화여대 앞에서 액세서리 가게를 했다. 직접 디자인한 머리핀과 귀고리, 팔찌를 팔았다. 여자는 아르바이트로 들어갔다가 정식 직원이 되고, 사장과 사귀게 됐다. 작지만 내실 있는 가게였다. '머리핀 파는 남자'라며 여성지나 TV 프로그램에 가게가 소개되기도 했다.

그들이 아이를 가졌을 때쯤 남자는 시청 지하상가에 2호점을 낼 참이었다. 남자와 여자는 가게를 넓힌 뒤 결혼식을 올리기로 했다. 여자의 집에서 두 사람의 결혼을 반대했지만 결국에는 시간이 해결해줄 거라고, 대수롭지 않게 여겼다.

2호점이 실패하고 몇 차례 유행을 놓치자 사업이 어려워지는 것은 순식간이었다. 가게를 넘기고 받은 권리금으로 뤼미에르 빌딩에 방을 얻었다. 남자는 그날까지도 씩씩했다.

"괜찮아. 다 잘될 거야. 나만 믿어."

남자는 그날 죽었다.

원룸에 놓을 소형 냉장고를 사기 위해 중고 가구 판매점에 가던 길이었다. 연희동에서 골목을 잘못 들어 주택가 사이에서 차를 돌리고 있었다. 내리막이 진 이면도로였는데 남자는 초조했는지 약간 속도를 냈다. 그때 멀리서 강한 햇빛이 그들을 비췄다. 오후 3시쯤이었고, 골목에는 아무도 없었다. 누군가가 멀리서 거울로 그들이 탄 차에 햇빛을 반사하고 있었다. 악랄한 장난이었다.

운전자는 잠시 눈을 뜨지 못했고, 실수로 브레이크 대신 가속페달을 밟았다. 차는 쿵 소리를 내며 전봇대에 부딪쳤는데, 그녀의 몸은 의자에서 붕 떠 대시보드에 닿을 정도로 앞으로 쏠렸다가 제자리로 거칠게 돌아왔다. 남자는 그보다 운이 나빴다. 그는 그때 안전벨트를 매고 있지 않았다. 그는 파워핸들의 핸들봉에 머리를 박고 그 자리에서 사망했다.

"그게 그 정도로 대단한 충격은 절대 아니었거든. 범퍼가 조금 찌그러지고 보닛이 열리는 정도였지, 사람이 죽을 정도로 대단한 충격은 아니었어. 죽는다면 이게(그녀는 자기 배를 가리켰다) 죽어야지, 남자 어른이 왜 그 정도 충격에 즉사하지?"

남자가 영안실에 누워 있는 동안 그녀는 병원에서 산모도 태아도 모두 무사하다는 진단을 받았다. 그녀는 병상에서 처음으로 태동을 느꼈다. 배 안쪽에서 느껴지는 진동은 가혹한 운명을 예고하는 노크 같았다.

"왜 그렇게 친절해?"

친절? 그녀는 내가 아무런 질문이나 충고를 하지 않고 묵묵히 이야기를 들어주는 것을 친절이라고 착각했다. 왜 피임을 하지 않았느냐, 사고가 난 다음 바로 아이를 지웠어야 했다 같은. 그러나 그런 질문을 던지지 않은 것은 박쥐 인간의 무심한 천성 때문이지 친절과는 거리가 멀었다. 내가 십대의 외양을 하고 어쩐지 어른스러운 분위기를 풍기는 것도 박쥐 인간이기 때문이다.

"왜 나한테 이렇게 잘해줘? 왜 내 곁에 계속 있어주는 거야? 나한테 관심이라도 있는 거?"

그녀는 서툰 배우처럼 얼굴을 찌푸리며 킥킥댔다.

"그런 게 아니에요. 그건 제가 박쥐 인간이라서 당신 곁에 있으면 정신이 맑아지기 때문이에요."

나도 박쥐 인간식으로 서툴게 설명했다. 그녀가 깊은 슬픔에 휩싸여 있고, 그것이 내 몸을 맑게 하는 데 큰 도움이 되고 있으며, 그건 내가 박쥐 인간이기 때문이고, 세상에는 수인족이라는 게 있다는 설명이었다.

물론 그녀는 내 이야기를 믿으려 하지 않았다. 그녀는 내가 가출 청소년이고, 망상증을 앓고 있다고 진단했다.

"올해 2월에 박쥐 인간이 됐다며? 그럼 그 전에는 뭐였어?"

"사람이었죠. 그냥…… 학생이요."

"나도 문제지만 너도 좀 맛이 간 것 같아. 박쥐 인간이라는 게 그러니까 뭐야? 2월에 어떻게 갑자기 박쥐 인간이 됐다는 거지?"

"아마 박쥐의 혼 같은 게 그때 제 근처에 있었던 것 같아요. 그게 다른 사람의 몸에 있다가 제 몸으로 들어온 거죠."

"아, 그래, 박쥐의 혼. 그럼 그게 언젠가는 다른 사람한테로 갈 수도 있겠네? 그때는 어떻게 할 거야?"

"박쥐 인간들은 앞날을 걱정 안 해요. 그런 건 인간들이 하는 거죠."

내가 박쥐 인간이라는 사실을 그녀가 끝내 믿으려 하지 않았으므로, 나는 그녀 앞에서 박쥐로 변신해 보이겠다고 제안했다.

"진작 그러지 그랬어."

그녀는 느긋하게 소파에 기대며 담배에 불을 붙였다.

"내가 박쥐로 변신하면 보기에 좀 무서울지도 몰라요."

"그래, 그래."

"그리고 변신했다가 인간으로 돌아올 때는 옷이 모두 땅에 떨어져 있을 테니, 알몸으로 서 있게 돼요. 그래도 괜찮아요?"

"고맙지, 뭐. 전에는 변신했다가 돌아올 때 어떻게 했어? 여태까지 몇 번이나 변신해봤어?"

"두 번 정도?"

그녀가 웃었다.

나는 변신했다.

나는 당시 55킬로그램쯤 됐고, 나를 구성하는 박쥐들은 비교적 몸집이 큰 편이었으나 그래봤자 한 마리의 무게는 50에서 70그램 정도였다. 나는 100여 마리의 박쥐 떼가 되었다. 나는 소파와 침대 위에서 회오리바람을 일으키고 대열을 벌려 방을 가득 채웠다.

그녀가 비명을 질렀다. 나는 날개를 펴고 창문을 가려서 방으로 들어오는 빛을 막았다. 창문을 깨고 밖으로 더 높이, 더 멀리 날아오르고 싶었으나 그럴 수는 없었다. 나는 내 몸에서 나는 100여 개의 초음파와 그보다 훨씬 낮은 그녀의 비명을 들었다.

나는 용케 그 좁은 방에서 서로 부딪치지 않게 어지럽게 날아다녔으나 더는 답답해서 참기 힘들었다. 나는 방을 시계 방향으로 크게 몇 바퀴 돌아 바람을 일으키고 사람으로 돌아와 벌거벗은 몸으로 그녀 앞에 섰다. 그녀는 그때까지도 숨을 헐떡이고 있었다. 손에 담배를 든 채로.

주섬주섬 옷을 챙겨 입고 돌아섰을 때 그녀는 눈에 불꽃을 일으키며 나를 바라보고 있었다.

"이거야."

그녀가 아직도 흥분이 가라앉지 않은 목소리로 말했다.

"뭐가요?"

"뭘 할지 생각났어. 내 남자친구를 죽인 사람을 찾아낼 거야. 거울 장난을 쳤던 그자에게 복수를 할 거야. 도와줘."

협조하지 않으면 내 정체를 알리겠다고 그녀가 협박했지만 그런 위협은 아무것도 아니었다. 그런 말을 한다고 믿을 사람이 누가 있을까.

그녀를 따라 연세대 동문 쪽 골목길로 간 것은 예의 그 포유류애 때문이었다. 그녀는 자신의 절박한 사정을 남에게 잘 전달하는 능력이 있었다. 왜, "힘들어죽겠다"는 말을 입에 달고 살아도 별로 힘들어 보이지 않는 사람이 있는가 하면 아무 말을 하지 않고 있어도 유독 피곤하게 보여서 버스나 지하철에서 자리를 양보하지 않으면 안 될 것 같은 어린아이나 젊은 여자들이 있지 않은가.

아니면 박쥐 인간에게도 본성 깊은 곳에는 사람에 대한 애틋한 감정이 있는 것일까. 민물 돌고래들처럼. 아니면 내가 진정한 박쥐 인간에 이르지 못했던 것일까. 그래서 박쥐의 혼이 나를 떠났던 걸까.

우리는 이화여대 후문에서 금화터널로 올라가 연세대 동문으로 들어가는 골목길로 갔다. 산을 깎아 만든 주택가의 오르막길이었다. 배가 불룩 나온 그녀는 오르막을 오르다 몇 번이나 제자리에 멈춰 서서 호흡을 가다듬었고 내가 보지 않는 틈을 타 재빨리 이마를 손으로 훔치기도 했다. 버스나 지하철이었더라면 누구라도 그녀에게 즉시 자리를 양보했을 것이다.

우리는 그녀가 기다려보자고 주장한 지점에서 한 시간가량 서 있었다. 그녀가 가게에 들어가 17차와 옥수수염차를 한 병씩 사 왔다. 서쪽으로 안산이 있었기 때문에 해가 일찍 지려 했다. 언제까지 기다려야 하는 건가 걱정이 될 때쯤 산 중턱의 어느 집에서 번쩍이며 빛이 났다.

번쩍번쩍.

그리고 마침 우리 앞을 달리던 운 나쁜—어쩌면 운 좋은—차의 운전자가 그 빛을 받고는 크게 운전대를 돌려 담벼락에 부딪칠 뻔했다. 차는 간신히 제 방향을 되찾았지만, 그 뒤에도 빛은 집요하게 차를 쫓아다녔다. 차가 언덕을 올라 햇빛을 반사할 수 없는 각도가 되자 빛은 곧바로 다음 표적을 향했다. 이번에는 빛이 아슬아슬하게 운전석을 비껴갔다.

"봤어?"

그녀가 떨리는 목소리로 물었다.

"저 집에서 누가 거울로 햇빛을 반사해 운전자들을 죽이려 하고 있어. 순전히 재미로 말이야."

그녀는 얼굴이 빨개지더니 잠시 동안 말을 하지 못했다.

"보진 못했지만 소리로 들었어요. 그 빛이 어디서 나왔는지 알아요."

그녀는 잘 분간할 수 없었지만, 빛이 나온 곳은 50미터쯤 떨어진 단독주택이었다. 그 집의 2층 창문에서 햇빛이 반사됐다. 그 창문에는 쇠창살이 달려 있었다. 보통 사람이 거울로 운전자의 눈을 조준해 햇빛을 반사할 수 있을지 좀 의심스럽긴 했다. 사람을 죽일 의도까지야 없었을 것이다. 나는 초음파를 그리로 쏘아 보냈다. 나보다 머리 하나 정도 키가 더 크고, 몸집이 비대한 남자가 거울을 들고 서 있었다.

처음에 그녀는 거울 장난을 하는 자에게 복수해야 한다는 생각만 있었을 뿐, 어떻게 복수해야 할지에 대해서는 별 계획이 없었다. 경찰에 신고할 뜻이 없는 것만큼은 확고했다. 나는 그자를 죽이는 일은 하지 못한다고 못 박았다.

"내가 할 수 있는 건 고작해야 그 집 창문으로 들어가서 겁을 주고 나오는 일뿐이에요. 무기를 갖고 들어갈 수도 없고, 그 남자와 싸울 수도 없어요. 그 사람이 나보다 40킬로그램 정도는 더 나갈 거예요."

그녀는 잠시 생각에 잠겼다.

"그러면 그자의 눈을 멀게 해줘. 밤에 몰래 들어가서 잠자는 사람 눈을 손가락으로 후비고 나오면 돼."

나는 문득 평소에 다소 굼뜨고 아무 생각 없어 보였던 그녀가 어떻게 그렇게 참신하고 악랄한 아이디어를 낼 수 있었는지, 그리고 내가 어쩌다 그녀의 요청을 거부할 수 없는 처지에 이르렀는지 궁금해졌다.

"한쪽 눈만. 양쪽 눈을 멀게 하는 건 너무 잔인해요."

내가 타협안을 제시했다. 그녀는 처음에는 "뭐가 잔인해? 살인자한테 그만하면 약한 벌이지"라면서 반발했지만 이내 수긍했다.

"좋아. 그 대신 그 방 벽에 피로 글씨를 쓰거나 해서 메시지를 확실히 남겨줘. 다른 사람의 생명을 갖고 장난을 치면 안 된다고 말이야. 만약 계속 그러면 다른 쪽 눈도 멀게 하겠다고."

나는 그러기로 했다.

우리는 새벽 2시에 뤼미에르 빌딩에서 나왔다. 택시를 타고 봉원사 아래까지 가서 산길로 들어갔다. 그녀는 손전등을 들고 왔다. 나는 손전등이 필요 없었다. 그녀는 복수심에 불타 낮에 골목길을 오를 때처럼 힘들어하지 않았다. 나는 산 중턱에서 나무 사이로 들어가 옷을 벗었다. 달빛에 비친 내 몸은 빼빼 말라 어린아이의 몸 같았다. 옷을 개어 그녀에게 전해주려고 숲 밖으로 나오자 그녀는 얼른 손전등 방향을 돌렸다.

"기다릴 거죠?"

"기다릴게."

"30분 정도 걸릴 거예요."

말을 마치고 나는 100여 마리의 박쥐로 변해 하늘로 날아올랐다. 이번에는 마음껏 몸을 펼칠 수 있었다. 나는 하늘 높이 날아올랐다. 연세대와 이화여대 캠퍼스, 안산 정상과 한강이 한눈에 보일 때까지. 구름 사이로 보름달이 으스스하고 묘한 빛을 던지고 있었다. 바람은 한 줄기도 없었다. 나는 하늘을 빙빙 돌며 회오리바람을 일으켰다.

자유. 자유.

왜 우리는 이 도시를 벗어나지 못하는 것일까? 왜 박쥐 인간들은 인간의 곁에 있어야 하는 운명일까. 아마도 진화 단계에서 인간이 먼저 생겨나고, 박쥐 중 일부가 인간의 슬픔을 이용하는 법을 알게 됐으리라. 땅에서 벗어나는 방법을 깨친 뒤 다시 인간들 사이로 들어가버린 허망한 진화.

나는 서늘한 바람과 함께 아래로 내려갔다. 몸집이 커다란 남자가 있던 단독주택까지. 이미 그때쯤에는 한쪽 눈을 멀게 한다든가 벽에 피로 글씨를 쓴다든가 하는 생각은 머리에서 거의 사라진 상태였다. 애인을 교통사고로 잃은 801호 여인에게 거짓 약속을 했던 것이 아니라, 박쥐 인간 특유의 '현재성'이 박쥐로 변신한 다음 더 커진 탓이었다. 나는 그저 덩치 큰 남자에게 겁이나 줘야겠다고 생각했다.

창문은 닫혀 있었다. 나는 요란한 소리를 내며 유리창을 깨고 방범 창살을 통과해 방 안으로 들어갔다. 유리창을 부술 때 몸에 심각하게 문제가 생겼다는 것을 깨달았다. 박쥐 무리의 반은 내 명령을 따랐지만 나머지 반은 우왕좌왕 움직이기만 했다. 몸 한쪽이 마비된 것 같은 기분이었다. 나는 벌거벗은 소년으로 돌아와 휘청거리며 자리에 섰다가 주저앉았다.

몸의 피가 잘 통하지 않는 것 같았다. 관절이 뻑뻑해서 움직이기가 힘들었다. 그녀가 오늘은 1분도 슬픈 상태가 아니었어. 나는 벽에 손을 짚고 몸을 지탱하면서 생각했다. 슬퍼하는 사람 옆에 있어야 한다는 것을 깜빡했다.

차고 넘치는 슬픔을 가진 그녀 옆에 오래 있으면서 몸 상태를 점검하지 않은 것이 화근이었다. 그녀는 전날부터 내내 복수심에 불타고 있었을 뿐 슬픔이라고는 전혀 느끼지 않았는데, 나는 내 피가 걸쭉해지는 것도 모른 채 변신을 하고 밤하늘을 높이 날았다.

팬티만 입은 거구의 남자가 침대에서 몸을 일으켰다. 나는 간이 콩알만 해져서 침을 꿀꺽 삼켰다. 똑바로 서려다 손이 미끄러져 바닥에 엉덩방아를 찧었다. 잠이 덜 깼는지 남자의 행동은 어딘가 둔했다. 볼썽사나운 스포츠머리를 하고 있었다. 나는 사내를 피해 방구석으로 뒷걸음질했다. 엉덩이와 손바닥에 내가 깨뜨린 유리 조각이 박혔다.

사내는 어리둥절해하는 것 같았다. 그는 깨진 창문을 보다가 고개를 돌린 다음에야 나를 발견한 듯했다. 남자는 기껏해야 스무 살 정도로 보였으며, 얼굴이 묘하게 비대칭이었다. 나는 귀가 아니라 눈으로 그가 심한 사시이며, 입가에 침이 말라붙은 자국이 있음을 확인했다. 침 자국은 가슴과 배에도 있었다. 쉰 냄새도 났다.

그는 어정어정 내게 다가왔고, 나는 유리 조각을 하나 들고 있다가 "얍!" 소리를 지르며 그의 가슴을 그었다. 피를 보고 그는 알아들을 수 없는 소리로 뭐라고 항의하며 펄쩍펄쩍 뛰었지만 내 쪽으로는 오지 않았다. 대신에 어정어정 걸어가 방문을 두드리며 "어무이, 어무이" 어쩌고 하면서 자기 어머니를 불렀다.

문고리를 잡고 돌려도 돌아가지 않았고, 방문은 바깥쪽에서 잠겨 있는 것이 확실했다. 어머니가 오지 않자 그는 문 앞에 쭈그리고 앉아 울었다. 나는 그제야 방을 천천히 둘러보았고, 별 장식 없이 휑한 방에서 십자가상 옆에 놓인 거울을 발견했다. B5 용지만 한 크기로 네모나게 생긴, 그야말로 구식 거울이었다. 사람을 죽인 거울이었다.

나는 거울을 들고 그가 오들오들 떨고 있는 뒤쪽으로 던졌다. 거울은 적절히 요란한 소리를 내며 깨졌고 사방으로 파편이 튀었다. 나는 운동을 하지 않아 물살이 붙고 피부가 하얀 팬티 차림의 그에게 동정심을 느꼈지만, 그가 속옷에 오줌을 지리는 것을 보고는 알 수 없는 화가 치밀어 올라 발길질을 하고 고함을 치고 싶어졌다.

"다음에 한 번 더 거울로 장난질하면 그땐 정말 죽여버리겠어."

그냥 그렇게만 말했다. 그가 그 말을 이해했는지는 알 수 없었다. 그는 무릎을 꿇고 손을 모아 빌었는데, 그건 그저 이런 식의 폭력을 자주 겪으면서 체득한 습관 같았다.

방 밖에서 누군가가 계단을 걸어 올라오는 소리가 들렸고, 나는 박쥐로 변신해 힘겹게 날아올랐다.

하늘이 그새 흐려지고 공기는 눅눅해져 있었다. 나는 저기압보다 고기압을 선호하는 편이었다. 기압이 높을 때 양력을 더 쉽게 얻을 수 있기 때문이다. 그런데 지금은 날개에 물방울이 맺히는 게 아닐까 우려될 정도로 공기가 축축했다.

안산에서 나는 거의 추락하다시피 땅으로 내려왔다. 인간 소년으로 돌아와 한때 슬픔으로 가득 찼고 이제는 더 이상 슬퍼하지 않는 그녀를 찾았지만, 아무도 보이지 않았다.

내가 잘못 왔나?

그녀도 없었고 내 옷도 없었다. 굳이 그녀의 이름을 소리쳐 부르지 않아도 나는 초음파로 나무와 어둠 사이를 꿰뚫어 볼 수 있었다. 안개비가 잠깐 내리다 그쳤고, 나는 소나무 사이에서 벌거벗은 채 몸을 떨었다. 나는 비가 오는 밤 옷을 모두 뺏긴 채 산에 버려진 아이였다. 소나무 그루터기에 앉아 양팔로 몸을 감싸고 변신에 필요한 힘을 모으면서 나는 그림 동화에 나오는 불행한 어린이들을 생각했다.

다시 날아올랐을 때, 이대로 통제력을 잃는 것이 아닌가 싶었다. 자신들이 박쥐 인간의 일부라는 사실을 모르는 100여 마리의 박쥐로 뿔뿔이 흩어지는 것—박쥐 인간으로서의 죽음. 신촌 거리 위 우울한 하늘. 물을 머금은 공기. 언젠가 저 거리를 이렇게 불안하고 두려운 마음으로 걸어간 적이 있었다. 길을 잃었고…… 여기보다 훨씬 동쪽에서, 어떤 작은 하천이 있었고, 어떤 여자아이가 있었고, 나는 어떤 버스를 타고 이 거리로 왔다. 버스를 타고? 그래, 그때는 내가 박쥐 인간이 되기 전이었다. 기억이 희미해졌다. 그날 무슨 일이 있었는데…….

나는 세브란스병원 상공에서 크게 휘청거렸다. 병원 영안실로 떨어지면 곧바로 기운을 회복할지도 모르겠다는 생각이 들었다. 그 뒤로도 뤼미에르 빌딩까지 가는 동안 몇 번이나 아래로 떨어질 뻔했다.

뤼미에르 빌딩 801호는 불이 꺼져 있었다. 내가 801호 위로 날아갔을 때 5층에서 창을 내다보며 커피를 마시던 어떤 남자가 움찔 놀랐고, 기계식 주차장 입구 앞에서 하늘을 올려다보던 젊은 여자는 비명을 질렀다. 801호 그녀는 방바닥에 쓰러져 있었다. 다리 사이에서 피를 엄청나게 흘리고 있었다. 그녀가 왜 나를 안산에 버려두고 갔는지 앞으로 영영 알 길이 없으리라는 예감이 들었다. 그녀가 얼마나 위중한 상태인지, 이미 생명을 잃은 건 아닌지 알 길이 없었다.

801호 문은 안에서 잠겨 있었다. 온몸의 힘을 끌어모아 10여 미터쯤 위로 날아올랐다가 내려가며 801호 창문으로 돌진했다. 창문은 깨지지 않았고 나는 아찔한 충격에 거의 정신을 잃었다. 떨어지며 인간으로 변신했고, 그 상태로 땅바닥에 내동댕이쳐졌다. 반동으로 몸이 튀어 올랐을 때 목이 부러질 것처럼 고개가 심하게 흔들렸다. 뼈가 부서진 것처럼 어깨가 아팠다. 나는 절뚝이며 뤼미에르 빌딩 1층의 편의점으로 들어갔다. 가게 안에 있던 여자 손님 한 명이 벌거벗은 내 모습을 보고 놀라 들고 있던 물건을 떨어뜨렸다. 카운터를 보고 있던 점원은 알고 지내던 휴학생 형이었다. 그는 입을 떡 벌렸다.

"전화…… 구급차를 불러야 해요."

입을 벌려 소리를 낼 때마다 목구멍 안이 조금씩 찢어지며 상처가 나는 것 같았다. "내가, 내가 걸게"라며 말을 더듬는 그에게서 수화기를 빼앗아 "서울 서대문구 창천동 뤼미에르 빌딩 801호에 피를 흘리고 쓰러진 여인이 있다"라고 신고했다. 그 말을 하는 동안 가게에는 손님이 몇 사람 더 들어왔다. 나를 바라보는 따가운 시선들을 느낄 수 있었다. 대낮의 시선들보다 더 강한 눈길이 나에게 쏟아지고 있었다. 그중 한 명은 휴대전화를 꺼내 내 모습을 촬영하기까지 했다.

나는 통화를 마치고 머릿속이 녹아버리는 것 같은 기분을 느끼며 그 자리에서 정신을 잃었다.

다시 정신을 차렸을 때 나는 병원에 있었다. 어머니와 동생의 얼굴과 이름을 기억해내는 데 시간이 조금 걸렸다. 그들은 슬픈 표정으로 나를 바라보고 있었다. 의사가 가운 주머니에서 작은 손전등을 꺼내 내 눈을 비췄다.

"정신이 드니?"

"오빠, 괜찮아?"

어머니와 동생이 동시에 물었다. 나는 머리가 어지러워서 눈을 감았고, 다시 정신을 잃었다.

밤에 한 번 더 정신을 차렸다. 달빛이 조용히 병실을 비추고 있었다. 박쥐 인간이 아니면서 아직 완전히 인간으로 돌아오지도 못한 나는 상반신을 일으킨 채 침대에 우두커니 앉아 방으로 들어오는 달빛을 보고 있었다.

"정신이 들어?"

어머니도, 동생의 것도 아닌 부드러운 목소리가 나를 불렀다. 나는 고개를 돌려 소리가 나는 쪽을 봤지만 아무도 찾지 못했다.

"여기야, 이쪽을 봐."

보호자용 옷장 위에서 손가방만 한 크기의 물체가 말을 하고 있었다. 내가 바라보는 동안 그 물체는 천천히 빛을 내기 시작했다. 황금두꺼비였다. 황금두꺼비가 물었다.

"기분이 어때?"

"잘 모르겠어. 박쥐가 떠나버렸어."

"박쥐는 떠났어."

"박쥐가 얼마나 내게 머물렀던 거지?"

"8개월 정도. 그동안 뭘 했느냐고 사람들이 물어보면 그냥 기억이 나지 않는다고 해. 그 기간에 네가 뭘 했는지 진짜로 궁금해하는 사람은 없어."

나는 고개를 끄덕였다. 그리고 조금 있다가 물었다.

"내가 뭘 잘못했나? 박쥐가 떠난 이유를 모르겠어."

황금두꺼비는 이렇게만 답했다.

"슬픔을 없애는 건 기쁨이 아냐. 슬픔은 분해되어서 하늘을 날아다니다가 마음의 양식으로 돌아가는 거야. 잘 썩지 않는 동물의 똥을 쇠똥구리가 분해해 양분으로 만드는 것처럼 박쥐 인간들은 인간의 슬픔을 분해하지. 박쥐 인간이 없으면 이 별은 사라지지 않는 슬픔으로 가득 차게 될 거야."

그리고 황금두꺼비는 천천히 사라졌다.

8개월 동안 내가 뭘 했는지 진짜로 궁금해하는 사람은 없었다. "기억이 안 난다"라는 말을 대여섯 번 반복했더니 누구도 그 말을 의심하지 않았다. 어느 날 나는 병실 옆 샤워실에서 다리를 씻다가 터져 나오는 눈물을 참지 못하고 흐느껴 울었다. 왜 우는지도 모르면서 울었다. 밖에 있던 어머니가 놀란 얼굴로 들어와 내 등을 토닥이며 "괜찮아, 괜찮아"라고 말했다.

그 순간까지 내 마음속에 남아 있던 박쥐 인간의 마지막 부분이 사라지는 것을 느꼈다. 과거와 분리된 현재, 피할 수 없고 속도를 조절할 수도 없는 미래가 너무 두려웠다.

번동 집에 돌아온 다음에도 한동안 내가 산책을 나갈 때는 동생이 따라 나왔다. 내가 외출하려 할 때마다 동생은 군말 없이 간단한 읽을거리와 MP3 플레이어를 챙겨 나왔다.

우이천을 걷다가 나는 선글라스를 낀 801호 여자를 보았다. 배는 나와 있지 않았고, 그렇다고 주변에 아기가 있지도 않았다. 여자는 미묘하게 다른 사람과 구별되는 걸음걸이로 산책로를 걷고 있었다. 그녀는 내 앞에서 멈춰 서서 커다란 선글라스를 낀 얼굴로 나를 잠시 쳐다보았다. 그녀는 5초 정도 그렇게 서 있다가 나를 지나쳤다.

"아는 사람이야? 왠지 좀 무서웠어."

여자가 지나쳐 간 뒤 동생이 물었다.

"박쥐 인간이야."

그렇게 말하고 나는 서늘한 기운에 몸을 부르르 떨었다.

802호

모기

여자아이는 사는 게 너무 힘들어서 이야기를 하나 만들어 냈다. 모범적인 삶을 살았지만 야비한 운명의 덫에 걸려 거지 같은 상황에 빠진 어떤 남자의 이야기였다. '다른 선택을 했어도 별 수 없었을지 몰라'라는 생각이 힘든 삶에 위안이 돼 주었다.

남자는 아침에 눈을 뜬 뒤, 몸이 움직이지 않는다는 사실을 곧바로 깨달았다. 몸이 일으켜지지 않았다. 두 번, 세 번, 열 번을 시도해도 마찬가지였다. 처음에는 당혹스럽기만 했다. 목을 들 수도, 허리를 굽힐 수도 없을 뿐 아니라 손을 움직일 수도, 발가락을 까딱할 수도 없었다.

몸이 마비되었다는 사실을 즉시 깨달았지만 그걸 인정하는 것은 또 다른 문제였다. 서늘한 기운이 한 차례 몸을 훑고 지나간 뒤 남자는 이 마비 상태가 영구적인 게 아니라 일시적인 것이며, 지금 자신의 몸 상태가 TV나 책에 나오는 전신불수 상태와는 조금 다르다는 막연한 기대를 뒷받침해줄 증거를 어떻게든 찾으려고 애썼다.

남자는 몸에서 움직일 수 있는 부분과 감각을 느낄 수 있는 부분을 찾아봤다. 처음에는 왼쪽 다리와 허벅지에 힘을 줄수 있는 것 같기도 했지만 곧 착각이었음이 판명 났다. 목 아래로는 어떤 근육에도 힘을 줄 수 없었고 어떤 감각도 느낄수 없었다.

목 위로는 눈을 깜빡일 수 있었고, 콧구멍을 벌름거릴 수 있었으며, 귀에 힘을 주면 귓바퀴가 뒤로 조금 젖혀지는 것같았다. 그러나 고개는 돌릴 수 없었고, 입을 열거나 다물 수도 없었으며, 입 밖으로는 가르릉 하는 신음만 간신히 낼 수있었다. 침은 삼킬 수 있었지만 그 과정이 너무 고통스러워서차라리 입 밖으로 흐르도록 내버려두는 게 나았다. 대신 보는데는 문제가 없었고 시계 초침이 돌아가는 소리도 들렸다. 그런 걸로 봐서는 냄새도 맡을 수 있을 것 같았다.

그때까지 꾹 참고 있던 생각들이 순서 없이 밀려들었다. 이제 어떻게 하지? 오늘 누가 우리 집에 들를 사람이 있나? 회사는? 아내와 아이들은?

떠오르는 생각 중에는 이제 그가 걱정해야 할 필요가 없는 것도 있었다. 이를테면 보름쯤 전에 강동 7단지 주민들을 강남의 유명한 고깃집에 데려가 법인 카드 한도를 초과해 먹인 저녁 식대 정산에 관한 것이었다. 정산 마감이 그날까지였는데, 전날 저녁까지는 마음에 상당한 부담이었지만 이제 와서는 아무것도 아닌 일이었다. 그저 전날 저녁까지 중요한 일이었기 때문에 관성적으로 머릿속에 잠시 떠올랐을 따름이다.

이번 재건축 공사 수주 과정에서 만들었던 논리들을 인트라넷에 올려 포인트를 높여야 한다든가, 캐나다에 있는 아내에게 오늘 중으로 생활비를 보내야 한다든가 하는 문제도 잠시 머릿속에 떠올랐다가 사라졌다. 그런 관성적 사고에 남자는 웃음을 터뜨릴 뻔하다 자신이 웃을 수 없다는 사실을 깨닫고 정신을 차렸다.

그러면 지금 내가 진짜로 걱정해야 하는 일은 뭐지?

머릿속에서 지금까지 생각을 미뤘던 한 문장이 떠올랐다.

'여기서 죽을 수도 있다.'

몸이 침대 아래로 50센티미터가량 꺼지는 듯한 느낌이었다. 남자는 그때까지 한 번도 죽음이라는 문제를 진지하게 생각해본 일이 없었다. 그러나 자신과 무관한 일로 여겨왔다고 해서 죽음이 그를 비껴갈 리 없고, 변사의 위험은 사람들의 희망이나 기대와는 아무런 관련이 없다는 냉혹한 현실을 뼈저리게 느끼는 참이었다.

여기서 죽을 수도 있다.

여기서 죽을 수도 있다……

여전히 몸 깊은 곳 어느 한 부분은 이 상황을 납득하지 못하고 저항하려 들었다.

'현실을 제대로 보자, 냉정해지자, 비록 미리 준비하지는 못했지만 적어도 일이 벌어진 다음에는 부끄럽지 않게 행동해야 한다.'

남자는 이때까지 한 번도 죽음이라는 문제를 진지하게 생각해본 일이 없었다. 그간 참으로 안전한 삶을 살아왔기 때문이다. 44년 동안 죽을 뻔했던 위기에 빠진 적이 단 한 번도 없다는 사실을 어떻게 봐야 하나? 하긴 자신도 모르는 새 고속도로를 달리는 자동차 안에서라든가, 술 취해 집에 들어가는 길의 골목에서 죽음이 스쳐 갔을지도 모른다. 그러나 죽음의 가능성을 실제 상황으로 인식했던 일은 전날까지 한 번도 없었다. 그런 경험이 있었다면 이 상황도 잘 대처할 수 있을 텐데, 지금 남자는 그저 어안이 벙벙하기만 하다.

남자는 머릿속으로 자신이 처한 상황을 따져보았다. 그는 서대문구 창천동 뤼미에르 빌딩 802호의 침대 위에 누워 있고, 몸을 움직일 수 없으며, 목소리도 낼 수 없다. 그런데 아내와 아이는 영어 연수를 받으러 캐나다에 가 있으며, 남자가 이 오피스텔에 살고 있다는 사실을 다른 사람들은 모른다.

부모와 동생, 장인 내외는 남자가 살던 집을 전세 내고 신촌 어딘가의 오피스텔로 거주지를 옮겼다는 걸 안다. 그러나 그들은 이 오피스텔의 정확한 주소는 모른다. 남자가 한국에 혼자 남게 됐을 때 그네들은 남자에게 같이 살자고 제안했지만, 남자는 "서로 불편하지 않겠습니까. 제 걱정 마십쇼"라며 거절했다.

회사의 인사 정보 시스템에 기재된 남자의 집 주소와 연락처는 지난해까지 아내와 함께 살던 집의 주소와 전화번호였다. 개인정보를 갱신하는 일이 귀찮기도 하고 꺼림칙하기도 해서 바꾸지 않은 것이다.

오피스텔의 주인과 부동산 중개업자, 각종 인터넷 쇼핑몰과 택배업체 직원들은 남자가 이곳에 살고 있다는 사실을 안다. 그러나 그들에게 남자는 다른 사람의 도움을 기다리는 상황에 빠질 수 있는 살아 있는 인간이라기보다 서류상의 존재일 뿐이다. 남자도 옆집에 누가 사는지 모른다. 801호에 우울한 표정의 임신부가 있다는 사실만 안다.

하필 금요일이었다. 주택영업팀이 여섯 달 동안 사활을 걸고 준비해온 시공사 선정 주민 투표가 전날 저녁 있었고, 그간 주말에도 제대로 쉰 적이 없느니만큼 남자가 출근을 하지 않더라도 회사에서 굳이 그를 찾을 것 같지는 않았다. 부하 직원들이 휴대전화로 몇 번 연락은 할 테지만, 통화가 되지 않으면 그저 '부장님이 나중에 연가 처리를 하겠지'라고 생각하고 말 것이었다.

회사는 월요일은 돼야 남자가 왜 무단결근을 하는지 의아해하고 그의 주소를 알아보려 할 것이다. 인사 정보 시스템의 잘못된 주소로 먼저 연락을 취하고 좀 헤매다가, 누군가 그가 기러기 아빠라는 사실을 겨우 기억해낸 다음에야 경찰에 연락하겠지.

남자는 아내와 매주 일요일 통화를 했다. 일요일에 남자가 전화를 걸지 않으면 아내는 의아해하며 그날 저녁쯤 전화를 걸어올지도 모른다. 집 전화로도 휴대전화로도 통화가 되지 않으면 아내가 장인 댁에 이 오피스텔의 주소를 가르쳐주고 찾아가보라고 말할 수도 있다. 하지만 아내가 한 주 정도 남자와 통화를 거르는 걸 대수롭지 않게 여길 수도 있다. 전에도 그런 적이 있었다.

집주인이나 택배업체 직원들이 남자에게 일어난 사고를 알아차리고 적절한 조치를 취해줄 수 있을까? 옆집 여자가 부동산 중개업자에게 "건물에서 이상한 냄새가 난다"라고 항의하는 건 언제쯤일까? 아무도 모르는 사이 자신이 여기서 죽고 시신이 푹 썩을 수도 있다고 생각하니 온몸이 오싹했다.

왜 하필 아내와 아이가 외국에 있는 그해에, 주말 직전인 금요일에, 주변에 아무도 없이 안에서 잠긴 밀실에 혼자 있을 때 목 아래가 마비되어버린단 말인가.

실낱같은 희망을 가지고 다시 몸 구석구석에 힘을 주려 했지만 소용없었다. 온 힘을 다해 마지막 구조 요청을 해보려 했으나 낼 수 있는 소리는 여전히 가르릉뿐이었다. 눈에서 절망의 눈물이 흘러내린다. 침과 눈물이 섞였고, 타액 특유의 비린내가 났다.

그는 모든 것을 후회했다. 전날 술을 마신 것, 술을 마시러 가자고 한 것, 술을 늦게까지 마신 것, 술을 빨리 많이 마신 것, 결국엔 끊었으나 젊은 시절 10년 넘게 담배를 피운 것, 평소 고지방 음식을 즐겨 먹은 것, 운동을 하지 않은 것, 정기 건강검진을 거른 것, 접대할 일이 많은 직업을 가진 것, 몸이 망가지는데도 이를 무시한 채 일에만 매달린 것, 아내와 아이를 캐나다로 보낸 것, 아내와 아이에게 자주 전화하지 않은 것, 하루 한 시간이나 될까 말까 한 알량한 자유 시간을 얻기 위해 회사에 제대로 된 주소를 알리지 않고 부모와 장인 댁을 멀리한 것.

기약 없이 미루기만 했던 일들도 생각났다. 남자는 아내와 함께 결혼 10주년 해외여행을 떠나고 싶었고, 골프를 제대로 배우고 싶었으며, 종류를 정하지는 않았지만 악기를 하나 배우고 싶었다. 마음만 먹으면 할 수 있었던, 소박한 소망이었다. 지상에서 가장 좁은 감옥에 감금되는 형벌의 기회비용이었다.

두려움과 절망, 후회가 더 큰 감정적인 동요로 이어지지 않은 것은 자존심 때문이었다. 남자는 스스로에게 엄격한 사람이었다. 자신을 버리고 떠난 아내와 아이, 그가 어떻게 사는지 무관심했던 부모와 장인 댁, 직원들을 착취하려 든 회사와 그라는 인간을 구매자로만 파악하는 유통업체, 이웃에 관심이 없는 뤼미에르 빌딩 입주자들에게 원망의 감정이 잠시 들었던 것이 부끄러웠다. 평소에 믿지도 않던 신에게 갑자기 자비를 비는 행위는 전투에서 패한 뒤 적장에게 목숨을 구걸하는 것 같았다. 그보다는 평소 신념대로 신의 존재를 인정하지 않고, 일어나는 모든 일에 책임을 지는 자세로 마지막 순간을 맞이해야 하는 것이 아닌가 싶다.

그렇게 생각한 순간 휴대전화 벨 소리가 울렸고 남자는 가슴이 철렁 내려앉았다. 벨 소리는 오랫동안 그치지 않는다. 소리가 둔탁한 걸로 봐서는 양복 안에 휴대전화가 있는 것 같았다. 어디서 오는 걸까? 회사? 아내? 친구? 강동 7단지 재건축 조합? 불과 1.5미터 거리에 외부 세계와 교신할 수 있는 기계가 있지만 그는 그 기계를 잡을 수 없고 거기에 대고 말을 할 수도 없다.

전화는 한 번 더 왔다.

남자는 불만에 가득 차 천장을 노려보다가 벽지 무늬가 입가에 비웃음을 띤 사람 얼굴처럼 보이려고 해 다시 눈을 감았다. 눈을 감자 이번에는 옆집에서 나는 소음이 생생히 들렸다. 개수대에서 접시를 달그락거리며 씻는 소리, 아침 드라마의 신경질적인 대사, 아기 울음소리 같은 것들이었다.

뭔가 위안이 될 만한 볼거리가 없나 해서 눈알을 사방으로 굴리자 머리 위쪽으로는 행거에 걸린 옷가지 일부분이 보였고, 발 아래쪽으로는 침대와 일체형인 책장 일부가 보였다. 왼쪽으로는 부엌 찬장이 보였다. 찬장에 가족사진을 몇 장 붙여놨는데, 지금은 사시가 되도록 아무리 흘겨보아도 그 사진까지 눈길이 닿지는 않는다. 오른쪽으로는 창문과 하늘 일부가 보인다.

그날은 구름이 많고 바람이 세게 부는 듯했다. 창문으로 들어오는 빛의 양이 시시각각으로 변했다. 30도만 고개를 오른쪽으로 돌릴 수 있다면 얼마나 좋을까. 하늘에 구름이 흘러가는 모습은 몇 시간을 보아도 지루하지 않은데.

남자는 눈을 감고, 보이지 않는 하늘 대신 추억 속의 아름다운 풍경을 재현해보려 했다. 이제껏 보았던 산, 바다, 들, 호수, 공원, 야경과 밤하늘을 떠올려보려 했으나 선명한 영상으로 만들어지는 것은 하나도 없었다. 남자는 즐거웠던 추억과 그때 느낀 행복감과 육체의 감각을 머릿속에서 재현하려한다. 그러나 실제 일어난 속도대로 세밀하게 기억할 수 있는 일은 섹스뿐이다. 상대방 여자를 어떻게 눕혔고, 옷의 단추는 어떻게 풀었고, 어디를 먼저 애무했으며, 나는 어떤 애무를 받았고, 어떤 체위로 삽입했는지에 관한 것들. 그런 일들도 간혹 즐겁긴 했지만 그 순간 남자가 떠올리고 싶은 기억은 아니었다.

기억 속에서 과거의 행복했던 일들을 더듬어보니 주로 남자의 행복은 성취와 관련이 있었다. 고교생 해외탐방단에 뽑혀 독일에 갔었고, 부모님의 반대를 무릅쓰고 처음 붙은 대학에 휴학계를 낸 뒤 재수 학원에 다녀 결국 원래 가려고 했던 대학에 들어갔다. 아직 몸이 날씬하던 시절에는 국내의 모든 산에 올랐고, 매일 아침 6시 반이면 일어나 중국어학원에 다녔고, 1500명 앞에서 프레젠테이션을 멋지게 해내 신입 사원 그룹 연수에서 혁신상을 받았다. 명일 4단지 재건축 시공사 선정 투표전에서 초반 압도적인 열세였음에도 2위를 차지해 컨소시엄에 참여할 수 있었던 까닭은 남자가 아이디어를 낸 대응 논리의 덕이 컸다.

그런데 그런 일들은 그 결과가 그의 인생에서 차지하는 의미에 대해서는 분명하게 말할 수 있지만, 그런 결과에 이르게 된 과정이 그리 세세히 기억나지는 않았다. 상대적으로 긴 과정이기도 하거니와, 과정보다 성과로 기억되는 일들이었기 때문이다. 기억나는 일들은 고생스러운 경험인데 그게 생각만으로 흐뭇해지는 일들은 아니다. 과정에 있었던 일들을 떠올리며 미소 지을 수 있는 것은 성과가 좋아 그런 고생이 보답을 받았고, 지금은 그런 고생을 하지 않기 때문이다. 남자는 지금껏 짧은 승리감과 충족감을 위해 많은 시간을 인내해 왔다.

남자는 자신이 혼자서 가만히 있을 때 행복을 잘 느끼지 못했다는 사실을 깨달았다. 그것은 인생을 승부의 연속으로 여긴 인생관의 원인이자 결과였다. 그는 삶을 전장이나 공사장으로 여기고, 무언가를 만들고 빼앗거나 이루면서 기쁨을 느꼈다. 심지어 백두대간을 종주할 때도 풍경 감상은 거의 하지 않았다. 그 여행을 산과 자신의 싸움이라고 생각하며 영어와 중국어 단어장을 들고 다녔다. 무언가를 해내고 이뤄냈다는 느낌은 짜릿하고 벅찬 기분이었으며 내부에서 비롯되는 확실한 쾌락이었다. 그러나 인내는 쓰고 길었으며 열매의 단맛은 한순간이었다. 또 그런 성취감에는 강한 내성이 있어서 같은 정도의 기쁨을 느끼려면 매번 목표를 점점 더 높게 잡아야 했다.

"목표가 있는 삶은 행복하다"라고 스티븐 코비가 말했다. 남자는 목표를 갖는 것이 대답 없는 질문과 공허에 빠지지 않는 길이라 믿었다. 존재와 의미에 관한 질문은 사람들을 아무 곳으로도 데려가지 못한다. 남자에게 진짜 인생을 사는 방법은 목표라는 한 점에 정신을 집중하고, 치열해지는 것이었다. 그래서 남자는 매사에 목표치를 두고 그것을 달성하기 위해 노력했다. 중간고사, 학기 말·학년 말 시험, 반장 선거, 대입 학력고사, 학점, 토익 점수, 취업, 근무 평점, 업적 평가, 승진 심사, 시공사 선정 주민 투표. 금연이나 체중 관리와 같은 생활 습관 교정은 물론이요, 심지어 연애와 결혼도 외교전의 일종이라 여겼다. 그렇게 해서 국내 건설업계 최고라는 회사에 들어가 승승장구했고, 예쁘고 똑똑한 아내도 얻었다.

무사 정신과 비슷한 데가 있는 이런 태도는 유사 종교로서 역할도 했다. 매 순간 목표를 주고, 그 목표를 달성했을 때 정신적 충만감을 느낄 수 있게 해 정신이 감당할 수 없는 허무나 회의에 빠지지 않고 건강하게 작동할 수 있게 했다. 어느 날 갑자기 이렇게 거대한 허무와 회의에 맞서야 할 운명인 줄도 모르고 줄곧 그렇게 살았다.

지난 일들을 기억하려고 애쓰는 동안, 남자의 정신은 다른 기억을 건져내기도 했다.

안 좋은 기억은 대부분 부끄러운 일들에 관한 것이었다. 대단한 기억도 아닌, 하찮은 것들. 술에 취해 사물을 과장하고 으스댔던 일들이라거나…….

그룹 연수 마지막 날 우수상을 받은 다음에는 기분이 좋아져서 같은 팀이던 입사 동기들에게 한턱 내겠다며 술집에 갔고, 술을 마시는 내내 그룹 연수 동안 있었던 일을 이야기해서 모두를 지루하게 했다. 술값을 계산해야 할 때 그는 청구서를 보고 얼굴이 붉어졌고, 이를 눈치챈 동기 한 명이 "돈을 걸을 시간이야"라며 자리에 있던 사람들에게 갹출하자고 제안했다. 남자는 고개를 숙인 채 입을 다물고 뒤로 물러나 있었다.

남자는 자신이 이 상태로 다른 사람에게 발견된다면, 그야말로 최악의 웃음거리가 될 것이라는 사실을 깨달았다. 아마 신경 어딘가가 끊겨졌을 것이고, 회복은 불가능할 것이다. 호스 같은 것으로 식도에 죽을 부어 생명은 연장할 수 있을 테지. 그에게는 '일 중독자의 비참한 말로'라는 딱지가 붙으리라. 부서원과 친구들은 연민과 호기심이 섞인 눈길로 병실에 누워 있는 그를 바라볼 것이다. "그렇게 징그럽게 일을 하더니만……"

그런 시체 같은 상태로 연명하는 데 돈이 얼마나 들까. 남자는 아내가 언젠가 그 부담에 굴복하지 않을까 두려웠다. 책임감과 경제적 부담 사이에서 갈등하는 아내의 모습을 보고 싶지 않았다.

남자는 《몬테크리스토 백작》에 나오는 중풍 걸린 노인을 떠올렸다. 눈 깜빡임으로 손녀딸에게 의사를 전달하는 강인한 정신력의 소유자였다. 프랑스의 어떤 작가가 그와 똑같은 증세로 몇 달간 고생하다 죽었다는 사실을 들은 적이 있다. 그도 눈을 열심히 깜빡거려서, 10만 번이나 20만 번쯤 깜빡거려서 자신의 처지에 대한 책을 썼다. 그 두 프랑스인은 대단한 독재자였다. 그들에게는 그 눈 깜빡임을 받아 적기 위해 24시간 그들 옆에 붙어 있는 가족이나 간호사가 있었다.

남자는 아내가 옆에 앉아서 자신이 눈 깜빡이는 횟수나 세고 있기를 바라지 않았다. 눈을 수만 번씩 깜빡여 세상에 전하고픈 메시지도 없었다.

그렇다면…….

……다른 사람들이 그를 발견하기 전에 죽어야 한다.

그래야 치욕을 면할 수 있고, 아내와 아이에게도 도움이 될 수 있다.

남의 눈에 띄기 전에 죽어야 한다.

물 없이 살 수 있는 한계는 아마 2, 3일 정도일 게다. 앞으로 이틀 동안 남자를 찾아오는 사람은 없겠지만 3일째라면 가능성이 있다.

이 상태에서 자살할 수 있는 방법이 있을까? 죽어야겠다는 마음만으로 사람이 죽을 수 있다면 얼마나 좋으랴. 남자는 혀를 깨물 수조차 없었다. 그가 할 수 있는 일이라고는 숨을 참는 것뿐이었다. 사람이 스스로 숨을 참아서 목숨을 끊는다는 게 가능할까? 남자는 시도해보았다. 숨을 참고 천천히 수를 세었다. 10…… 30…… 60…… 80…… 95…… 98, 99…… 103에서 남자는 그만 입을 벌리고 공기를 들이마셨다. 그때 격렬한 기침이 터져 나와 숨이 막혔고, 남자는 산소 부족으로 껙껙댔다. 눈앞이 빙글빙글 도는 것 같았고 귀에서는 '띠―' 하는 이명이 들렸다. 얼굴이 검붉어졌으리라. 마지막 순간에 겨우 사레가 가라앉고 목이 뚫렸다.

짧은 숨, 짧은 기침. 헉! 컥! 이마의 핏줄이 펄떡펄떡 뛰었다. 조금 안정된다 싶은 순간, 정수리를 굵은 바늘로 찌르는 듯한 통증이 2, 3초간 찾아왔고 눈에서 눈물이 주르륵 흘렀다. 너무 아파서 아무런 반응조차 할 수 없는 그런 고통이었다.

통증이 사라지고 난 다음에도 얼마 동안은 정신을 차릴 수가 없었다. 그러나 어느 정도 시간이 지나자 이 짓을 다시 시도해야 한다는 생각이 들었다. 자신이 겁을 집어먹었다는 사실을 인식하고 있었기에 더 물러날 수가 없었다.

남자는 지금 자신이 세계 최초의 '숨 참기' 자살을 다시 시도하려는 것이 합리적인 이유에서가 아니라 고통에 질 수 없다는 오기 때문이란 걸 알았다. 어쩌면 숨을 참아서 죽는 것은 불가능할지도 모른다. 어쩌면 그는 치료가 가능한 상태일 수도 있다. 확실한 것은, 숨을 다시 참지 않으면 패배감을 느끼게 될 거라는 사실이다.

돌이켜보면 남자는 언제나 그런 식이었다. 자기 앞에 놓인

과제를 포기하지 못했다. 그는 열심히 싸웠다. 그런데 그 싸움의 대상은 내가 정한 것이었나? 그 목표라는 것들은 과연 얼마나 가치 있는 일이었을까?

남자는 생각하는 것에 지쳐 잠이 들었다.

잠에서 깨어 보니 해가 져 있었다. 저녁 8시일 수도, 새벽 1시일 수도 있었다. 낮에 햇빛이 어디까지 들어오는지 보고 시간을 짐작해둘걸 하는 생각이……. 아니, 시간 따윈 이제 몰라도 별 상관없다.

고약한 똥 냄새가 어둠 속에서 코를 찔렀다. 침대 위에 똥을 싼 것이다. 오줌도 지렸겠지. 남자는 자신이 어떤 자세로 침대 위에 누워 있는지, 신체 어느 부위부터 썩게 될지 궁금했다.

목이 마르다. 침은 더 이상 흐르지 않는다. 입술은 물론이고 입안과 식도 깊숙한 곳에까지 물기라고는 조금도 없고, 아랫입술과 혀 아래가 갈라지고 있다.

죽음의 방식을 선택할 수 있다면 치료비가 덜 드는 불치병에 걸려 시한부 인생으로 살다 죽고 싶다는 생각을 한 적이 있었다. 살아온 인생을 정리하고 마무리하는 시간을 갖고 싶었다. '지금이라도 할 수 있는 일은 없을까? 아무도 나를 보지 못하고 내가 어떤 결심을 하는지 알지 못하는 상황에서 어떤 의미 있는 일을 할 수 있을까?' 남자는 사형대에 오른 사형수

만도 못한 처지였다. 사형수에게는 적어도 그의 마지막을 보아주고 최후진술을 들어줄 참관인들이 있다.

남자는 최후진술에 대해 생각했다. 그 순간에도 자신의 인생을 실패했다고 규정하고 싶지는 않았다. '20시간 전부터 별 도움이 되지 않았다고 해서 내가 살아온 방식이 송두리째 잘못됐다고 할 수는 없다. 또 이런 상황에 빠진 것이, 내가 택한 삶의 필연적 결과라고 볼 수도 없다. 계획한 대로 인생이 풀려나갈 수도 있었다.' 남자는 뭔가를 기다리며 수동적으로 살지 않았고 자기변명을 하지 않았으며 언제나 현실에 집중했다.

남자는 신이 존재하길 바랐다. 의지하기 위해서가 아니라 싸우기 위해서였다. 그 순간 그의 생각을 읽고 그의 말을 들어줄 수 있는 존재, 그가 싸울 수 있는 상대는 신밖에 없었다. 신이 존재한다면 그는 지금이라도 프로메테우스가 될 수 있었다. 기적이 필요한 순간 그것을 바라지 않는 것이 남자가 할 수 있는 가장 고귀한 일이었다.

남자는 다시 잠이 들었다가 흐리멍덩한 정신으로 깨어났다. 뒤숭숭한 꿈을 꾸었는데 내용은 기억나지 않았다. 잠시 뒤 그는 자신이 무엇 때문에 이렇게 정신이 산만한지 알게 됐다.

귓가에서 모기 한 마리가 날아다니고 있었다. 모기가 귓가에서 내는 불규칙적이고 불안한 고음이 터무니없이 크게 들렸다. 남자가 세상에서 가장 싫어하는 소리였다.

사람마다 도저히 참을 수 없는 것이 있다. 남자에게는 그게 귓가에 들리는 모기 소리였다. 밤에 모기 소리를 들으면 아무리 몸이 피곤할 때라도 참지 못하고 일어나 불을 켜고 모기향을 피우거나 모기를 잡은 뒤 다시 눕곤 했다.

모기 때문에 한 가지 생각을 1분 이상 지속할 수가 없었다. 모기는 슬며시 소리를 죽이며 물러났다가 남자가 조금이라도 다른 생각을 하려고 하면 악마같이 돌아와 귓전을 간질였다. 남자는 몇 번이나 목덜미에 소름이 돋다 못해 정신이 폭발할 지경에 이른다. 얼굴을 찡그리고 귀를 벌렁거리며, 안 나오는 소리를 쥐어짜 모기를 쫓으려고 하지만 이 악독한 벌레를 겨우 그 정도 노력으로 쫓을 순 없다. 남자는 모기에게 '제발 내 몸 아랫부분을 마음껏 뜯어먹어라' 하고 속으로 하소연하다가 급기야 눈물을 쏟고 말았다.

남자는 실제로는 모기가 존재하지 않을 가능성에 대해 생각했다. 지금은 5월이다. 모기가 나오기엔 다소 이르지 않나? 하긴 요즘 모기는 건물 지하실에서 겨울도 난다고 하지만…….

가끔 양쪽 귀에서 동시에 모기 소리가 들렸다. 모기가 두 마리 있는 것일 수도 있지만, 정신이 붕괴하면서 가장 무서워하는 소리를 환청으로 듣고 있는 걸지도 모른다.

모기 소리에 갈증과 두통이 더해진다. 목이 마르다 못해 안쪽부터 갈라지고 있다. 바늘 수백 개가 동시에 목구멍을 찌르는 것 같은 느낌이다. 머리도 지끈지끈 아파오기 시작한다. 잠에서 깨어난 지 이제 겨우 5분쯤 되었을까? 그런데 남자는 벌써 탈진 상태였다. 모기 소리 때문에 신경이 끊어질 것 같고 두 문장 이상 연속해서 생각하기 어렵다. 탈수와 허기로 의식을 잃어가며 죽을 줄 알았는데 그런 자비조차 기대할 수 없을 것 같다. 이대로 정신이 점점 더 날카로워지다가 폭발하고 무너져버린 뒤 광인이 되어 죽음을 맞이할지도 모른다.

불만에 가득 차 천장을 노려본다. '이건 아무래도 공평치 않다, 온당치 않다, 나는 이것보다 더 나은 대접을 받을 자격이 있다' 따위의 쓸데없는 생각들. '불신자를 괴롭히려고, 무너뜨리려고 이 긴 코미디를 준비하고 몇 달 살지도 못하는 날벌레를 최후의 심문관으로 골랐구나! 내가 모멸감을 느끼도록, 아이러니 속에서 죽어가도록!' 더 저항하겠다고 생각하고 몸에 힘을 준 순간, 양쪽 귀에서 모기 날갯짓 소리가 두 배로 커졌다. 도저히 견딜 수가 없다. 그러나 생각을 할 수 없을지라도 저항은 할 수 있다. 남자는 눈을 부릅뜨고 숨을 참는다.

남자는 숨을 참으면서 이야기를 하나 만들어냈다. 감정과 욕망에 충실하게 살았지만 불행에서 헤어날 수 없는 처지가 된 어떤 여자아이의 이야기였다. '다른 선택을 했어도 별 수 없었을지 모른다'라는 생각이 분노를 덜어주었다.

여자아이는 사랑이 찾아오는 특별한 순간이 있다고 믿었다. 낯선 이를 보면서 '저 사람과 내가 사랑에 빠지겠구나' 하고 예감하는 순간. 그와 자신이 운명적으로 맺어져 있음을 깨닫는 순간. 지금까지 그런 경험을 한 적이 한 번밖에 없었으므로 현재의 애인이 그 여자아이의 첫사랑이었다.

패거리에서는 남자아이를 '빡'이라고 불렀다. "야, 빡!" 빡은 빡빡이를 줄인 말이었다. 남자아이가 언제나 거의 삭발하다시피 짧게 머리를 쳤기 때문이다. 패거리는 구성원에게 별명을 붙일 때 그게 무슨 규칙이라도 되는 것처럼 철저히 외모를 바탕으로 외자 이름을 지었다. 여자아이에게는 '쩜'이라는 별명이 붙었다. 보조개 근처에 애교점이 있었기 때문이다.

여자아이는 남자아이에게 왜 그렇게 머리를 짧게 깎고 다니느냐고 물었다. 남자아이는 딱 두 단어로 대답했다. "이발비 아끼려고." 패거리에 있는 다른 남자애들과 달리 빡은 말수가 적고 허세를 부리지 않았다. 여자아이는 빡의 그런 점이 멋있다고 생각했지만, 그때는 아직 여자아이에게 특별한 순간이 찾아오기 전이었다. 여자아이는 빡이 자신을 까이통이라거나 쌔끈이라고 부르지 않아서 좋아했지만, 그때까지도 아직 특별한 순간은 찾아오지 않았다. 빡은 "남자라면 최소한 한 접시는 따먹어야지"라는 말도 하지 않았고, 여자아이가 강간을 당했다고 해서 "한 코 나갔다"라며 놀리지도 않았다.

노래방에서 남자아이가 저음으로 뜨거운 감자의 〈고백〉을 불렀을 때도, 남자아이의 잠든 얼굴을 보면서 속눈썹이 엄청나게 길다는 사실을 알았을 때도, 술을 마시며 왕 게임을 하다 벌칙으로 빡과 입을 맞추게 됐을 때도, 아직 특별한 순간이 되기 전이었다.

특별한 순간은 빡이 캐나다에 대해 말했을 때 찾아왔다. "난 캐나다에 갈 거야." 어느 날 다른 아이들이 모두 술에 취해 잠들었을 때 빡이 갑자기 말했다. "지금 아무리 힘들어도 나한테는 미래가 있어. 그리고 그 미래는 이 땅에는 없다고." 그룹 홈 만기 퇴소를 앞두고 있을 즈음 시설에서 같이 지내던 형들이 빡에게 연락해왔다. 강남의 나이트클럽에 취직한 형은 자기가 버는 돈이 월 500만 원이라고 자랑했다. 그러나 빡은 그 형들의 제안을 거절했다.

"내가 잘한 거 맞지?"

남자아이가 물었고 쩜은 "응"이라고 대답했다.

캐나다는 땅덩이는 어마어마하게 크지만 인구는 아주 적었고, 특히 스물아홉 가지 직업군에서 기술자가 모자랐다. 그 스물아홉 개 직업에서 경력이 있고 항목별 심사를 받아 총점이 67점을 넘으면 기술 이민을 신청할 수 있었다. 대학원을 졸업한 사람과 대학만 나온 사람의 점수 차이는 5점밖에 되지 않았으나 대졸과 고졸 간의 점수 차이는 15점이나 됐다. 그래서 남자아이는 대학에 가려 했다.

"지금 나이트클럽에 취직하면 젊을 때 몇 년은 풍족하게 살 수 있지만 미래가 없어. 그렇게 돈을 모아서 얼마나 벌 수 있겠어. 나이 든 다음에 뭘 할 수 있겠어."

매년 한 직업당 1000명만 신청자를 받았다. 가장 경쟁자가 없는 부문은 배관, 다음은 용접이었다. 캐나다 주정부의 구인 공고에도 배관공과 용접공을 구한다는 내용이 가장 많았다. 빡은 고등학교에서 배관기능사 자격증과 용접기능사 자격증을 취득했다. 대학에 진학하면 이민 점수 15점을 챙길 수 있을 뿐 아니라 졸업할 때까지 시립 양육 시설에 그대로 남아 있을 수 있었고, 배관산업기사 자격증을 따는 데도 유리했다.

여자아이는 한 번도 그렇게 긴 미래를 생각해본 적이 없었기 때문에 빡의 말에 자신이 부끄러워졌다. 빡과 달리 아동 양육 시설에서 살지도 않았고, 중산층이라고 할 수는 없어도 아주 가난한 집 자식도 아니었으므로 더 그랬다.

여자아이는 빡이 그를 시설에 맡긴 부모를 탓하거나 원망하지 않는 데에 깊은 인상을 받았다. 자신은 아버지에게 성적인 학대를 당했음을 은연중에 강조하고 피해자 연기를 즐겨 했기 때문이다. 사실 여자아이는 아버지에게 여러 번 얻어

맞기는 했으나 성폭행당한 적은 없었다. 잠에서 깨 보니 술에 취한 아버지가 자신의 젖가슴을 주무르고 있던 적이 한 번 있을 뿐이었다. 아버지와 딸은 잠시 눈이 마주쳤고, 누가 먼저랄 것도 없이 슬그머니 서로 고개를 돌렸다.

여자아이는 캐나다에서 배관공의 아내가 되어 있는 자신의 모습을 상상해보았다. 그런 일이 가능하리라고는 생각해 본 적이 없었다. 여자아이는 캐나다의 수도가 오타와라는 이름의 도시라는 것을 처음 알았다. 그날 밤 잠이 들 때쯤 여자아이는 자기가 빡과 맺어질 수밖에 없다는 사실을 깨달았다.

빡은 그때 다른 여자아이와 사귀고 있었다. 빡의 여자친구는 머리색이 노랬기 때문에 별명이 '똥'이었다. 친구의 애인은 건드리지 않는다는 게 패거리의 규칙이었고, 더구나 여자아이는 무리에 들어온 지 얼마 되지 않았으므로 빡에 대한 마음을 숨겼다. 그러나 속으로는 언젠가 빡이 자기 차지가 되리라고 믿었다.

'기다리기만 하면 돼. 머지않았어.' 쩜은 마음속으로 생각했다.

어느 날 패거리에서 각각 '젖'과 '좁'이라는 별명으로 불리던 커플이 술을 마시고 오토바이를 타고 가다가 전신주를 들이받아 크게 다쳤다. 친구들은 처음으로 죄책감 비슷한 얼떨떨한 감정에 휩싸였다. 그들이 전날 그 두 사람에게 술을 강권

하고, 오토바이에 태워서 집으로 보냈기 때문이다. 여유증(女乳症) 때문에 젖이라는 별명이 붙은 소년은 오토바이를 타기 전에 "씨발, 너무 맞아서 팔에 감각이 없다"라고 말했다. 좁은 미간 사이가 좁다고 좁았다. 그날이 젖의 열일곱 번째 생일이었다. 생일빵을 할 때 서로 얼굴은 때리지 않기로 했으나 언제 얻어터졌는지 한쪽 눈도 부어 있었다.

사고를 낸 소년은 뒤에 타고 있던 소녀보다 자기가 오토바이 사고를 냈다는 사실이 더 신경 쓰이는 모양이었다.

"아, 쪽팔려. 야, 누구 담배 없냐? 여기 간호사들 존나 짱난다."

화장실에서 담배를 피우고 온 소년은 술을 하루도 거를 수 없다며 다음번에 올 때는 소주도 가져오라고 허세를 부리다 사레가 들려 기침을 심하게 했다.

헬멧을 쓰고 있던 젖은 팔만 부러졌으나, 좁은 안면이 함몰됐고 아무리 성형수술을 해도 얼굴의 흉터가 사라지지 않을 거라고 했다. 면회 금지였다. "아니, 지금 베프 상판이 반쪽이 됐는데 그냥 돌아가라고?"라며 빡의 여자친구가 병원에서 난동을 부렸다.

병원을 나설 때 빡은 머리가 노란 여자친구가 먼저 엘리베이터를 타게 했다.

똥이 앞서서 엘리베이터를 타고 내려갈 때 빡은 그러도록 내버려두었다. 엘리베이터 앞에서 빡은 쩜의 손을 잡았다. 빡은 자기가 친구들을 다치게 했다는 생각에 괴로워했고, 자신을 위로해줄 수 있는 사람이 사귀고 있는 여자친구가 아니라는 사실을 깨달았다. 그는 그런 감정이 혼란스럽고 두려웠다. 빡과 달리 쩜은 아무렇지도 않았다. 쩜은 자신의 욕망과 감정 앞에 언제나 떳떳했다.

만신창이가 된 친구들을 면회하고 병원을 나오면서, 슬픔과 두려움 속에서 빡과 쩜은 서로의 감정을 깨달았다. 서로 사랑하고 있었던 사람은 빡과 다른 여자아이가 아니라 그들 자신, 빡과 쩜이었음을.

빡이 "애들하고 이제 못 만나겠네"라고 말했을 때 쩜은 "그 깟 애들 이제 안 봐도 돼"라고 대꾸했다. 여자아이에게 진정한 삶이란, 욕망과 감정에 충실해지는 것이었다. 욕망과 감정은 삶을 이끄는 에너지이며, 자신의 가장 밑바닥에 있는 그 에너지를 부정하면서 진실하게 살 수 있는 사람은 없다. 그 에너지가 바로 그 인간 자신이다.

"애들이 다구리할 텐데."

빡이 걱정했을 때 쩜은 "까짓것, 한번 밟히지 뭐"라고 대꾸했다. 여자아이는 인습이나 규율에 얽매여 하려는 말을 하지 못하고 하고 싶은 행동을 하지 못하는 어른들을 경멸했다. 여자아이가 보기에 대부분 어른은 생활을 이어가기 위해 끝없이 자기 자신을 부정하면서 비굴해지고 옹색해져 자신이 왜 사는지, 왜 살아 있는지를 잊어가고 있었다.

실제로는 다구리당하는 일도 없었다. 똥이 쩜에게 발길질을 하고 머리채를 휘어잡으려 할 때 빡이 달려들어 똥의 뺨을 세게 때렸기 때문이다.

"넌 이미 나랑 헤어졌잖아! 나 얘랑 사귄다. 불만 있냐?"

빡이 단호하게 말하자 '뭔가 재미있는 놀거리 없나' 하며 먹이를 찾는 눈빛이던 패거리 아이들은 이내 흥미를 잃어버렸다. 여자아이는 그런 남자아이의 모습을 보며 사랑에 빠졌다. 오토바이 교통사고처럼 치명적이고, 돌이킬 수 없는 사랑이었다.

사실 캐나다 따위야 아무래도 상관없었다. 남자아이가 캐나다를 가려고 한다는 사실이 중요한 게 아니라, 그가 캐나다를 가기 위해 노력하면서 보이는 태도가 가치 있는 것이었다. 그가 자신을 위해 전 여자친구의 뺨을 때리고 패거리의 규칙에 맞서려 했다는 사실이 중요한 것이었다.

빡과 쩜이 패거리에서 단번에 벗어날 수는 없었다. 남자아이가 장학금을 받지 못해 대학 진학을 포기해야 했고, 그래서 그룹 홈에서 퇴소할 수밖에 없었기 때문이다. 남자아이는 그래도 캐나다에 대한 꿈을 포기하지 않았다. 다음 해에 대학 입학시험을 다시 칠 수도 있었고, 대입 전까지 서울용접배관기술학원에 다닐 수도 있었다. 그때까지 버틸 돈만 있다면. 그래서 남자아이는 패거리들과 함께 지내며 나이트클럽 웨이터로 나가기로 했다.

"같이 대학에 가자. 배우자 학력도 중요해. 아내가 대학을 나오면 4점을 더 받을 수 있어."

그러나 빡은 여자아이에게 대학 등록금이나 학원비를 구하는 방법에 대해서는 설명하지 않았다.

여자아이는 얼굴이 예뻤다. 쩜은 마이킹으로 500만 원을 받고 룸살롱에 나가기 시작했다. 어차피 노래방 도우미와 별로 다를 바 없다고 여겼고, 딱 3개월만 일하자고 생각했다. 처음에는 새끼 마담의 오피스텔에 얹혀살았고, 나중에는 월세방을 마련했다.

"나 2차도 나가."

쩜이 조심스럽게 고백했을 때 남자아이는 별 반응을 보이지 않았다.

"그런데 전문대는 어디로 가지? 내가 뭘 배우면 좋지?"

쩜의 질문에도 남자아이는 대답을 회피하며 퉁명스러운 반응만 보였을 뿐이었다.

그러나 그날 밤 잠을 자다가 이상한 기분에 정신을 잠시 차렸을 때 여자아이는 남자아이가 눈물을 흘리며 자신의 머리카락을 쓰다듬는 모습을 보았고, "미안해"라고 말하는 소리

를 들었다. 잠자는 여자아이의 가슴을 몰래 만진 남자는 있어
도 머리카락을 쓰다듬으며 미안하다고 말한 사람은 그때까지
아무도 없었다.

쩜은 남자아이가 흘린 눈물을 2차를 뛰는 것에 대한 허락
으로 받아들였다. 결근비가 있어서 원하는 날 마음대로 쉴 수
없다는 점만 제외하면 룸살롱 일은 얼핏 보기에 노래방 도우
미나 보도보다 힘들지 않은 것 같았다. 변태 손님은 노래방보
다 오히려 적었다. 적어도 룸살롱 고객들은 돈이 있었고, 손
님이 지나치게 취하거나 손찌검을 하면 마담이나 삼촌을 부
르면 되었다. 삼십대 초반에 아이가 둘이라는 마담은 인형처
럼 생긴 쩜에게 이런저런 옷을 입히고 놀기를 좋아했으며, 자
기가 입던 홀 의상을 몇 벌 물려주었다. 여자아이는 둘째 달
에 마이킹을 모두 갚았다.

룸살롱 호스티스가 노래방 보도보다 안 좋은 면도 있었다.
프리랜서로 일하다 회사에 취직한 것과 비슷했다. 대기실에
있을 때조차 말과 행동을 하고 싶은 대로 하지 못하게 되는
때가 있었다. 여자아이는 자신의 마음속에 스위치가 있다고
상상했다. 스위치를 끄면 진정한 자기 자신인 쩜으로 남아 있
지만 스위치를 올리면 홀에서 쓰는 가명인 '현아'를 연기한다.

여자아이는 3개월이 지난 다음에도 룸살롱을 떠나지 않았
고, 남자아이는 다음 해 입시에서도 가려던 전문대에 입학하

지 못했다. 남자아이는 어떻게 해야 장학금을 받으며 원하는 대학에 갈 수 있는지 알지 못했고, 캐나다가 서서히 멀어지는 것을 느꼈으나 자존심이 강한 탓에 그 사실을 쩸에게 고백할 수 없었다. 대신 남자아이는 술을 마시기 시작했다. 남자아이는 캐나다에 가기 위해 꼭 대학에 가야 하는 것은 아니라고 주장했다.

"기사 자격증을 따고 취업 비자를 먼저 얻으면 돼. 거기서 일을 하다가 영주권을 취득할 수도 있어."

기사 자격증을 따려면 경력을 쌓아야 했으나, 남자아이는 배관공이나 용접공으로 취직하는 일을 차일피일 미뤘다. 나이트클럽 웨이터를 하면서 화려한 생활이 점차 몸에 뱄기 때문이다.

돈 쓰는 재미에 맛을 들인 것은 여자아이도 마찬가지였다. 여자아이는 처음에는 홀 의상을 샀고, 나중에는 평상복을 샀으며, 그다음엔 가방과 구두를 샀다.

두 사람은 벌어들인 돈으로 신촌에 오피스텔 전세를 마련했다. 여자아이는 뤼미에르 빌딩 802호에 입주하면서 흰색 몰티즈 한 마리를 사고 '쩸빠이'라는 이름을 붙였다. 남자아이는 개를 좋아하지 않았지만 여자아이를 내버려두었다. 둘은 낮에는 잠을 자고, 저녁이 되면 각자 일터로 출근했다.

여자아이는 결혼이라는 단어를 몇 번 화제에 올려보았다.

남자아이는 여자아이에게 대입 준비를 잘하고 있느냐고 되물었다.

여자아이는 어느 날 기사 자격증을 걱정하는 남자아이에게 "캐나다 따위야 아무래도 괜찮아"라고 말했다가 남자아이가 불같이 화를 내는 바람에 크게 싸웠다. 여자아이는 자신이 정말 캐나다에 관심이 없으며, 필요한 것은 너뿐이라고 말했지만 오히려 빡의 화를 돋울 뿐이었다. 말다툼은 여자아이가 자기도 꼭 캐나다에 가겠다고 말하고 나서야 끝났다. 남자아이는 냉장고를 걷어찼고, 작은 냉장고는 둔중한 소리를 내며 크게 흔들렸다.

몰티즈는 몹시 호들갑스럽고, 주인을 너무 사랑한다는 점이 문제였다. 쩜빡이는 주인들이 집을 나설 때 직장에 가지 말고 자신과 놀아달라고 필사적으로 매달렸으며, 아침에 피곤한 몸을 이끌고 젊은 주인들이 돌아오면 지나치게 반겨 주인들을 더 지치게 했다. 몰티즈는 혼자 있을 때 내내 낑낑 소리를 내고 문을 긁었다. 운 좋게도 오피스텔 옆집에는 청각장애인이 살았다.

그들은 좀 더 의젓한 개를 키웠어야 했다. 남자아이는 강아지에 대해 늘 편치 않은 마음이 있었는데, 그게 자신의 콤플렉스 때문이라는 사실을 본인도 몰랐다. 그도 어린 시절 부모에게 자신을 버리지 말아달라며 그렇게 애원했던 것이다.

몰티즈가 주인을 환영하며 집 안을 미친 듯이 뛰어다니다 바닥에 오줌을 쌌을 때 남자아이는 참지 못하고 개의 배를 걷어 찼다. 한 대 맞은 강아지가 비명을 지르며 난리법석을 떨자 남자아이는 더 화를 냈다. 웨이터들은 선배한테 언어맞았을 때 그렇게 맞은 티를 내면 안 되었다.

룸살롱 실장이 퇴근하는 쩜에게 포장마차에 가자고 수작을 부렸고, 쩜은 소주를 마시다 그 삼십대 남자에게 "당신의 미래는 뭐냐"라고 물었다. 남자는 자신이 이미 대딸방을 하나 냈으며, 1년 뒤에 업소를 두 곳으로 불릴 예정이고, 마흔 살이 되기 전에 룸살롱을 여는 것이 목표라고 대답했다. 자기 남자친구의 꿈은 캐나다에 가는 거라고 쩜이 말하자 실장은 웃음을 터뜨렸다. 실장은 그런 이야기를 마담에게 하면 조만간 도망갈 거라는 의심을 받게 되니 조심하라고 조언해주었다.

여자아이는 며칠 뒤 실장과 잠자리를 같이했다. 빡과 함께 산 뒤로 여자아이에게는 그것이 진정한 의미의 첫 타락이었다. 쩜은 실장과 잠을 자면서 상대방이 배려가 부족하고, 그 자신의 쾌락만 좇는다고 느꼈다. 그러나 그렇게 느낀 것을 입 밖으로 말하지는 않았다. 왜 그런지 이유는 그녀 자신도 몰랐다. 그 전까지 손님들과 섹스를 할 때면 그 섹스가 자발적이지 않아서 그렇게 느끼는 거라고 생각했다. 어쩌면 실장이 손님들에게서 여자를 무시하고 자기 욕망만 채우는 방법을 배운 것일 수도 있으리라.

여자아이가 실장과 잤다고 고백했을 때 빡은 처음으로 쩜의 뺨을 때렸다. 여자아이는 비명을 지르며 빡에게 덤벼들어 그를 때리고 발로 찼다. 정작 손찌검을 한 빡은 자기 행동에 놀라 멍하니 서 있었다. 빡은 그러다 주먹으로 벽을 쳤고, 다시 냉장고를 걷어찼으며, 세탁물 간이 건조대를 부쉈다.

그날 낮, 여자아이가 잠을 자다가 이상한 느낌이 들어 가늘게 눈을 떠 보니 빡이 여자아이의 뺨을 하염없이 쓰다듬고 있었다. 여자아이는 자리에서 일어나 동거남을 껴안고 앞으로 다시는 이런 일이 벌어지지 않을 거라고 맹세했다.

빡의 휴대전화를 훔쳐보고 빡 역시 그가 일하는 나이트클럽에서 다른 여종업원과 잠을 자는 게 아닐까 하는 생각을 하게 된 것은 그보다 더 나중의 일이었다.

끔찍한 것은, 그럼에도 남자아이에 대한 사랑이 식지 않았다는 사실이었다. 사랑의 성격이 변질된 것 같기는 했다. 여자아이는 남자아이의 우유부단함을 증오하고 그가 자신의 말에 반응하지 않거나 침묵할 때 분노를 터뜨렸으며 그의 허황된 꿈을 비웃었다. 그러나 남자아이를 알아갈수록 그의 선량함과 순수함에 깊이 매료되기도 했다. 남자아이의 말투, 신중해 보이는 태도, 긴 속눈썹, 모든 일에 서툰 것, 그래서 그 서툶을 숨기려고 노력하는 모습을 좋아했다. 여자아이는 여전히 남자아이를 열렬히 원했고, 그를 소유하고 싶었으며, 남자아이 역시 자신과 같은 마음임을 느꼈다.

어느 날 새벽 쯤이 뤼미에르 빌딩에 돌아왔더니 남자아이가 가게에서 가져온 가짜 양주를 마시며 혼자 울고 있었다.

"나한테는 미래가 없어." 남자아이가 말했다.

'왜 네 미래에 대해서만 말하는 거야?' 여자아이는 속으로 중얼거렸다.

얼마 뒤부터 여자아이도 술을 마시기 시작했다. 여자아이는 실장과 두세 번 더 잠을 잤다. 그들은 미래에 대한 이야기는 하지 않았다.

남자아이의 퇴근이 늦은 아침이면 여자아이는 잠을 자지 않고 그를 기다렸다. 그럴 때 여자아이는 서쪽을 향해 난 오피스텔 창가에서 신촌 거리가 천천히 밝아오는 모습을 보며 온몸의 기운이 빠져나가는 것 같은 기분을 느꼈다.

여자아이는 이제 왜 남자와 여자가 결혼을 하고 아이를 낳는지 이해했다. 사람들에게는 끊임없이 다음 단계, 다음 목표가 필요하다. 어디든 더 좋은 곳으로 나아가고 있다는 느낌, 큰 틀에서 상황이 더 나아질 거라는 믿음이 필요하다. 그런데 그들의 사랑에는 다음 단계라는 것이 없었다.

남자아이와 여자아이는 전보다 더 심하게 싸웠다. 남자아이가 여자아이를 때렸고, 여자아이도 거세게 맞섰다. 어느 시

점부터는 여자아이가 먼저 도발해 싸움을 유도했다. 싸우는 순간에는 남자아이의 사랑을 확인할 수 있었고, 자신들이 다음 단계를 고민하는 것 같은 기분이 들었기 때문이다.

그즈음부터 자꾸 귓가에서 모기 소리가 들리곤 했다. 남자아이에게 맞아서 귀에 이상이 생긴 것인지, 아니면 그냥 신경이 날카로워져서 듣는 약한 환청인지 여자아이는 알지 못했다.

803호

명견
패스

10여 마리의 개가 주택가 한복판에서 시민을 습격하는 사건이 발생했다.

서울 은평경찰서에 따르면 13일 저녁 8시경 서울 은평구 불광동 D아파트 입구에서 귀가 중이던 한 모(39·공무원) 씨가 갑자기 나타난 개 떼에 물려 전치 8주의 상처를 입고 병원에 입원했다.

한 씨는 주변 사람들의 신고를 받고 온 응급차에 실려 인근 청구성심병원으로 긴급 후송됐으며 생명에는 지장이 없는 상태다. 목격자들은 한 씨를 공격한 개들은 10~15마리로 목줄을 착용하지 않았으며 지하철 독바위역 쪽에서 달려와 곧장 한 씨에게 덤벼들었다고 전했다.

경찰은 일단 이 개들이 인근 북한산에서 내려온 들개일 것으로 추정하고 정확한 사고 원인을 파악하는 한편, 구청 및 동물 전문가들과 함께 사고 재발 방지 대책을 세울 계획이라고 밝혔다.

장휘영 기자 hwi0@

죽을 위기에 빠졌다 살아난 사람은 그 이후에 과연 새 삶을 살게 되는 걸까?

팀장은 나를 보더니 "어, 우리 엄⋯⋯"이라고 말하다 입을 다물었다. '엄지공주'라고 말하려고 했을 것이다. 팀장은 청구성심병원 602호실에 입원해 있었다. 붕대 곳곳에 피가 배어 있었다. 의사는 보기만큼 심각한 상태는 아니니 2차감염만 조심하면 될 거라고 했다.

"목을 물리지 않은 게 다행이에요. 이 정도 세기로 목을 물어 뜯겼다면 위험했을 수도 있어요."

재홍은 병실에 약간 늦게 들어왔다. 사람들이 웅성거리기에 발뒤꿈치를 세워 깡충거린 끝에 겨우 그의 얼굴을 확인할 수 있었다. 병실에 있는 사람들의 시선은 싸늘했다. 움찔하며 놀라는 사람들의 반응에는 당혹감과 두려움이 섞여 있었다.

전날 퇴근 직전 재홍은 사람들 앞에서 팀장에게 "목을 조심하라"라고 수화로 말했고 내가 그걸 통역했다. 한 팀장이 그게 무슨 뜻이냐고 되물었을 때 재홍은 제대로 설명하지 못했다. 그 전날 밤에는 팀장이 술자리에서 몇 번이나 재홍을

'베토벤'이라고, 나를 엄지공주라고 놀렸었다.

병실 분위기를 아는지 모르는지 재홍은 병상 앞에 특유의 꿈꾸는 듯한 표정으로 서 있었다. 팀장은 재홍에게 '베토벤 오셨네'라며 농담을 던지지 않았다. 굳어진 얼굴로 고개를 반대쪽으로 돌렸을 따름이다. 나는 재홍의 허리춤을 잡아끌었다. 사람들은 재홍이 병실 구석으로 자리를 옮기자 비로소 안도하는 것 같았다.

병문안이란 몹시 어색한 행사다. 덕담 두어 가지를 이야기한 뒤 할 말이 떨어진 사람들이 우물쭈물하며 병상 앞을 어정거리는 동안 나는 재홍의 뒤에 숨어 있었다. 페라리 라이트 에센스, 내가 그에게 선물한 향수의 상쾌한 향이 나서 나는 잠깐 기뻤다. 너는 페라리가 어울리는 남자야. 베토벤이 아니야.

—이거, 재홍 씨랑 상관있어?

병실 구석에서 내가 재홍에게 수화로 물었다.

—내가 뭘요?

—일부러 재홍 씨가 개를 풀어놨다든가…….

재홍은 그게 말이나 되느냐는 표정을 지었다.

병원에서 나오며 우리는 일행과 떨어져 걷다가 자연스레 뒤로 처졌다. 수화를 하려면 서로 마주 봐야 하고, 그러다 보면 발걸음이 느려질 수밖에 없다. 우리는 크게 싸웠었다. 제대로 대화하는 것은 일주일 만이었다. 재홍의 얼굴을 오랜만에 마주 대하자, 그리고 그가 내 입과 손 모양에 집중하는 모습을 보자 나도 모르게 가슴이 뛰었다. 나는 부지런히 손을 움직이면서 말했다.

"다들 원시인 같아. 따지고 보면 오히려 재홍 씨가 팀장님의 은인이잖아. 재홍 씨가 아니었다면 한 팀장님은 아무런 준비 없이 들개들의 습격을 받아서 당황하다가 목을 물려 크게 다쳤을지도 모른다고. 그런데 사람들은 꼭 재홍 씨가 화를 불러온 것처럼 굴고 있어. 천재지변을 예견하거나 병을 고치는 사람들을 불길하다고 태워 죽인 옛날 사람들과 똑같아."

그런 말도 안 되는 이야기의 절반 정도는 나 자신을 안심시키기 위한 것이었고, 나머지 절반은 전에 싸웠던 것은 그만 잊자는 화해의 제스처였다. 재홍은 또 꿈꾸는 듯한 표정이었다.

─이제 우리 다시 사귀는 건가요?

그가 수화로 물었다. 나는 그렇게 쉽게 넘어가고 싶지 않았다. 따져야 할 문제도 여전히 남아 있었다. 그런 질문을 직설적으로 물어 선택을 강요하는 재홍이 원망스러웠다.

재홍이 슬그머니 내 손을 잡았다. 앞에 있는 팀원들이 뒤를 돌아보면 어쩌나 싶어 나는 황급히 손을 뺐다. 그래도 따뜻하고 부드러운 느낌은 손에 오래 남았다.

재홍은 4급 청각장애인이었다. 혼잡한 도로에서 차들이

경적을 울리는 소리를 들을 수 있고, 귀에 손을 대고 말하면 들을 수 있다. 그러나 그 말이 명료하게 들리지 않아 이해하는 데는 애를 먹는다. 태어날 때부터 그랬다.

나는 왜소증 환자다. 장애의 정식 명칭은 저신장 장애라고 한다. 저신장 장애는 모두 장애 등급 6급으로 분류된다. 내 키는 138.2센티미터고, 이마가 넓지 않은 편이라 눈은 대략 지상 1.3미터 높이에 있다. 태어날 때는 안 그랬다.

우리는 서울시 세무과 세무정보개발팀에서 함께 일하고 있다. 그는 재산세 토지분과 사업소세, 나는 담배소비세와 지역 개발 관련 세금 담당이다. 어려운 일은 아니다. 그러나 매해 세법이 복잡하게 바뀌고, 그러는 한 우리는 계속 필요한 인적 자원으로 남아 있을 것이다. 우리는 귀머거리와 난쟁이가 핍박받지 않고 계속 일할 수 있는 절묘한 직업을 갖고 있었다.

공공기관 장애인의무고용제도가 도입되면서 서울시에는 갑자기 장애인 직원이 늘어났다. 우리도 그 수혜자였으나 그렇다고 우리가 다른 직원들보다 일을 못하진 않았다. 재홍은 아무리 사소한 숫자라도 틀리거나 잊는 법이 없었고, 시스템 설계 능력이 탁월했다. 그러나 다른 사람들이 그의 직관을 이해할 수 없을 때가 많았기 때문에, 그 실력을 제대로 인정받지 못했다.

태어날 때부터 청각에 장애가 있었던 사람들은 일반인과 다른 사고방식을 지닌다고 한다. 어릴 때 말을 듣고 언어에 대한 개념을 키울 기회가 차단되기 때문이다. 수화는 일반 언어만큼 복잡하거나 정교하지 않다. 언어는 사고의 그릇이고, 그들의 사고는 우리와 다른 그릇에 담겨 있다.

재홍도 자신만의 사고 체계와 철학을 지닌 듯했다. 그 철학은 다른 사람과의 의사소통 없이 나날이 깊이를 더해갔다. 거기에 그의 남다른 관찰력과 직관이 더해져 그의 세계는 도무지 보통 사람으로서는 종잡을 수 없는 것이 되어갔다. 때로 초자연적인 능력이 있는 것이 아닌가 싶을 정도였다.

이를테면 그는 일기예보를 보지 않고도 다음 날 날씨를 알아맞힐 수 있었다. 재홍은 "사춘기 때 너무 할 일이 없어서 매일 하늘만 봤다"라고 수화로 말했다. 그는 시계를 보지 않고 시각을 말해도 3분 이상 틀리지 않았다.

보이는 세계와 보이지 않는 세계. 우리의 눈에 보이는 세계와 그의 눈에 보이는 세계. 그 두 세계는 각각의 논리와 규칙을 지니고 있는 듯했다. 반상에 놓여 있는 바둑돌의 위치는 9급이 볼 때와 9단이 볼 때가 다르다. 외세(外勢)나 패의 유불리를 한눈에 보고 파악하려면 굉장한 훈련이 필요하다. 그런데 거기에는 개인차가 있어서 어떤 사람들은 단 몇 달 만에 남들은 평생 걸려도 오르지 못하는 경지에 이를 수도 있다.

사고가 일어나기 전날 재홍은 몹시 머뭇거리며 팀장의 자리에 나를 데리고 갔다. 그리고 수화로 "오늘 집에 갈 때 목을 조심하라"라고 말했다. 나는 그게 무슨 뜻인지도 모르면서 그 말을 전했다.

"팀장님, 오늘 집에 들어가실 때 목을 조심하시래요."

"그게 무슨 말이야? 목을 조심하라니?"

재홍은 팀장을 쳐다보고 있지도 않았다. 나는 한숨을 쉬며 "저도 잘 모르겠는데요"라고 대답했다.

"우리 베토벤이 〈교향곡 9번〉을 뛰어넘는 대작을 구상 중인가 보구먼."

다른 팀원 몇 명이 우리가 서 있는 쪽으로 잠시 눈길을 돌렸다 거뒀다. 그때 나는 재홍이 팀장에게 '매일 그렇게 목청을 높여 말하면 성대가 상하니 조심하라'라는 충고를 건네는 줄로만 알았다.

처음부터 재홍과 친했던 것은 아니었다. 내가 정보화기획단에서 버스종합사령실에 필요한 프로그램을 짜다 세무과로 왔을 때, 이 부서에서 재홍과 5분 이상 사적인 대화를 나눈 사람은 아무도 없었다. 재홍은 눈에 잘 띄지 않는 불길한 신호처럼 자기 자리에 앉아 숨어 있었다.

재홍과 이야기를 나누게 된 것은 비둘기 때문이었다. 어느 날 나는 시청 본관 재무과에 자료를 받으러 가던 중 시청 앞

잔디 광장에서 넋을 놓고 하늘을 바라보고 있는 재홍을 발견했다. 그에게 무엇을 하느냐고 물었더니 재홍은 본관 위쪽 하늘을 가리켰다. 거기에는 수백 마리는 되어 보이는 비둘기 떼가 커다란 원을 그리며 본관 위를 선회하고 있었다. 그걸 알아차린 사람이 재홍과 나밖에 없는 게 도리어 이상한, 그런 장면이었다. 대체 거기 뭐가 있기에 저 많은 새가 떼를 지어 빙빙 돌고 있는 걸까?

내가 옆에 나란히 서서 멍하니 비둘기를 보고 있으니 재홍은 어색한 웃음을 지으며 수화로 말을 걸었다. 나는 어깨를 으쓱하는 수밖에 없었다. 재홍은 바지 주머니에서 휴대전화를 꺼내더니 메모장에 "왜 저럴까요?"라고 썼다.

글쎄? 비둘기보다 재홍에 대해 호기심이 더 컸다. 항상 주눅 든 모습이긴 해도 그가 곱상하고 잘생긴 외모의 소유자라는 것을 밝혀두어야겠다. 138센티미터짜리 왜소증 여자에게는 분에 넘치는 데이트 상대가 될 수 있었다.

이후로 며칠간 나는 비둘기가 왜 시청 본관 위를 선회하는지 이 사람 저 사람에게 묻고 다녔다. 시청 주변에는 비둘기가 지나치게 많았다. 비둘기들은 작은 가고일(gargoyle)처럼 검게 변색된 일제강점기 건물의 틈을 빽빽이 채우고 꼼짝하지 않고 앉아 있었다.

시청 주변을 하늘에서 관찰하는 외계인이 있다면 그들도

인간들의 움직임을 괴상하다고 생각하지 않을까? 수천수만 명의 인간이 오전 8시에서 9시 사이에 갑자기 지하철 시청역에서 우르르 쏟아져 나와 사방팔방으로 뿔뿔이 흩어지는 이유를 외계인이 짐작할 수 있을까? 그런 움직임이 7일을 주기로 5일간 계속되고 2일간 일어나지 않는 이유는? 외계인들이 그 현상을 이해하려면 현대 자본주의와 직주(職住) 분리의 원칙 그리고 구약성서를 알아야 한다.

세상에서 벌어지는 수많은 일은 기실 우리가 알고 있는 표면의 논리를 따르는 것보다 그러지 않는 것이 더 많을 터였다. 그 표면의 논리라는 게 얼마나 정확한지는 아무도 알 수 없다. 불과 수백 년 전까지도 사람들은 수박을 많이 먹으면 말라리아에 걸린다고 생각했고, 지상에서 벌어진 패륜의 결과로 자연재해가 발생한다고 믿었다.

비둘기들이 왜 시청 주위를 날아다니는지 답을 알게 됐을 때 나는 재홍을 데리고 시청 본관 건물 옥상에 올라갔다. 사무실에는 각각 잠시 은행과 치과에 다녀온다고 둘러댔다. 재산세 고지서는 매년 7월과 9월에 발급됐고, 우리 팀은 겨울이면 비교적 한가했다.

옥상 바닥은 녹색 우레탄 방수 포장이 돼 있었고 곳곳에 얼음이 얼어 있었다. 한쪽에는 비둘기 집이 있었다. 20평 정도 되는 시멘트 건물로, 지붕은 철제 슬레이트였고 주위는 펜

스로 둘려 있었다. 사육사가 사료를 꺼내러 창고로 들어간 사이 우리는 다소 불안한 마음으로 축사 지붕과 주변에 앉은 비둘기들을 지켜보았다. 50마리? 100마리? 우레탄 바닥과 얼음 위에 비둘기 몇 마리가 태평스럽게 앉아 있었다. 다리로 서 있는 게 아니라 궁둥이를 깔고 철퍼덕 주저앉은 놈들까지 있어서 새라기보다 게으른 고양이에 가까운 모습이었다.

나는 사육사가 옥수수 포대를 찢어 사료를 양동이에 붓는 걸 도왔다. 거들어야 할지 말아야 할지 몰라 당황해하는 재홍의 모습은 썩 귀여웠다.

시청 본관은 세종로와 태평로 일대에서 가장 낮은 건물이었다. 빌딩 사이에 푹 파묻힌 느낌이었다. 하늘에는 형체가 뚜렷하지 않은 구름이 가득했다. 눈이 내리면 좋겠다는 생각이 문득 들었다. 우리는 옥수수 50킬로그램이 든 플라스틱 양동이를 들고 서울신문사 쪽으로 갔다.

바닥에 양동이를 내려놓을 때 이미 우리 머리 위에는 비둘기 떼가 큰 원을 그리며 하늘을 돌고 있었다. 나는 조금 쑥스러운 기분으로 주머니에서 두 번 접은 A4 용지 한 장을 꺼내 재홍에게 건넸다. 거기에는 보기 좋게 큰 폰트로 서울시가 언제부터 청사 주변 비둘기에게 모이를 주기 시작했는지, 왜 주는지, 사룃값은 얼마인지, 그 사료를 먹는 비둘기가 몇 마리인지가 적혀 있었다.

이 비둘기들은 1980년대까지 서울시가 행사 때 날리던 흰 비둘기의 후손이었다. 비둘기들은 귀소본능이 강해 어디로 보내든 다시 청사로 돌아왔다. 서울시가 이 비둘기들을 옥상에서 키우기 시작한 것은 20년도 더 됐다. 하루에 주는 먹이 양은 옥수수 또는 옥수수와 밀 50킬로그램이고, 예산은 한 달에 100만 원, 비둘기 수는 500~800마리다.

재홍은 감탄한 표정으로 나를 쳐다봤고 나는 조금 우쭐해졌다. 우리는 양동이를 들어 바닥에 사료를 뿌린 뒤 뒤로 물러났다. 옥상을 가득 메운 비둘기들이 서로 날개를 부딪치며 먹이를 먹는 모습은 어딘지 곤충 떼를 연상시켰다. 상관없었다. 재홍의 몸에서는 베이비로션 향이 났다. 나는 비둘기들이 징그럽다는 시늉을 하며 재홍의 팔꿈치를 살짝 잡았고 재홍은 가만히 있었다. 그날 이후로 나는 수화를 배우기 시작했다.

그렇게 우리는 친해졌다. 내가 적극적으로 그에게 접근했다. 주변 사람들이 뭐라고 하든 상관하지 않았다. 그해 겨울 우리는 루미나리에 조형물을 보러 덕수궁에서 세종문화회관에 이르는 길을 스무 번 이상 걸었다. 아마 루미나리에 앞에서 재홍과 나를 본 행인 상당수는 삼촌이 조카를 데리고 나왔다고 생각했으리라. 사람들은 나를 어린이로 착각하곤 했다. 다른 사람들이 우리를 그렇게 볼 것이라는 사실이 못마땅해서 나는 힘든 자세로 재홍과 팔짱을 끼기도 했다.

재홍은 루미나리에의 작은 불빛들에 큰 매력을 느꼈다. 그는 어릴 때 겨울이면 버스를 계속 바꾸어 타며 을지로를 여러 번 왕복했다고 고백했다. 좌석버스의 의자에 앉아 차창 밖을 보다가 롯데백화점 주변 나무에 달아놓은 전구가 휙휙 지나가는 걸 보고 있노라면 뭐라 표현할 수 없는 안타깝고 기묘한 느낌이 들었다고 했다.

우리는 점심시간에는 서울시립미술관에 놀러 갔고, 저녁에는 정동길이나 루미나리에가 설치된 태평로 주변을 걸었다. 그리고 12월 어느 밤에 하비브하우스 앞길에서 입을 맞추었다. 왜소증 환자가 번듯하게 생긴 남자와 키스하는 모습을 다른 사람들에게 보이고 싶지 않아 일부러 몇몇 의경이 지키고 있는 그 길을 택했다. 재홍은 나를 위해 무릎을 굽혔다.

그러나 내가 아무리 가까이 가려고 애쓰고 그가 아무리 성심성의껏 거기에 응한다 해도 재홍의 마음속에는 내가 결코 이해할 수 없는 부분이 있었다. 시청에서 같이 일하는 언니들은 "연애라는 게 다 그래"라고 말했다. 하지만 내가 말하려는 것은 그런 뜻이 아니었다.

이를테면 함께 시청 옥상에 올라 비둘기들의 게걸스러운 식사를 본 지 한 달이 채 되지 않아 재홍은 비둘기의 움직임을 '조종'할 수 있게 됐다.

어느 날 재홍은 자랑할 것이 있다며 나를 시청 앞 서울광장으로 데리고 갔다. 우리는 매일 아침 10시 반에서 11시 사이 문 사육사가 비둘기에게 모이를 주는 시간이면 서로 은밀히 눈빛을 교환하고 창밖을 가리키면서 웃었다. 비둘기들은 다른 사람들이 알지 못하는 시공간에서 큰 원을 그리며 먹이를 기다렸다. 때로 우리는 시청 서소문 별관 10층의 로비에서 자판기 커피를 마시며 그 광경을 보기도 했다. 그러나 서울광장까지 나가서 본 일은 없었다.

낮게 깔린 구름이 하늘을 가득 메운 겨울날이었다. 재홍은 대한문 건너편 보도에서 한 손을 들고 서 있었다. 위로 올린 손에는 레이저 포인터를 쥐고 있었다. 레이저 포인터의 불을 켜자 녹색 광선이 구름까지 솟아올랐다. 재홍은 레이저 포인터로 구름에 복잡한 도형을 그렸다. 그런 뒤 팔을 서울광장 중심부를 향해 천천히 앞으로 뻗자 비둘기들의 움직임이 뚜렷이 변했다. 그 전까지 비둘기 800여 마리는 비교적 원에 가까운 타원을 그리고 있었으나 그 궤도는 우리가 서 있는 방향으로 커다랗게 이지러지기 시작했다. 비둘기는 당초 궤도에서 100미터 이상 벗어난 기다란 타원을 그리며 날았다.

재홍은 녹색 광선으로 기묘한 빛의 그림을 그리기 시작했다. 녹색 광선이 구름 위에서 갑자기 궤적을 바꾸면 비둘기 떼도 항로를 변경했다. 나중에는 녹색 점이 지나간 곳을 비둘기들이 따라다녔다. 재홍은 뿌듯한 표정으로 나를 바라보았으나 나는 그저 어안이 벙벙해 얼어 있었다.

놀라는 내 얼굴을 보고 재홍은 두 번 다시 내 앞에서 '비둘기 조종'을 하지 않았다. 잠시나마 서먹했던 상황을 만회하기 위해 내가 일부러 대수롭지 않다는 표정을 지으며 그 재주를 한 번 더 보여달라고 했을 때는 "오전에는 안 돼요"라고 수화로 말했다. 비둘기들의 움직임을 제어하는 데 시간이나 태양의 위치 같은 것이 중요한 변수인 걸까?

그런 일이 있은 후로 나는 재홍을 예전처럼 그저 나와 비슷한 처지의 장애인이라고는 생각할 수 없게 되었다. 평범한 사람들의 눈에는 보이지 않는 세계를 지각한다는 것과 그 세계와 소통하는 것은 완전히 다른 차원의 문제였기 때문이다.

나는 보통 사람들이 알지 못하는 세계, 어렸을 때는 알았지만 잊어버린 세계인 지상 1.3미터의 세계를 알고 있다. 지하철 시청역에서 그 세계는 다른 사람들의 허리와 엉덩이의 세계였다. 나는 지나가는 사람들의 허리와 궁둥이, 사타구니에서 여러 가지를 보았다. 어떤 아저씨는 바지춤이 열린 것을 몰랐고 어떤 아가씨는 팔다리는 가늘었지만 복부에 비만기가 있었다. 일찍 출근하느라 허겁지겁 바지 밑으로 구겨 넣은 와이셔츠, 만원 열차에 시달리는 동안 옆으로 돌아간 치마, 넥타이에 묻은 아침 식사의 흔적(옷을 다 갖춰 입고 반숙 달걀프라이를 먹다니), 임신 중이라는 사실을 감추고 싶어 하는 여자(정장을 차려입고 메모가 잔뜩 적힌 프린트물을 손에 꼭 쥐고 있는 걸 보니 오늘 회사에서 뭔가를 발표하는 모양이다), 손목 안쪽에 새긴 문신을 남들이 알아줬으면 하는 청년(일부러 밴드 폭이 좁은 손목시계를 찼다)……

지상 1.3미터의 세계는 불친절하고 위험했다. 군중이 몰린 곳에 있을 때 나는 몇 발자국 앞을 내다볼 수 없었고 언제 뭔가가 불쑥 튀어나올지 몰라 항상 긴장해야 했다. 차들은 낮은 데서 볼 때 더 빨리 가는 것처럼 느껴진다. 그리고 운전자들은 나를 잘 보지 못했다. 키가 1.8미터인 남자는 SUV에 치이면 보닛 위를 구른 뒤 땅에 떨어질 테지만 나는 차체 밑으로 빨려 들어가게 된다.

공교롭게도 지하철 시청역에서 지상 1.3미터의 세계는 노숙자들의 세계기도 했다. 어마어마한 수의 사람이 그 옆을 지나가지만 지하보도의 양옆 벽 아래 늘어서 있는 노숙자들이 고래고래 소리 지르는 것을 듣는 사람은 아무도 없다. 사람들의 귀에는 노숙자들의 고함 소리가 들리지 않는 것 같았다.

노숙자들은 20미터 이상 떨어져 앉아서도, 그 사이로 수십 수백 명의 양복쟁이가 구두 소리를 요란하게 내며 지나가도 동료들이 하는 말을 서로 알아듣고 대화를 나눴다. 대개는 욕설이 주 내용이지만 말이다.

모든 사람에게 그런 세계가 조금씩은 있을 거라고 생각한다. 다른 사람들은 알지 못하는, 그 사람의 눈에만 보이는 세계가. 그러나 모든 사람이 그 자신의 세계와 소통할 수 있는 것은 아니다. 나는 허리와 배에 대해 많이 알고 있지만 다른 사람의 허리통이 벨리댄스를 추게 할 수는 없다. 노숙자들의 대화에 끼고 싶은 마음도 없다. 그런데 재홍은 그런 걸 할 수 있었다.

그러나 이때까지도 나는 재홍을 두려워하지 않았다. 태어나서 처음 맛보는 이성과의 달콤한 접촉에 눈이 멀었기 때문이다.

5급 사무관 인사가 있었던 게 이즈음이었고, 한 사무관이 우리 팀 팀장으로 왔다. 새 팀장이 어떤 사람이냐고 물어보자 일자리지원팀에서 일하는 언니는 이렇게 말했다.

"일단 우렁차, 목소리가. 그리고 농담을 끊임없이 해."

"잘됐다. 난 유머 감각이 있는 남자가 좋은데."

"그런데 그 유머가…… 듣다 보면 짜증 나."

그 유머라는 게 이런 식이었다. 새 팀장은 세무정보개발팀원과 인사를 마치고 나서 수석 주무관에게 "우리 팀이 가장 우수 팀이라면서요?"라고 물었다. 그의 음성에서는 귀에 거슬리는 쇳소리가 났다.

"네?"

"장애인 채용 비율이 가장 높은 우수 팀이라고 하던데요."

주무관이 당황해하니 팀장은 "뭘 그렇게 놀라세요? 저한 테는 장애인이고 비장애인이고 아무 차이가 없어요"라며 내게 찡긋 윙크를 했다. 나는 어정쩡하게 웃어 보였다. 이때만해도 나는 그게 그 괴상하다는 유머 감각이라고 생각했다. 내앞에서 괜히 안절부절못하는 사람들보다 차라리 이게 낫다는생각도 있었다. 그 바람에 그가 나를 엄지공주라고 부를 때그런 표현은 듣기 싫다고 항의할 타이밍을 놓치고 지나가버렸다.

12월 셋째 주 토요일은 휴무일이었으나 팀장이 지시한 잔업이 있어 재홍과 나는 둘만 따로 출근했다. 일하는 내내 콩닥콩닥 뛰던 가슴이 점심을 먹는 동안에는 주체할 수 없을 지경이 됐다. 재홍이 사는 오피스텔에 처음 가기로 한 날이었기때문이다.

그의 집은 신촌에 있는 뤼미에르 빌딩 803호였다. 전세금은 부모님이 내주셨다고 했다. 딱히 근거는 없었지만, 그의부모도 아들과 떨어져 사는 걸 편히 여겼을 거라는 생각이 들었다.

재홍의 집에 가기 전에 우리는 만홧가게에 들러 만화책을스무 권가량 빌렸고, 할인 마트에서 저녁거리를 이것저것 샀다. 재홍은 만화책이라면 사족을 못 썼다.

돌이켜보면 재홍과의 연애 기간 중 이때가 가장 행복했던 순간이었다. 제대로 된 남자와 가정을 꾸려 서로 사랑하고 사랑받으며 정상적인 삶을 살아보고 싶은 꿈을 꿀 수 있었던 시간. 나는 싱크대 앞에 만화책을 몇 권 깔고 그 위에 올라가 볶음밥과 김치찌개를 준비했고, 재홍은 창가에 앉아 만화책을 읽다가 호기심과 미안함이 섞인 얼굴로 부엌을 다녀가곤 했다.

나는 그날 재홍과 같이 자고 내 처녀성을 없앨 생각이었다. 그러나 옆집 개 때문에 그러지 못했다.

설거지를 마치고 재홍과 침대에 누웠을 때부터 옆집 개가 끙끙 앓는 소리를 냈다. 끼잉, 끼이잉. 강아지들이 흔히 내는 소리였지만 일반적인 것보다 훨씬 크고 길었다.

개는 짧은 '끄응'과 긴 '끄응', 그보다 몇 음 높은 '끼잉', 긴 '끼이잉', 그리고 작은 단말마 같은 '끽' 소리를 무작위로 불규칙하게, 쉼 없이 냈다. '외롭다! 나를 이 콘크리트 감옥에 혼자 두지 마라!' 그런 절규였다. 이토록 불쾌한 소리를 이웃들이 참고 견디는 것이 믿기지 않았다. 이 건물에는 청각장애인들만 살고 있는 건가?

속이 안 좋아진 나는 재홍에게 그만 집으로 돌아가겠다고 했다. 그런데 내가 신을 신고 막 문을 열려는 찰나, 복도에서 발걸음 소리가 들리고 옆집 대문에 열쇠 꽂히는 소리가 들렸다. 그리고 타다닥 하고 들리는 몸집 작은 개의 발소리.

재홍의 집 문과 802호의 문이 동시에 열렸다. 복도에는 머리를 빡빡 민 험상궂게 생긴 사나이와 이십대 초반의 여성이 함께 서 있었다. 남자는 눈매가 날카롭고 체격이 우람했다. 왼쪽 눈 아래 가늘고 긴 흉터가 있었다. 여자는 상당히 미인이었지만 고급스럽다든가 지적인 느낌을 주지는 않았다. 그녀는 몸에 붙는 핑크색 트레이닝복을 입고 있었다.

옆집 강아지가 802호에서 나와 재홍의 집 안으로 들어온 것은 순간이었다. 호스티스 분위기의 아가씨는 잠깐 개에게 눈길을 주며 어쩔 줄 모르는 표정을 지었지만 곧 야쿠자 분위기의 청년에게 팔을 잡혀 옆집으로 들어갔다. 아가씨는 문이 닫힐 때 우리에게 말했다.

"개 좀……."

그리고 그 집 문이 닫혔다.

재홍과 나는 몇 초간 멍하니 서 있기만 했다. 흰색 몰티즈는 이미 재홍의 집 안을 부산히 뛰어다니고 있었다. 나는 다시 집 안으로 들어왔다. 옆집에 개가 있다는 사실조차 몰랐던 재홍은 완전히 어리둥절한 표정이었다. 재홍이 개를 잡으러 침대 쪽으로 갔을 때 옆집에서는 뭔가가 와장창 깨지는 소리가 났고 나는 몸이 얼어붙었다. 무어라 알아들을 수 없는 고함 소리, 무언가를 때리는 소리, 여자 비명 소리, 울음소리.

재홍이 강아지를 잡아 품에 안고 다시 나가려고 할 때 나는 재홍에게 그가 듣지 못한 소리들을 이야기해줬고, 재홍은 입을 헤벌린 채 내 설명을 들었다. 우리는 옆집이 조용해지길 기다리며 침대에 나란히 앉아 있었다. 몰티즈는 재홍과 내 손을 연신 혓바닥으로 핥았다. 얼마 전까지 흐느끼던 것과는 달리, 얌전하고 온순한 모습이었다.

우리는 강아지를 주고받으며 침대에 한 시간 넘게 앉아 있었다. 옆집에서는 뭔가를 때리는 소리와 고통을 참는 신음 소리가 간간이 들렸다. 경찰에 신고해야 하는 것 아닐까……? 이 건물에 사는 다른 사람들의 정신 상태가 의심스러워졌다.

자정이 가까워졌을 때, 나는 늦었다는 핑계를 댈 수 있다는 걸 감사히 생각하며 재홍의 집을 나왔다. 개는 여전히 재홍의 집에 남겨진 채였다.

다음 날 재홍은 혼란스러운 표정으로 이것저것 물었다. 왜 옆집 남자가 여자를 때렸는지, 왜 그 여자는 경찰에 신고하지 않았는지, 다른 사람들은 그 소리를 듣고도 가만히 있었는지. 나는 다소 죄책감을 느끼며 "경찰은 그런 문제를 잘 해결하지 못해. 경찰에 신고하면 오히려 문제가 더 복잡해지는 경우가 많아"라고 대답했다.

―왜 그렇지?

"경찰이 그 여자를 평생 책임질 수는 없잖아. 그 남자가 설사 교도소에 간다고 해도 얼마 안 있으면 또 나오게 될 거고, 남자는 더 화가 나서 집으로 돌아오겠지."

―그러면 어떻게 해야 해?

"그런 남자는 그냥 죽어야 해. 여자도 정상이 아닐 거거든. 누가 끼어들어서 해결될 문제가 아니야."

이후로도 재홍의 질문은 계속됐다. 내가 그날 일에 대해 불편하게 여기는 것을 알면서부터 질문이 뜸해지고 조심스러워졌지만 여전히 옆집 여자의 일은 재홍의 마음을 사로잡고 있었다.

어느 날 그가 마이킹에 대해 물었을 때 나는 대답하는 대신 어디서 그 말을 알게 됐는지, 왜 그 단어의 뜻이 궁금한지 되물었다. 재홍은 그 말을 옆집 여자에게서 '들었다'라고 했다.

"그 여자를 만났어?"

재홍은 고개를 끄덕였다. 나는 심문하듯 그를 추궁했다. 재홍은 내가 그의 집에서 나온 다음 날부터 옆집 여자―이름은 송현아라고 했다―를 거의 매일 만났다고 했다. 재홍은 그 말을 하면서 내게 미안한 표정도 짓지 않았다. 전화번호를 어떻게 알았는지 802호 여자는 저녁이면 문자메시지를 보내 재홍을 자기 집으로 초대했고, 재홍은 그녀의 집에 가서 차나

맥주를 마시면서 한참 동안 그녀의 이야기를 '듣다가' 다시 집으로 돌아왔다는 것이다.

참 편리하기도 하지! 청각장애인 남자친구란! 자기가 어떤 말을 해도 그는 아무런 대꾸도 못 하고 그 말을 다른 데 옮길 수도 없잖아?

나는 질투심에 몸이 뻣뻣해졌고 재홍은 "그 여자가 불쌍하지 않아?"라고 수화로 말했다.

불쌍하지 않느냐고! 사지 멀쩡하고 얼굴까지 예쁜 그 여자가 불쌍하지 않느냐고? 불쌍한 건 우리야. 귀가 안 들리는 너와 키가 138.2센티미터인 나, 한국 사회에서 장애인으로 살고 있는 우리가 불쌍한 거라고. 우리는 태어날 때부터 병신으로 태어났지만 그 여자는 쉽게 살아보려고 몸을 잘못 굴리다 곤경에 빠진 거고, 앞으로 어떤 운으로 인생이 순식간에 바뀔지 모른다고.

"새 팀장이 우리를 뭐라고 부르는지 알아? 나더러 엄지공주라고 해. 너한테는 베토벤이라고 하고. 내 키가 작고 네 귀가 안 들리는 건 우리 잘못이 아니잖아. 그래도 그런 말을 듣고 아무렇지 않게 넘겨야 하는데, 우리는 그렇게 매일 멸시당하고 2등 시민 취급을 받아야 하는데, 왜 우리가 그 여자를 불쌍하게 여겨야 하니? 그 여자는 키도 크고, 귀도 잘 들리고, 예쁘잖아!"

그렇게 조리도 안 맞는 말을 쏟아낸 뒤 나는 울음을 터뜨렸다. 나는 재홍이 어깨에 올린 손을 뿌리치고 집으로 들어갔다.

우리가 싸운 건 처음이었다. 그렇게 싸운 뒤 며칠 동안 서로 업무상 꼭 필요한 대화 외에는 하지 않았다. 너무 괴로웠지만, 재홍에게 먼저 화해를 청하고 싶지는 않았다. 내게 용서를 구하며 옆집 여자를 만나지 않겠다고 다짐하지 않는 그가 너무 미웠다.

재홍에게 무슨 말이라도 하고 싶었을 때 팀장이 빌미를 주었다. 팀장에게서 업무 지시를 받고 자리로 돌아와서, 나는 충동적으로 재홍에게 문자메시지를 보냈다.

―팀장님은 언제쯤 나를 엄지공주라고 부르지 않으실까.

몇 시간 뒤 재홍이 수화를 통역해달라며 나를 일으켜 세운 뒤 팀장의 자리 앞으로 갔다. 재홍은 팀장에게 "목을 조심하라"라고 말했다.

청구성심병원을 나올 때, 나는 여전히 화가 풀리지 않은 상태였지만 분노를 일거에 터뜨리지 않고 요령 있게 따질 수 있을 정도로는 마음이 가라앉아 있었다.

재홍에게 질투심이라는 감정을 설명하는 것은 쉽지 않았다. 재산세 산출 알고리즘을 누구보다 빨리 만들고 날씨를 예측하며 비둘기를 조종하는 네가 왜 이 간단한 걸 이해하지 못

하는 거지?

　―그렇게 속상해한 줄 몰랐어. 하지만 얼마 안 있으면 끝나. 그 여자는 곧 자살할 거래.

　"그런 여자들이 관심을 끌기 위해 늘 하는 말일 뿐이야."

　재홍은 그렇지 않다고 했다. 그 여자의 표정, 그녀가 맥주를 마시는 속도, 자기 자신이 한 말에 웃는 빈도, 시선을 두는 곳, 최근에 버린 쓰레기를 보면 알 수 있다는 것이었다.

　"난 못 믿겠어. 그 여자가 정말 죽으려고 한단 말이야? 자살을 안 하면? 자살을 할 때까지 그녀를 만난다는 거야?"

　나는 재홍에게 왜 그렇게 그녀의 삶에 간여해야 하느냐고 물었다.

　―책임감 때문이야.

　"책임감?"

　―그녀가 내 근처에 살고 있기 때문에 책임감을 느껴.

　나는 재홍에게 802호 여자의 전화번호를 달라고 했다. 현아라는 이름의 그 여자는 파리한 얼굴로 문을 열어주었다. 그녀는 "재홍 오빠한테 여자친구가 있다는 이야기는 못 들었는데"라고 말했다. 나는 그녀가 몇 살이나 됐을지 궁금했다. 많아도 스물셋은 넘지 않을 것 같았다.

　현아는 집에서도 잠옷처럼 하늘거리는 원피스를 입고 있

었고 개를 쓰다듬으며 내가 하는 말을 건성으로 들었다.

"오빠가 자살 이야기도 했어요?"

그렇게 말하고 802호 여자는 피식 웃었다.

"그런 이야기를 왜 남한테 해요? 자살하겠다고 말해서 관심 끌려는 수법 누가 모를 줄 알아요?"

"관심 끌려고 그런 거 아닌데……."

여자는 또 피식 웃었다. '죽을 거면 혼자 죽든가'라는 말이 목구멍 바로 아래까지 올라왔으나 차마 밖으로 뱉을 수가 없었다. 여자는 창밖을 내다보며 딴청을 피웠다.

"사람이 이야기하는 동안 다른 데 보지 말아줄래요?"

"네?"

"사람이 이야기할 때는 다른 데 보지 말아달라고요."

그 말에 802호 여자는 잠시 어리둥절한 표정을 지었다가 얇게 웃었다.

"언니, 재홍 오빠랑 사귀는 거 아니죠? 그냥 언니만 짝사랑하는 거죠? 청각장애인이니까 언니도 사귈 수 있을 거라고 생각한 거예요?"

나는 아무 말도 하지 않았다.

"하긴 오빠가 멋있으니까. 섹스도 잘하고."

그녀는 25센티미터 위에서 나를 내려보며 말했다. 나는 뭐라고 대꾸하려고 했으나 그 순간 어이없게 감정이 북받쳐 말이 나오지 않았다. 몸이 방바닥 아래로 30센티미터쯤 갑자기 가라앉는 듯한 기분이었다. 정말로 30센티미터 아래로 꺼지면 내 눈은 지상 1미터 지점에 있게 되겠지. 눈물이 핑 돌았다.

현아는 키가 늘씬하고 가슴이 봉긋했다. 몸매가 대단히 맵시 있는 여자였다. 내가 남자라도……. 게다가 그녀는 약하지도 어리석지도 않았다. 그녀의 세계에서 약자라는 것이 그녀가 나보다 약하다는 걸 뜻하진 않는다.

고개를 숙인 채 감정을 다스리고 있는 나를 보고 현아는 창가로 가서 소파에 앉아 담배를 피웠다.

"새벽에 집에 들어와 여기서 이렇게 담배를 피우고 있으면 말이죠, 항상 '조만간 저 아래로 뛰어내려야지' 하는 생각을 해요. 그런데 그렇게 못 해. 너무 피곤해서 그럴 힘이 없거든. 누가 살짝 한번 밀어주기만 하면 되는데. 이 이야기를 하면 다들 그런 생각 말라고, 힘내라고, 열심히 살라고 말해요. 그리고 그런 말을 한 뒤 그냥 가버려요."

몰티즈가 바닥에 떨어진 내 눈물을 핥았다.

"하지만 재홍 오빠는 나를 이해해줘요. 그래서 오빠가 좋아요. 그것뿐. 오빠랑 자지는 않았어요. 어차피 죽으면 끝이잖아요. 이제 그만 가세요. 나, 자살하겠다고 한 거 거짓말 아니에요. 이번 주 일요일에 죽기로 했어요. 생각 있으면 구경 오시든가."

나는 재홍에게 형법 제252조와 자살방조죄에 대해 설명했다. 그러나 그는 마음을 바꾸지 않았다.

이틀 뒤인 일요일 밤에는 눈이 내렸다. 살짝 내리는 눈이 아니었다. 제대로 눈보라가 이는, 10년에 한 번 올까 말까 한 폭설이었다.

새벽 2시에 우리는 그 눈을 맞으며 소주 두 병과 종이컵, 감자칩, 땅콩을 들고 신촌 뤼미에르 빌딩 옥상에 서 있었다. 재홍은 옆집 이웃에 대한 책임감 때문에 그 자리에 있다고 했는데, 나는 내가 느끼는 책임감의 정체가 뭔지 정확히 알지 못했다. 재홍과 나의 관계는 이제 모든 게 의심스러웠다.

그래서 나는 재홍과 현아가 아닌 다른 사람이나 사물에 대해 생각하려 애썼다. 나는 고개를 들어 하늘에서 떨어지는 눈을 보았다. 바람 한 점 없는 검은 하늘에서 굵은 눈송이들이 천천히 나를 향해 떨어지는 모습을 보고 있으려니 최면에 빠지는 기분이 들었다.

소주 두 병을 다 비우고 나서 우리는 한동안 멍하니 서 있었다. 여자는 놀랍도록 침착했다. 재홍이 시계를 가리키자 여자는 재홍의 부축을 받아 옥상 담에 올랐다. 다리를 밖으로 뻗은 채 그 위에 걸터앉았다. 그녀는 고개를 조금 숙이고 밤거리를 바라보았다. 도시는 어둡고 조용했다.

나는 여자의 개는 앞으로 누가 키울 것인지 걱정했다. 몰티즈는 지금도 여자의 집에서 구슬프게 울고 있는 게 아닐까? 처음 재홍의 집에서 들었던 강아지가 끼끼대던 소리가 기억났다. 그 소리가 왜 그렇게 거슬렸지?

아주 오래전에 우리 집에서 키우던 개 때문이지.

그래. 내가 아주 어릴 적, 우리 가족이 단독주택에서 살 때 우리 집에는 개가 한 마리 있었다. 체구가 작은 잡종견이었지만 정말 똑똑했지. 이름은 패스. 그런데 패스는 어느 날부터 밤에 늑대처럼 큰 소리로 울기 시작했어. 결국 그 소리를 견디다 못한 부모님이 패스를 개장수에게 팔아버렸지.

까맣게 잊고 있던 기억이 되살아났다. 패스가 팔려 가던 날, 내가 얼마나 많이 울었던가. 패스도 울고, 나도 울고, 어머니와 아버지도 울었지.

패스가 팔려 가는 날에도 이렇게 눈이 펑펑 내렸다. 개들은 원래 눈이 오면 기뻐서 어쩔 줄 모르는 법인데, 패스는 그날 자신의 운명을 알고 비탄에 빠져 있었다. 패스는 개장수에게 끌려가고 싶지 않아 발버둥 치며 구원의 손길을 바라며 우리 가족들을 쳐다봤다.

아버지는 내게 거짓말을 했다. 개장수에게 파는 게 아니고 시골에 있는 아는 사람 집에 맡기는 거라고. 패스가 집을 떠난 뒤에도 아버지는 내가 패스의 소식을 궁금해할 때마다 이리저리 둘러댔다. 그 시골 동네에서는 개들을 묶지 않고 풀어서 키운다고 했지. 그래서 패스가 동네 개들의 대장이 돼 그 개들을 자기 뒤에 데리고 앞동산 뒷동산을 빙빙 돈다고 했지. 패스가 가는 대로 개들이 따라다닌다고, 개들은 체구가 작아도 머리가 좋은 개를 대장으로 섬긴다고.

"밀어줘."

여자가 말했다.

현아는 고개를 돌려 재홍에게 "밀어줘, 오빠"라고 말했다. 현아의 입가에는 약간 웃음기가 어려 있었다. 나는 그게 허탈한 웃음을 짓고 난 흔적인지 아니면 그녀가 나를 조롱하고 있는 것인지 헷갈렸다.

재홍은 내 통역 없이도 현아가 하는 말을 알아들었다. 나는 재홍의 손을 잡고 고개를 흔들었지만 그는 내 손을 부드럽게 뿌리쳤다. 재홍이 현아의 등을 밀자 여자는 팔을 크게 한번 흔들고 비명을 지르며 아래로 떨어졌다.

나는 담장으로 달려가 아래를 내려다봤다. 바닥에 떨어진 여자는 엎어진 채로 꼼짝하지 않았다. 하얀 눈밭 가운데 흰 코트. 나는 재홍의 얼굴을 올려다봤다. 그 얼굴에는 아무런 표정도 없었다.

강릉에서는 정박 중이던 어선 네 척이 눈의 무게를 견디지 못하고 바다에 가라앉고 있었다. 경북에서는 비닐하우스 일

흔아홉 곳이 눈에 완전히 파묻혔고, 태백에서는 눈 때문에 주택 여섯 채의 지붕이 무너졌다.

정신을 잃고 쓰러지며 재홍의 품에 안길 때 나는 스스로에게 뭔가를 묻고 있었다. 내가 앞으로도 변함없이 재홍을 좋아할 수 있을지, 아니면 내가 재홍을 포기하고 그와 멀어질 수 있을지. 아마 나는 그중 아무것도 하지 못할 것이다. 그를 두려워하면서도 원하고 나의 장애를 탓하며 결국은 그의 곁에 있게 될 것이라는 예감이 들었다. 귀소본능을 이길 수 없는 비둘기처럼. 그건 내가 약하기 때문이었다. 재홍도 그걸 알고 있었다. 약한 사람은 어떤 것을 경험해도, 죽을 위기에 빠졌다 살아난다 해도, 결국 변하지 못한다.

기상 관측 이후 101년 만에 내린 폭설이 22층 건물 옥상에서 뛰어내린 여성의 목숨을 구했다.

서울 지역에 38.7센티미터의 눈이 내린 18일 새벽 2시 반경 서울 서대문구 창천동 뤼미에르 빌딩 옥상에서 이 빌딩에 사는 송 모(21·여·무직) 씨가 뛰어내렸다. 송 씨는 마침 그 광경을 보고 있던 주민의 신고로 출동한 경찰에 의해 즉시 병원으로 옮겨졌다. 그러나 정작 병원에서는 폐에 피가 좀 찼을 뿐 특별한 중상은 입지 않았다는 진단이 나왔다.

송 씨를 병원으로 옮긴 신촌지구대 정재윤(25) 경장은 "송 씨가 처음에는 맥박과 의식이 없어 숨진 줄 알았는데 병원으로 옮기는 도중 차츰 숨을 쉬기 시작했다"라며 "송 씨가 떨어진 곳이 오목하게 팬 지형이라 50센티미터 넘게 쌓인 눈이 완충 작용을 한 것 같다"라고 말했다. 2000만 원가량의 카드빚이 있던 송 씨는 평소 생활고로 고민하다 이날 자살을 결심하고 빌딩 옥상에 올라갔던 것으로 알려졌다.

장휘영 기자 hwi0@

서울 도심에서 성인 남자가 짐승에 물려 죽은 것으로 보이는 사건이 발생해 경찰이 수사에 나섰다.

18일 새벽 5시 10분경 서울 서초구 서초동 N 유흥 주점 뒤 이면도로에서 이 업소 종업원 김 모(21) 씨가 숨져 있는 것을 동료 직원 이 모(22) 씨가 발견해 경찰에 신고했다. 발견 당시 김 씨는 짐승의 습격을 받은 듯 온몸에 여기저기 물어뜯긴 자국이 있었으며 얼굴과 목도 심하게 찢긴 상태였다. 또 시신의 손등에는 발톱으로 할퀸 것 같은 상처가 있고, 사망 현장 근처에서 짐승의 것으로 보이는 털도 다수 발견됐다고 경찰은 전했다.

경찰은 "김 씨의 시신과 근처에서 발견된 털을 국립과학수사연구소에 보내 감식을 의뢰했다"라며 "사체 부검 결과가 나오면 정확한 사망 원인을 알 수 있을 것"이라고 밝혔다.

한편 13일에는 서울 은평구 불광동에서 들개 10여 마리가 귀가 중이던 삼십대 공무원을 습격해 크게 다치게 하는 사고가 있었다.

장휘영 기자 hwi0@

804호

마법매미

젊은 작가가 죽었다는 소식을 나연은 제대로 받아들일 수 없었다. 머릿속에서도 마음속에서도 그의 죽음은 잘 정리되지 않았다.

기본적인 사실 확인부터가 그랬다. 젊은 작가는 자살인가 아니면 사고사인가? 주간지들은 연인이 죽은 장소에서 똑같이 차에 치여 죽었다는 사실만 갖고 '끝내 못 잊어 뒤따라간 순애보' 운운하는 기사를 써댔다. 젊은 작가가 나연의 여동생이 죽은 장소에서 같은 방식으로 죽기 위해 달려오는 차에 몸을 던졌다는 것을 암시하는 내용이었다.

정말 그런 걸까?

작가가 죽은 곳은 나연의 동생이 사고를 당한 지점에서 10미터가량 떨어진 장소였다. 나연의 동생은 도로를 무단 횡단하다가 차에 치였는데 젊은 작가는 보행 신호 중에 횡단보도를 건너다 픽업트럭에 받혔다. 젊은 작가는 손에 테이크아웃 커피까지 한 잔 들고 있는 상태였다. 죽으러 길을 나선 사람치고는 너무 태연하지 않나.

더구나 신촌로터리의 오피스텔에 사는 젊은 작가가 수 킬로미터 떨어진 마포구 현수동까지 갈 이유도 없다. 전에 살던 곳이라고는 하지만 나연이 알기로 동생 커플에게 동네 친구는 없었다. 근처에 극장이나 대형 마트 같은 시설이 있는 지역도 아니다.

한강공원에 가기 위해 왔다는 가능성을 생각해볼 수 있겠는데 그렇다 해도 한강은 서강대교 서쪽에서 횡단보도로 길을 건너 들어가는 게 더 편하다. 신촌로터리에서 출발했다면 택시를 타건 버스에 오르건 서강대교 서쪽으로 가게 된다. 그런데 교통사고가 난 곳은 서강대교 동쪽이었다. 원래는 야무진 편이었지만 동생이 죽은 뒤로 정신 줄을 놓은 사람처럼 다녔으니, 자기가 살던 동네라도 길을 헷갈렸을 수는 있겠다.

"기자님을 인터뷰어로 부른 이유는 제 글이 배설물이고 아무런 가치가 없다는 것을 가장 잘 알고 계신 분이고 또 저를 혐오스러운 괴물로 묘사해주실 수 있는 유일한 분이기 때문입니다."

나연은 경찰이 작가의 집

에서 유서나 유서로 추정되는 글이 담긴 하드디스크 따위를 발견하길 바랐으나, 그런 것은 나오지 않았다.

인터뷰할 당시에는 "이런저런 궤변을 늘어놓고 있지만 솔직히 죽는 게 무서워서 자살을 하지 않는 것 아니냐"라고 비난을 하고 싶었다. 나연은 자살인지 사고사인지 알 수 없는 이런 모호한 죽음을 작가가 처음부터 의도하고 실행에 옮긴 것은 아닐까 하는 의심이 들었다.

23일경부터 서울 도심과 서부 일대에 나타난 '괴(怪)매미'의 정체는 미국 동부 지역에서 13년 또는 17년을 주기로 나타나는 '마법매미(magic icada)'의 일종으로 추정된다고 곤충학자들이 밝혔다.

국립농업과학원 이혜림 연구관은 "이번에 서울에 나타난 괴매미는 모양이나 형태가 인디애나주, 뉴저지주, 조지아주 등 미국 동남부에서 발견되는 매미종과 흡사하다"라며 "정확한 종 파악을 위해 미국 전문 기관에 화상 분석을 의뢰한 상태"라고 24일 말했다.

미국 동부에서 나타나는 마법매미는 크게 13년마다 나타나는 '13년 매미'와 17년이 주기인 '17년 매미' 두 종류가 있다. 한국의 매미가 보통 5~7년을 주기로 나타나는 데 비해 이들은 땅에서 애벌레로 지내는 시간이 훨씬 길다. 이들 마법매미는 다시 '브루드 I' '브루드 II' '브루드 III'식으로 나뉜다.

가장 유명한 것은 '브루드 X'라 불리는 17년 매미의 세부 종. 노스캐롤라이나주 일대에서 나타나는 브루드 X는 최소한 수십억에서 수조 마리가 있을 것으로 추정되며, 17년마다 이 지역에 나타나 엄청난 수와 소리로 주민들을 공황 상태에 빠뜨리곤 한다. 마을 전체에 매미 시체가 깔려 매미를 밟지 않고는 움직일 수도 없고, 매미 소리 때문에 일상적인 대화가 불가능할 정도다. 브루드 X가 가장 최근에 나타난 것은 2004년이었다.

이번에 서울에 나타난 매미는 크기와 울음소리로 미루어보면 마법매미 중에서도 브루드 X와 브루드 XIV, 브루드 XV와 닮았다는 것이 곤충학자들의 분석이다. 브루드 X와 브루드 XIV는 17년 매미, 브루드 XV는 13년 매미다. 그러나 이 분석이 맞다 해도 이들 매미가 어떻게 한국에 들어와 한꺼번에 활동하게 됐는지는 여전히 수수께끼다.

국립농업과학원 측은 "미국에서 올해 활동하는 마법매미는 없다"라며 "괴매미의 정확한 학명은 이달 중 확인할 수 있을 것"이라고 밝혔다.

장휘영 기자 hwi0@

잡지 마감을 끝내면 보통 2, 3일 정도는 외부와 연락을 끊고 집에 처박혀 밖으로 나오지 않았는데 이번에는 휴대전화 전원을 꺼놓는 것을 깜빡했다.

전화의 발신 번호를 확인했을 때 반사적으로 짜증이 치밀며 '이 인간 참 대단하다'라는 생각이 들었다. H출판사의 편집장이라는 그 사람은 일주일 전에 두 번 전화를 걸어왔고, 나연은 마감을 핑계로 만나자는 제안을 거절했다. 편집장은 나연이 일러준 마감일 다음 날 오전에 전화를 걸어온 것이다.

그러나 전화를 끊고 나서 냉정히 생각해보니, 사실 이번에는 매미 소리가 너무 시끄러워 집에 있을 수가 없다고, 어딘가로 외출해야겠다고 마음먹은 참이었다. 특히 방충망에 붙어 있는 매미 한 마리가 아무리 방충망을 흔들어도 떨어질 생각을 안 하고 끊임없이 울어대는 통에 참을성이 한계에 이른 상태였다. 외출하고 돌아오면 저 매미가 사라져 있을지도 모른다.

보통 매미 울음은 '맴맴맴매애애애 맴맴맴매애애애' 하는 식으로 리듬이 있지 않나? 그런데 서울 서부 지역을 휩쓸고 있는 괴매미는 강약 없이 오로지 '맴맴맴맴맴맴맴맴' 하고 울었다. 귀가 쉴 틈이 없다. 편의점에서 사 온 귀마개도 소용없었다. 청력도 걱정되지만 심장박동수가 저 무시무시한 중저음 베이스 박자에 맞춰 빨라지는 것 같아 진심으로 불안하다.

귀도 눈처럼 감을 수 있다면 얼마나 좋을까. 주택가에 들리는 괴매미의 울음소리 데시벨이 제트기가 지나가는 소리를 200미터 앞에서 듣는 것과 비슷하다는 기사도 있었다.

악취미도 대단하시네. 나연으로서는 뤼미에르 빌딩에 대한 거부감이 너무 컸기 때문에 '그 건물에서 만나는 건 싫다'라고 말하기조차 싫었다. 어쩐지 그놈의 빌딩에 굴복하는 것 같은 기분이 들었기 때문이다.

신촌에도 매미가 많았다. 염색한 머리 위에 커다란 선글라스를 얹은 젊은 여자들은 자신이 죽은 매미를 밟은 사실을 알아차릴 때마다 새된 비명을 질렀다. 죽은 매미는 거대한 파리와 바퀴벌레를 섞어놓은 듯한 모습이었다. 죽은 매미의 뒤집힌 배가 통통하게 살이 오른 것이, 색도 질감도 낯설고 징그럽다. 사람을 보고도 도망가지 않는 비둘기들이 보도에 앉아 부리로 매미를 조각내 먹는 모습을 보고 나연은 몸을 떨었다.

잡아먹히고 또 잡아먹혀서 포식자들의 배를 터뜨리는 게 이 매미들의 생존 전략이라는 얘기를 어디선가 들었다. 날지도 못하고 싸우지도 못하는 이 매미들이 그런 식으로 종족을 유지해왔다는 것이다.

나연은 가로수 한 그루에 매미 수십 마리가 붙어 있는 모습을 참담한 시선으로 바라보았다. 매미들이 수액을 너무 빨아 먹어 가로수 상당수가 말라 죽었다. 바로 앞에 있는 가로수에서는 매미 한 마리가 막 껍질을 벗고 탈피하려는 중이었다. 끈끈한 진액을 묻힌 채 갓 탈피한 녹색의 매미는 유난히 징그러웠다. 정말 이 꼴을 몇 년 뒤에 또 봐야 하는 건가?

우스운 것은 분명히 고등학생 때인지 대학 때인지 시

"동거남이라는 지위가 참 애매하더군요. 빈소 근처를 서성이며 3일을 보냈습니다. 찾아오는 사람도 거의 없어 오전에는 제 처가 식구가 될 수도 있었던 사람들과 멀뚱멀뚱 앉아 있곤 했습니다."

골에 놀러 갔다가 탈피하는 매미를 보고 큰 감동을 받은 적이 있다는 사실이다. 그때는 거기에 새로운 단계로 진입하는 한 생명의 모습이라고 거창한 의미까지 부여하며 얼마간 그녀 자신의 모습을 투영하기까지 했다. 그래, 대학에 갓 입학했을 때다.

뭐든지 흔해지면 값을 잃는다. 비둘기도 그렇다. 어릴 때에는 평화의 상징이었는데 이제는 날개 달린 쥐 취급을 받는다.

그렇다면 새로운 이야기는 새롭다는 것만으로 할 가치가 있는 건가? 그러자 젊은 작가가 인터뷰 중에 했던 말들이 떠오른다. 죽은 작가가 주장했던 내용이 무엇이었나? 인생과 세계에는 별 대수로운 의미가 없으며, 그 사실을 알아도 죽지 않고 살 수 있다는 것이었다. 극단적인 허무주의와 쾌락지

"목격자들의 진술에 따르면 그리 세게 차에 받힌 것도 아니라더군요. 신호등을 무시하고 횡단보도를 건너다 우회전하는 차량에 치였는데, 넘어지면서 머리부터 땅에 부딪쳐 뇌진탕을 일으킨 게 직접적인 사인이었습니다."

상주의에 동시에 빠지면서도 자기혐오 없이 균형 있는 삶을 누릴 수 있다는 것이다.

그런 세계관도 흔해지면 일상적인 것으로 받아들일 수 있을까? 나연은 인터뷰를 하는 중에, 또 인터뷰를 마치고 나서도 작가의 주장을 반박해보려 했으나 쉽지 않았다. 기껏 '인간은 본질적으로 의미를 찾는 존재기 때문에, 그런 주장은 인간 본성에 배치된다' 정도의 답안을 속으로 낼 수 있었을 뿐이다. 그러나 세상에는 인간의 본성에 배치되는 일들도 꾸준히, 계속 일어난다. 젊은 작가가 뭐라고 했더라? "모든 어머니가 자기 목숨보다 자식의 목숨을 소중히 할 것 같지만 자기 손으로 자식을 죽이는 어머니들도 있다"라고 했던가?

어머니의 성난 얼굴이 떠올랐다. 동생의 결혼을 그렇게 반대할 건 없었어. 죽은 작가는 나연의 여동생과 사귈 때 업계 1, 2위까지는 아니어도 중간 정도 되는 규모의 증권사 애널리스트였다. 그 정도면 괜찮은 직업 아닌가. 우리 집안이 뭐 그리 대단하다고.

장례식장에서 어머니는 동생이 교통사고를 당한 것이 작가의 잘못 때문이라며 미친 사람처럼 통곡했다. 한쪽에 참사를 불러올 궁합이라는 얘기였다. 소설을 쓰기 전이었던 펀드 매니저는 말도 안 되는 질책을 묵묵히 듣고만 있었다.

　　그 일은 잊을 만하면 다시 떠올라 나연을 심란하게 했다. 어머니가 히스테리를 부리는 장면에는 통제력을 잃은 가족의 모습이 부끄럽다든가 당치도 않은 비난을 감내한 젊은 작가에게 미안하다든가 하는 감정과는 다른 서늘함이 있었다. 초등학생 시절 우리 은하의 크기나 태양의 질량 같은, 인간적인 스케일을 뛰어넘는 숫자를 헤아리다 맛본 무력감과 비슷했다.

　　어머니의 말이 맞다면 교통사고는 전부터 예정된 운명인 바, 두 남녀의 사랑은 사주팔자 앞에 덧없는 것이 되어버린다. 어머니의 말이 틀리다면 교통사고는 완전히 무작위로, 아무 맥락 없이 발생한 사건이며, 그런 독립적인 확률 앞에 두 남녀가 서로 얼마나 아끼고 위하는가 하는 문제는 무의미한 배경이다. 그런 잔인한 양자택일 앞에서 우리가 할 수 있는 일은 아마

"**집이** 서향이라 저녁 시간이 되면 햇빛이 아주 강렬합니다. 집 안이 온통 핏빛이 되지요. 그 빛을 받으며 앉아 있으면 뭐라 말로 설명하기 힘든 묘한 기분이 듭니다. 그럴 때 생각나는 대로 글을 씁니다."

히스테리를 부리는 것뿐이리라.

"원고는 다 읽으셨나요? 어땠습니까?"

H출판사 편집장은 예상보다 젊은 사내였다. 삼십대 중반에서 후반 정도 돼 보였다. 나연과 비슷한 또래였다. 안 깎은 건지, 일부러 기른 건지 코 아래와 턱 주변에 짧고 굵은 수염이 빽빽이 나 있었는데, 그런 모습이 그럭저럭 어울리는 편이었고 인상도 나쁘진 않았다.

두 사람은 뤼미에르 빌딩 스카이라운지의 해산물 전문 레스토랑에 자리를 잡고 앉았다. 수염을 기른 편집장이 런치 세트를 주문하기에 나연도 같은 메뉴를 시켰다.

"마감하며 띄엄띄엄 읽었는데…… 세 번째 단편이 재미있더군요. 왜소증 아가씨가 나오는 거요."

"다른 단편은요?"

나연은 손을 들어 종업원에게 재떨이를 가져다 달라고 했다가 실내에서는 금연이라는 답변을 들었다.

"단도직입적으로 물어보셔도 돼요. 뭘 가장 궁금해하시는지 알아요. 〈마법매미〉 말씀하시는 거잖아요. 그 글들, 제가 마음에 안 들었다고, 불쾌했다고 말씀드리면 어떻게 되는 건가요?"

"저희도 결론부터 말씀드리겠습니다. 김 기자님이 안 된다고 하시면 저희는 출판 못 합니다. 작가가 내건 조건이 그거 였으니까요."

"그 조건 얘기 처음 들었을 때부터 내내 이상했는데요. 고인이 좀 기묘한 사람이었다는 건 편집장님도 저도 잘 아는 바지만, 출판사가 그 약속을 지킨다는 건 또 다른 문제라고 생각하거든요."

"저희가 그렇게 순수해 보이진 않나 보죠?"

편집장이 히죽 웃었고, 나연은 그날 처음으로 마음이 누그러졌다. "제가 그 바닥을 모르는 것도 아닌데…… 베스트셀러 작가의 유작 원고를 그냥 버리실 수 있나요? 영 안 팔릴 내용도 아니고, 어떻게든 저를 구워삶으셔야죠. 설사 제가 안 넘어간다 한들, 죽은 사람과 서류도 없이 말로 한 약속이 뭐 그리 중요한가요? 고인이 사실은 출판을 원했다는 증언이나 증거를 몇 개 확보하시면 되잖아요. 아니면 저를 이상한 여자로 놓고 가셔도 되고요. 〈마법매미〉에는 제가 죽은 작가와 자고 싶어서 여동생을 질투하는 여자로 나오지 않았나요?"

"그녀는 죽었고, 저는 궤도에서 벗어났지요. 내 집 마련이라든가 노후 준비라는 게 무슨 의미가 있습니까? 세상은 관점을 달리하는 순간 전과 같은 식으로는 볼 수 없는 반전도형과 같았습니다."

편집장은 너털웃음을 터뜨렸다.

"어, 이거…… 저희 그렇게 나쁜 놈들 아닙니다. 저희가 고인과 한 약속을 그렇게까지 지키려는 이유가 궁금하다는 말씀이죠? 지금 혹시 바쁘시거나 어디 가셔야 하는 건 아니죠? 이게 좀 길고 이상한 이야기라서요."

"말씀하시죠."

편집장은 포크와 나이프를 내려놓고 목청을 가다듬은 뒤 이야기를 시작했다. 그는 죽은 작가를 한 번도 이름으로 부르지 않고 그냥 '그분'이라거나 '그 작가분' '고인'이라고만 칭했다.

"그 작가분이, 김 기자님 말씀대로 좀 이상한 사람이었다는 건 누구나 인정하는 이야기일 겁니다. 우리 편집자들 사이에서는 그냥 이상한 정도가 아니라 좀 무서운 사람이었죠. 꼬치꼬치 따지거나 화를 잘 냈다는 게 아니라 으스스하고 괴기스러웠다는 말씀입니다.

제가 일화를 하나 들려드리죠. 저하고 아주 가까운 사람이, 사실은 저희 회사 직원인데요, 제가 보는 앞에서 실제로 겪은 일입니다. 이 일화 주인공을 K 씨라고 합시다.

K 씨는 3년 전에 교열과 책 표지 문제로 돌아가신 작가분을 처음 만났는데, 그때 작가분에게서 CD를 한 장 받게 됩니

다. K 씨가 작품에 대해 입에 발린 칭찬을 하자, 그 말을 고지 식하게 믿은 고인이 '내가 이번 소설의 사운드트랙을 만들어 봤는데 한번 들어보겠느냐'라고 해서 받은 거죠. 자기가 좋아 하는 여러 곡으로 CD를 제작한 거라고 했는데, 그냥 집에서 만든 게 아니라 전문 업체에 맡겼는지 겉보기에는 제대로 된 음반이었습니다. 컬러 코팅지로 음반 표지를 만들고, 디스크 에도 앨범명이 제대로 인쇄돼 있었다네요.

그런데 작가분은 K 씨에게 CD를 건네주며 이상한 조건을 내걸었어요. 자기 소설의 사운드트랙을 받았다는 얘기는 해 도 되지만 그 CD에 어떤 곡이 수록돼 있는지는 누구에게도 얘기하거나 글로 설명해선 안 되고, 다른 사람 앞에서 그 음 악을 틀어서도 안 된다는 것이었습니다. 고인은 '은근한 암시 를 줘서 어떤 곡인지 짐작할 수 있게 하는 것도 안 됩니다'라 고 말했습니다. 그러면서 '만약 이 약속을 어기면 K 씨 가족 에게 아주 크지는 않지만 그래도 적잖이 신경 쓰일 불행이 닥 치게 될 겁니다'라고 덧붙였어요. 작가분은 CD를 건네기 전 에 마지막으로 이렇게 물었습니다.

'말하자면 일종의 저주입니다. 괜찮으시겠어요?'

K 씨는 고인 앞에서는 '그렇게 하겠다'라고 약속했지만 속 으로는 이게 다 무슨 헛소리냐며 코웃음을 쳤습니다. 게다가 요즘 세상에 CD로 음악을 듣는 사람이 어디 있습니까.

"순애보의 주인공은 아닙니다. 그 뒤로 여러 여자와 잤으니까요. 남자고 사람이니까 제게도 성적 긴장을 해소하고픈 욕망이 있죠. 연애를 하진 않습니다. 돈으로 삽니다. 술집 아가씨와 프랑스 요리를 먹으러 가기도 했습니다."

K 씨도 물어봤죠. '그 저주는 한 번만 받고 나면 풀리는 겁니까? 예를 들어 제가 실수로 이 CD에 있는 음악을 다른 사람이 옆에 있는 줄 모르고 듣다가 들키고, 그래서 저주를 받는다면 그다음부터는 이 음악 제목들을 인터넷에 올려도 되고 아예 음원을 추출해서 다른 사람에게 보내도 되는 건가요?'

고인은 웃으면서 '그렇게 풀리진 않을 겁니다. 혹시 실수로 CD 뒤표지를 다른 사람이 보거나 음악을 다른 사람이 듣게 된다면 곧바로 CD를 불태워서 없애도록 하십시오. 제가 지금 드릴 수 있는 말씀은 이것뿐이군요'라고 말했습니다.

반골 기질이 있는 K 씨는 CD를 받고 사무실로 돌아와서는 곧바로 자기 컴퓨터의 스피커로 음악을 틀었어요. 저희 출판사에도 K 씨 전에 이미 그 사운드트랙을 받아 들은 사람이 꽤 있던 모양입니다. K 씨 앞에 와서 스피커를 가리키며 '저…… 이거 이렇게 틀어놓으셔도 돼요?'라고 걱정스러운 표정으로 묻는 직원이 두세 명 있었으니까요. 그러면 K 씨는 짓궂게 '뭐가요? 소리가 큰가요?'라고 되물었고, 염려하던 직원들은 대꾸를 하지 못하고 '그게 아니라……'라고 말하다 자기 자리로 돌아갔죠.

CD 한 장에 있는 곡이 거의 끝나갈 때쯤 K 씨 앞으로 전화가 두 통 왔어요. 첫 전화는 K 씨의 아들이 다니는 유치원에서 걸려온 것이었죠. 아이가 유치원 마당에서 놀다가 정글짐에서 떨어지는 바람에 팔이 부러져 병원으로 가고 있다는 연락이었습니다. 유치원에서는 K 씨의 부인이 전화를 받지 않아 K 씨에게 전화를 걸었다고 했어요. 혼비백산한 K 씨는 부인에게 전화를 걸었는데 부인은 그의 전화도 받지 않았습니다. K 씨는 옷을 챙겨 입고 사무실에서 나갈 준비를 했지만 자신이 병원으로 가야 할지 아니면 집으로 가야 할지조차 알 수 없었습니다.

다행히, 이걸 다행이라고 해야 할지 모르겠습니다만, 아무튼 K 씨가 정신이 혼란스러운 상태에서 막 사무실 문을 나가려는 참에 K 씨의 부인에게서 전화가 왔습니다. K 씨 부인은 집에서 튀김 요리를 만들다 기름이 쏟아지는 바람에 팔에 화상을 입고 구급차에 실려 응급실로 가는 길이었습니다. K 씨 부인은 구급차 안에서 자신은 괜찮으니 아들이 입원한 병원으로 가달라고 K 씨에게 말했고, K 씨는 그때서야 가까스로 정신을 차리고 병원으로 향했습니다.

"내가 여기에서 뭘 하고 있나. 내가 왜 이 일을 해야 하는 걸까. 그래서 휴직계를 냈고, 얼마 지나자 저는 곧 잊힌 사람이 됐습니다. 증시가 한창 좋을 때였고, 펀드매니저를 하겠다는 사람은 넘쳐났거든요."

물론 K 씨의 직장 동료들은 K 씨에게 연달아 닥친 기이한 불운의 일치를 옆에서 다 보고 들었죠. 다른 팀원들이 얼마나 놀랐을지 짐작하시겠죠? CD의 첫 곡이 끝나는 순간, K 씨 부인의 팔에 끓는 식용유가 쏟아지고 K 씨의 아들은 정글짐에서 발을 헛디뎠던 겁니다. 섬뜩하게도 K 씨 부인이 화상을 입은 부위와 아들의 팔이 골절된 부위는 같았습니다. 왼쪽 팔꿈치와 팔목의 딱 중간 부분이었죠."

"그 후로 편집장님 출판사에서 일종의 도시 전설이 탄생했다는 얘긴가요?"

"비슷합니다."

"아까 얘기에서 K 씨라는 분, 사실은 편집장님이죠?"

편집장은 별로 놀라는 표정도 아니었다. 그는 바지에서 구겨진 담배를 한 갑 꺼내 바닥을 툭툭 치고 테이블 위에 올려놨다. 나연은 문득 이 남자가 보기보다 훨씬 머리가 좋은 사람이라는 사실을 깨달았다.

"예, 저한테 일어난 일입니다. 다행히 아내는 팔에 흉터가 좀 남은 것 외에는 크게 다치지 않았고, 아들놈은 한 달 정도 깁스하는 걸로 그쳤습니다. 별로 떠올리기 싫은 기억이기도 하고, 미신을 믿는 사람처럼 보이기 싫어서 남의 얘기인 것처럼 말해봤는데 날카로우시네요."

"그게 정말로 죽은 작가의 저주 때문에 일어난 일이라고 생각하세요? 그래서 이번에도 작가의 유언을 충실히 지키시려는 건가요?"

"저로서는 알 수 없죠. 실제로 저주가 있었다고 여길 수도 있고, 단순한 우연의 일치일 수도 있습니다. 《뤼미에르 피플》에 실린 단편들 자체가 그런 식이잖아요. 이 책 속의 괴상한 사건들은 신비한 힘 때문에 벌어진 것일 수도 있고, 단순한 우연의 일치나 착각이 빚은 해프닝일 수도 있습니다. 모호하지요. 그런 모호함이 그분의 노림수겠고요.

하지만 저는 제 가족들을 놓고 도박을 하지는 않습니다. 사운드트랙 CD를 제게 줄 때 그분은 '약속을 어기면 가족에게 적잖이 신경 쓰일 불행이 닥칠 것'이라고 했어요. 이번에는 《뤼미에르 피플》과 《시간의 인덕, 현수동》 원고를 건네받으면서 '약속을 어기면 가족에게 큰 불행이 닥칠 것'이라는 얘기를 들었습니다. 제가 어떻게 할 것 같습니까?"

"잠깐, 《뤼미에르 피플》과 또 뭐라고요? 책이 한 권이 아니었군요?"

"안 그래도 말씀드리려던 참이었습니다. 고인의 유작은 두 권입니다. 하나는《뤼미에르 피플》, 또 한 권은《시간의 언덕, 현수동》입니다. 두 책 모두 제목은 다른 사람에게 얘기해도 되지만, 각각 어떤 제3의 인물이 원고를 읽고 출판을 허락하기 전에는 내용을 외부에 알릴 수 없습니다. 그 약속을 어기면 제 가족이 엄청난 불행을 맞는다고 합니다."

"그중에《뤼미에르 피플》이 제가 허락해야 출판할 수 있는 책이군요. 그러면《시간의 언덕, 현수동》은 누가 허락하는 거죠?"

"그건 저도 모릅니다. 그분은 제게 그 책에 대해서는 현수동에 사는 이현수라는 사람의 허락을 받으라고 했어요. 그런데 그게 누구인지, 남자인지 여자인지조차 모릅니다."

"죽은 작가가《뤼미에르 피플》의 경우에는 그 허락을 맡을 사람에 대해 뭐라고 설명했나요? 그냥 김나연이라는 여자를 찾아라, 라고 말했나요? 동명이인이 분명히 있을 텐데."

"김 기자님은《뤼미에르 피플》에 등장하잖습니까."

"이현수라는 사람도《시간의 언덕, 현수동》이라는 소설에 나오는 거군요."

"소설 내용에 대해서는 말씀드릴 수 없습니다."

"그런데 소설 내용만 가지고는 그게 누구인지 알 수 없다?"

"사실 기자님을 만난 용건은 두 가지입니다.《뤼미에르 피플》의 출판을 허락해주십사 하는 것과 이현수라는 사람을 찾도록 도와달라는 겁니다. 욕심이 과한가요?"

편집장은 다시 히죽 웃었다.

나연은 '내가 왜 이현수라는 사람을 알 거라고 생각하느냐'라고 물으려다가 답을 깨달았다.

"저도 그《시간의 언덕, 현수동》에 등장인물로 나오나 보죠? 그리고 이현수라는 사람을 아는 걸로 돼 있나 보죠?"

"이미 말씀드렸다시피 소설 내용은 사소한 것도 공개할 수 없어요. 김 기자님이 그 소설에 안 나올 수도 있고, 이현수라는 사람도 그 소설 등장인물이 아닐 수 있습니다. 그런데 혹시 이현수라는 사람을 아시나요?"

나연은 고개를 저었다. 나연은 편집장이 이현수라는 사람과 관련 있는 장소라든가 날짜, 모임을 자신에게 물어보기를 기대했다. 그 질문들에서《시간의 언덕, 현수동》에 대한 흐릿한 정보를 얻을 수 있을 거라 여겼기 때문이다. 그러나 편집장은 입을 다물었다.

"읽는 사람은 거기에서 의미를 건져낼 수도 있겠죠. 그건 제 알 바가 아닙니다. 사람은 벽지 무늬나 하늘의 구름, 얼룩을 보고도 무언가를 떠올릴 수 있습니다. 그러나 벽지나 구름은 아무것도 생각하지 않습니다."

"《뤼미에르 피플》의 출판을 허락하는 문제야 그렇다 치고, 이현수 씨를 찾는 데 제가 왜 협조해야 하죠? 그 사람을 찾아서 제가 얻는 이익이 뭘까요?"

"좋은 책이 여러 독자에게 읽힐 수 있게 된다는 데서 오는 기쁨이 있지 않겠습니까? 김 기자님으로서도 《시간의 언덕, 현수동》을 읽을 유일한 방법은 제가 이현수 씨를 찾아 출판 허락을 얻는 것뿐입니다.

그리고 또 한 가지 이유가 있는데, 《시간의 언덕, 현수동》을 읽으면 《뤼미에르 피플》을 더 잘 이해할 수 있지 않을까요?

지금부터 제가 《시간의 언덕, 현수동》에 대해 드리는 말씀은 실제 《시간의 언덕, 현수동》의 내용과는 무관합니다. 그 원고를 읽지 않은 사람이라도 현 상태에서 던져볼 수 있는 추측을 대신 거론하는 것뿐이에요.

만약 누군가가 유언을 대신해 두 권의 소설을 남긴다면, 전하려는 메시지는 그중 한 권의 책에만 담겨 있는 게 아니라 양쪽 책에 나뉘어 있다고 보는 게 합리적이지 않을까요? 더군다나 《뤼미에르 피플》의 구조를 생각해보면 더 그렇습니다. 이 책의 단편들은 모두 제각각 독립적이지만 서로 느슨하게 연관돼 있지요. 그러나 그 연관성이 시사하고자 하는 바는 뭔가 명확지 않습니다. 이 책을 읽고 난 사람은 뭔가 작가가 더 감춰놓은 메시지가 있다는 느낌을 받게 될 겁니다. 《뤼미에르 피플》은 《시간의 언덕, 현수동》과 함께 읽어야 제대로 이해가 되는 책이 아닐까요?"

"그건 《뤼미에르 피플》과 《시간의 언덕, 현수동》이 유언이라는 전제하에 성립할 수 있는 논리죠. 그 두 책이 유언이라면 죽은 작가가 자신의 죽음을 예상하고 있었다는 얘기고요. 죽은 작가가 사실은 자살한 거라는 말씀인가요?"

"그 사고에 뭔가 미심쩍은 부분이 있긴 하잖습니까? 작가가 고의로 트럭에 뛰어들었다는 얘기는 아닙니다. 하지만 〈마법매미〉는 그 자신이 교통사고로 죽은 상태에서 시작합니다. 중간에 들어가는 플래시백에는 그의 생명력이 소진되고 있다는 표현이 여러 번 나오지요. 자기는 걸어 다니는 시체고 로봇이며 공허한 존재라든가, 껍데기만 남았다든가. 본인이 어떤 식으로 죽음을 맞게 되리라는 건 모른다 해도, 죽음이 다가온다고 생각했다면 그에 대비해 글을 쓸 수도 있는 거겠죠."

"그런 식으로 따지면 그 전에 쓴 책도 전부 일종의 유언이었다고 해석할 수 있겠네요. 그가 쓴 소설은 다 비슷비슷하잖아요."

"하지만 전작들을 출판할 때는 이런 까다로운 부탁을 하지 않았습니다. 고인이 김 기자님이나 이현수 씨에게 직접 연락하지 않고 저에게 출판 허락을 받아달라고 부탁한 것도 뭔가 자기는 그런 일을 할 수 없는 상황이 올 거라고 예상해서 그런

"**인간적인** 욕망, 감정, 사소한 기쁨과 슬픔들이 사라졌습니다. 남은 것은 껍데기죠. 과거의 저라는 인간이 지녔던 습관과 관성, 살면서 맞닥뜨리게 되는 무의미한 충동 그리고 규칙적으로 찾아오는 육체적 욕구."

게 아닐까 싶기도 하고요."

"제가 보기엔 그냥 장난으로 그런 것 같은데요. 사운드트랙 에피소드도 그렇고 말이에요. 그저 자신을 신비스럽게 보이고 싶어서 그랬는지도 모르죠."

"《뤼미에르 피플》을 읽으셨으면 알 겁니다. 그 책이 걸작이라는 얘기는 아닙니다만, 그렇다고 성의 없이 아무렇게나 쓴 글 역시 아닙니다. 작가로서 그런 글을 영원히 묻어버릴 각오를 쉽게 할 수 있을까요?"

"그래도 책을 읽다 보면 얄팍한 사기처럼 느껴지는 대목이 있어요. 자기가 실제로 살았던 건물 이름을 소설에서 그대로 사용한 이유가 뭘까요? 소설 속 사건들이 완전한 픽션이 아니라 실제로 일어난, 아니면 앞으로 일어날 일이라는 느낌을 주고 싶어서였겠죠?

저는 이 건물 관리사무소와 경찰에 〈동시성의 과학〉과 〈모기〉에서 일어났던 일이 실제로 이 건물에서 일어났는지 물어봤어요. 혼자 살던 기러기 아빠가 시체로 발견된 사건은 근처에서 실제로 일어난 일이라고 하더군요. 하지만 정확히는 재작년에 옆 건물에서 있었던 사건이래요. 〈동시성의 과학〉은 첼로 레슨을 하는 여자와 여행사를 배경으로 하고 있잖아요? 그런데 이 건물에는 한 번도 음악 교습소가 들어선 적이 없고, 벽이 얇아서 앞으로도 그럴 일은 없을 거라고 하더군요.

〈마법매미〉에는 저와 이름과 직업이 같은 나연이라는 인물이 등장하고, 그 인물이 작가를 인터뷰했을 때 나온 걸로 보이는 문장들이 박스 처리가 되어 글 중간중간에 등장하죠. 저도 그를 소설이 아닌 실제 세계에서 인터뷰한 적이 있어요. 하지만 저희가 나눈 대화는 소설에 나오는 것과는 달랐어요. 그런데 그는 교묘하게 사실과 거짓을 섞어서 뭐가 뭔지 헷갈리게 만들어버렸어요. 당사자로서 제가 불쾌하지 않을 수 있을까요? 소설이니까 괜찮다고 생각한 걸까요? 같은 이야기라도 그런 혼란을 피할 수 있게 얼마든지 다르게 쓸 수 있었어요. 그냥 사람 이름과 관계만 바꾸면 되는 거였잖아요. 왜 꼭 그런 식으로 썼어야 했던 거죠?"

"물론 그 점은 그렇습니다만 설명하기 어려운 이상한 우연의 일치가 있는 것도 사실입니다. 예를 들어 지금 김 기자님과 제가 소설에 묘사된 대로 매미 울음소리가 요란한 날에 뤼미에르 빌딩에서 만나《뤼미에르 피플》을 출판할지 안 할지에 대한 이야기를 하고 있잖아요. 이건 적어도 소설이 먼저고,

실제로 사건이 벌어진 것은 나중 아닙니까?"

"소설대로 저를 만나고 싶으셔서 일부러 약속 장소를 신촌 뤼미에르 빌딩으로 정하신 것 아닌가요?"

"그리고 기자님은 얼마든지 약속 장소를 바꾸실 수 있었죠. 하지만 그렇게 하시지 않았잖아요. 서울에 이렇게 괴물 같은 매미가 엄청나게 많이 출현하리라는 것도, 실제로 사건이 벌어지기 전까지는 아무도 예측 못 했던 일입니다."

"소설에도 이런 괴매미가 나온다고 돼 있진 않아요. 그저 매미 울음소리가 유난히 요란했다는 묘사 정도예요."

"그래도 그 단편소설의 제목이 〈마법매미〉죠. 그게 단순한 우연일까요?"

"그렇다고 소설에 나오는 이야기를 다 곧이곧대로 믿을 수 있나요? 이 건물 2층 만홧가게에는 지금 박쥐로 변신할 수 있는 소년이 아르바이트를 하고, 지하에는 코뿔소만 한 쥐가 돌아다니고 있단 말인가요? 동네 고양이들이 이 주변에서 서로 세력권을 뺏고 빼앗을 음모를 꾸미는 중이고요?"

"〈박쥐 인간〉이나 〈쥐들의 지하 왕국〉 〈동시성의 과학〉에서는 작중 화자의 정신 상태를 독자들이 신뢰할 수가 없어요. 소설 속에 나오는 일들이 다 등장인물의 착각이나 환상이었다고 해석할 수도 있습니다."

"바로 그래서 짜증이 난다는 거예요. 뭐 하나 확실한 게 없고 흐릿하게 기분 나쁘기만 하니까. 만약 《뤼미에르 피플》과 《시간의 언덕, 현수동》에 정말로 그 두 책을 읽어야만 알 수 있는 메시지가 있고, 제가 이현수라는 사람을 찾아서 두 책에 담긴 메시지를 풀었을 때, 작가가 숨겨놓은 메시지가 또 다른 수수께끼가 아닐 거라는 보장은 어디 있죠? 그 메시지가 '세 번째 유작을 찾아라'일 수도 있잖아요? 그리고 세 번째 책을 찾으면 다시 다음 수수께끼가 나오고요. 그렇게 해답 없는 수수께끼들만 꼬리를 물고 이어지는 것은 아닐까요?"

"그러진 않을 겁니다. 《뤼미에르 피플》에 나오는 단편의 구조는 어떤 두 세계를 계속 대립시키는 것이거든요. 아이들의 세계와 어른들의 세계, 부자가 사는 세상과 가난한 자가 사는 세상, 몸이 갇힌 사람과 마음이 갇힌 사람, 언어가 있는 세계와 없는 세계……"

"그리고 《뤼미에르 피플》에서 그 대립이 의미하는 바는 정작 아무것도 없죠. 다 공허한 말장난일 뿐이에요."

이야기에 의미가 있다는 사람과 없다는 사람은 모두 잠시 말이 없었다. 몇 분 동안 식은 커피를 마시며 실제로 벌어진 일과 소설 속에 예고돼 있던 일을 비교하던 나연은 문득 의미 있는 차이점 하나를 깨달았다.

"《뤼미에르 피플》에는 《시간의 언덕, 현수동》에 대한 이야기가 나오지 않아요. 〈마법매미〉에는 그냥 당신이 저를 찾아오고, 저희가 뤼미에르 빌딩 스카이라운지의 해산물 전문 레스토랑에서 만나 《뤼미에르 피플》을 출판할지 말지에 대해 애기하지만 《시간의 언덕, 현수동》에 관해서는 아무 언급이 없어요."

"차이점이 뭡니까?"

"《뤼미에르 피플》이라는 소설은 그 자체로 완결성을 갖추고 있고, 그 해석을 위해 다른 이야기를 또 읽어야 할 필요는 없다는 사실이죠."

"하지만 어떤 이야기가 자기 완결적이라고 해서 그게 다른 이야기로 발전할 수 없는 건 아닙니다. 예를 들어 '뤼미에르 피플'이라는 단어를 아주 작게 수백 번 인쇄한 다음 그걸 한 줄로 잘라 띠처럼 만들고 그 띠를 오려 붙여서 전혀 다른 단어를 쓸 수도 있겠죠. '뤼미에르 피플'이라는 글자로 '시간의 언덕, 현수동'이라는 단어를 만들 수도 있을 겁니다.

어떻게 보면 《뤼미에르 피플》 자체가 그런 얘기 아닙니까? 〈마법매미〉를 제외한 아홉 편의 단편이 각각 완결

"되는대로 자판을 두드리고, 내키는 대로 작은 이야기들을 토막 낸 뒤 짜깁기합니다. 읽는 사람이 뭘 느끼든 아드레날린 외에 다른 것은 제가 의도한 게 아닙니다. 창조자에게 없는 것이 피조물에게서 나올 리 없습니다."

성을 갖추고 있지만 그와 별도로 그 단편들을 다 읽으면 서울 서대문구 창천동에 있는 뤼미에르 빌딩에 대해 묘한 기분도 들게 되잖아요? 막상 그 빌딩이 개별 소설에서 차지하는 의미나 비중은 미미한데 말입니다.

그리고 보기에 따라서는 《뤼미에르 피플》이 그다지 완결된 이야기도 아닙니다. 예민한 탓인지 몰라도, 저는 이 책을 읽다 보면 그리다 만 그림 같다는 느낌을 받습니다.

예를 들어 전체 열 편의 단편소설 중 여섯 편의 제목에 동물 이름이 하나씩 있습니다. 박쥐, 모기, 개, 매미, 고양이, 쥐. 제목에 들어간 6종의 동물 중에 어류나 조류는 전혀 없죠. 그런가 하면 현수동은 한강 옆에 있고, 철새들의 천국인 밤섬과 가장 가까운 곳입니다. 새와 물고기 얘기는 《시간의 언덕, 현수동》을 위해 아껴놨다고 생각할 수도 있지 않겠습니까?"

"《시간의 언덕, 현수동》에 새와 물고기 얘기가 나오나요?"

"저도 그 소설 내용에 대해 시원하게 답을 드릴 수 있었으면 좋겠군요. 지금까지 그 책에 대해 드린 말씀은 책의 내용을 모르는 상태에서도 일반적으로 제기할 수 있는 추측을 말씀드린 겁니다, 잘 아시겠지만."

편집장은 담뱃갑을 꺼내 바닥을 두드렸다.

해산물 레스토랑을 나와 엘리베이터를 기다리면서, 나연

은《시간의 언덕, 현수동》이 어떤 소설이었느냐고 물어봤다. 내용이 아니라 좋았는지 나빴는지, 작품성과 완성도가 어땠는지 알려달라고. 편집장은 그에 대해서도 말을 삼가는 게 나을 것 같다고 대답했다. 나연은 이번에는 죽은 작가에게서 받은 CD에 담겨 있던 노래들은 어땠느냐고 물었다. 편집장은 잠시 생각하다 입을 열었다.

"아주 아름답고 슬픈 음악들이었습니다. 제가 아는 곡은 하나도 없었어요. CD 뒷면에 곡 제목이 적혀 있었는데 너무 급하게 불태워버리느라 제목들을 눈여겨볼 여유가 없었습니다. 그때 들었던 음악의 선율이 지금도 가끔 흐릿하게 떠올라 머릿속이 간지럽습니다. 정확한 가락은 기억이 안 나는데 흐릿하게 몇몇 음이 기억날락 말락 하거든요. 굉장히 슬프고 아름다웠다는 느낌만 확실하게 남아 있으니 환장할 노릇이죠. 그 CD에 무슨 곡이 있는지 다른 팀원들에게 물어볼 수도 없고요."

"신과 짐승의 양면을 갖춘 게 인간이라고 생각하십니까? 저는 그 양쪽의 특성 모두를 점점 더 잃어버리고 있는 것 같습니다. 저는 걸어 다니는 시체이며 로봇이고 영적으로 공허한 존재입니다."

나연은 편집장에게 자신이《뤼미에르 피플》의 출판을 허락할 것 같은지 맞혀보라고 했다.

"〈마법매미〉에서는 허락하시는 걸로 나왔죠. 제가 맞히면 상품이라도 주시는 겁니까?"

"제가 어떻게 생각하는지 맞히시면 출판에 동의해드릴 수도 있죠."

"허락하실 것 같습니다. 그렇게 모진 분이 아니시니. 게다가 출판을 꼭 막아야겠다고 마음먹고 계시다면 이렇게 가능성을 내비칠 이유가 없겠죠."

"생각해보고 문제를 낼걸 그랬네요."

"수수께끼는 원래 푸는 것보다 만드는 게 더 어렵습니다. 아무튼 정말 고맙습니다."

편집장이 갑자기 허리를 숙여 꾸벅 인사를 하는 바람에 나연은 다시 냉담한 기분이 됐다.

"저는 잠시 804호에 들를 건데, 괜찮으시겠어요?"

식당을 나올 때 편집장이 물었다. 죽은 작가가 살던 집. 나연은 선선히 고개를 끄덕였다.

804호는 극도로 검소한 공간이었다. 편집장이 문을 열고 들어가자 아무 장식 없는 식탁과 의자 두 개, 책장과 일체형인 붙박이 침대, 조립식 옷장과 소파가 보였다. 인터뷰를 하러 이곳을 찾았을 때 이후로 더 들여놓은 가구는 없는 것 같았다. 전에는 전자레인지와 창틀 위에 사진 액자가 있었던 것 같은데, 기억이 확실치 않았다. 작가가 쓰던 노트북이 식탁

위에 놓인 걸 보고 있노라니 으스스한 기분이 들었다.

"이 집과 유품들은 어떻게 되나요?"

"저도 잘 모릅니다만, 남은 가족들에게 가지 않을까요? 부모님이 두 분 다 살아 계신 걸로 알고 있습니다."

나연은 왠지 모를 이질감을 느끼며 방을 한 바퀴 돌아보았다. 지난번 작가를 만났을 때보다 어째 공간이 좁아진 것 같은데, 바닥 감촉도……

"그사이에 방음 공사를 했군요."

"예. 시끄러워서 집중이 안 된다며 지난해 인테리어 업체를 불러 시공했습니다. 벽과 바닥, 천장에 두껍게 스티로폼을 깔고 다시 벽지를 발랐지요. 덕분에 저놈의 매미 소리가 하나도 안 들리네요."

스티로폼은 방 안의 열이 밖으로 빠져나가는 것도 차단했다. 편집장이 휴대전화를 꺼내 804호 곳곳을 사진 찍는 동안 나연은 땀을 뻘뻘 흘리며 담배를 한 대 피웠다. 나연은 편집장이 사진을 찍는 이유를 묻지 않았다. 나연이 싱크대 수도꼭지를 열어 담뱃불을 껐을 때 편집장이 말했다.

"이 방음 시설을 다시 뜯어내려면 그것도 돈이 들 텐데 말입니다. 음악 교습소나 악기 레슨을 하는 분한테 세를 내주면 집주인이나 세입자나 다 이득 아닐까요?"

그들은 뤼미에르 빌딩 1층에서 헤어졌다. 신촌 거리는 찢어진 곤충 날개와 다리 조각으로 가득했다. 나연은 구두 굽으로 매미 시체를 짓이기며 지하철역을 향해 걸어갔다.

나연은 그날 밤 꿈에서 죽은 작가를 만났다.

여름이었지만 꿈속에서는 날씨가 쌀쌀했다. 밤이었지만 하늘은 불길한 검붉은 색이었다. 나연은 현수동 사거리에 서 있었다.

죽은 작가는 머리에 비니를 쓰고 귀에 이어폰을 꽂은 채 한 손에 커피가 담긴 종이컵을 들고 나연에게 등을 돌린 채로 횡단보도 앞에 서 있었다.

신호가 바뀌지 않았는데도 젊은 작가는 불현듯 깨달았다는 듯이 차도로 내려서 태연하게 걸어가기 시작했다. 왼쪽에서 픽업트럭이 전속력으로 달려오고 있었다. 나연은 죽은 작가를 말리고 싶었지만 목소리가 나오지 않았다.

젊은 작가의 몸은 하늘로 2, 3미터가량 떠올랐고, 픽업트럭은 요란한 마찰음을 내며 교차로 한가운데에서 멈춰 섰다.

'안 돼!'

그 비명 소리는 나연의 입이 아닌 먼 곳에서, 공기가 아닌 다른 매질을 뚫고 들려오는 듯했다.

꿈속의 현수동 사거리에 생긴 피 웅덩이에서 뭔가 이상한 일이 벌어지고 있었다. 처음에는 살점들이 꿈틀거린다고 생각했다. 마치 저예산 공포 영화의 컴퓨터그래픽 같았다.

피들이 작은 덩어리로 뭉쳐 무리를 이루더니 솟구쳐 올라 공중에서 몇 바퀴 돌다가 형태를 갖췄다. 공중을 맹렬히 돌아다니던 핏덩어리들은 검은 코트를 입은 남자의 형상이 되었다. 죽은 작가는 검은 코트를 입고 나연을 향해 걸어왔다. 그리고 나연에게서 2미터가량 떨어진 지점까지 걸어와 섰다.

작가가 말했다.

—우리가 지난번에 만났을 때 당신 생각을 제가 알아차리지 않았던가요?

아니야. 나는 동생을 질투한 적이 없어. 인터뷰를 마치고 당신과 더 있고 싶지 않았어. 당신에게 끌린 적 없어.

나연의 꿈속에서 죽은 작가는 웃었다.

—그 얘기를 하는 게 아닌데⋯⋯. 인터뷰 중에 내가 무섭다고 생각했잖아요. 관 같은 집에서 낮에 잠을 잔다는 말에 흡혈귀를 떠올렸잖아요.

꿈속인데도 말문이 막혔다.

젊은 작가는 코트 앞자락을 열었다. 코트 안에서 핏덩어리들이 꿈틀거리고 있었다.

다시 보니 핏덩어리가 아니라 엄청난 수의 매미였다.

'매미들이 수액을 너무 빨아 먹는 바람에 가로수가 말라 죽었다.'

그중 한 마리가 매미 떼에서 떨어져 나와 나연에게 날아왔다. 나연은 얼어붙은 듯 꼼짝 못 하고 서 있었다. 매미는 나연의 왼쪽 가슴 위에 앉아 살을 물고 피를 빨기 시작했다.

나연은 다음 날 아침 멍한 정신으로 깨어났다. 지독한 숙취에 시달리는 듯했다. 매미 소리가 귀를 찔렀다. 13년, 또는 17년 뒤에 저 매미 소리를 다시 듣게 될 거라고 생각하니 몸에서 힘이 빠졌다.

화장실에 들어간 나연은 꿈속에서 매미에 물린 자리를 거울로 살피고 아무런 상처 자국이 없다는 데 안도했다. 수도꼭지를 들어올리고 얼굴에 찬물을 두세 차례 끼얹은 나연은 씻던 걸 멈추고 검지와 중지로 왼쪽 가슴 위를 눌렀다.

바늘로 찌르는 듯한 통증.

매미에 물린 자리.

피부 아래, 거기에 뭔가가 있었다. 그곳이 몹시 가려웠다.

805호

돈다발로 때려라

"안전 운전 하세요, 응?"

김 부장이라고 불리던 사내가 반짝거리는 물건을 던졌다. 정민은 술에 취해 중심을 잃고 비틀거리다 자동차 열쇠를 겨우 받았다. 해는 오래전에 졌지만 여전히 공기는 후텁지근했다. 자동차들이 요란하게 바람 소리를 내며 지나갔다.

정민 앞에는 1997년형 구식 소나타 III가 서 있었다. 이제 이 차를 몰고 가다 크게 사고를 내면 모든 게 끝날 예정

"야, 놀아봐."

정민의 첫째 사촌은 가방에서 돈다발을 한 뭉텅이 꺼내더니 테이블에 올려놨다. 50만 원씩 묶인 돈다발이 총 일곱 개. 350만 원.

사촌 형은 다시 한 뭉텅이를 더 올려놨다. 이제 돈다발은 모두 열다섯 개였다. 750만 원. 여자들은 "오빠 너무 화끈하다" 어쩌고 하며 비명을 지르더니 누가 먼저랄 것도 없이 옷을 벗으며 테이블 위에 올

이었다. 협박, 굴종, 피로, 빚, 인생. 모든 것이 말이다. 정민은 이 순간 그의 인생을 통틀어 말 그대로 가장 값진 상태에 있었다. 보험금 1억 원이 그에게 걸려 있었다.

그가 교통사고로 죽으면 그 돈은 사채업자들에게 가게 돼 있었다. 적어도 저세상에는 부채 없이 갈 수 있다.

차 전면 유리는 약하게 틴팅이 돼 있었다. 그래서 가로등 불빛이 오렌지색으로 보였다. 등받이에 몸을 기댔을 때 자신이 사고를 낼 정도로 취하지는 않았다는 사실을 깨달았다. 시동을 걸고 가속페달을 밟았다. 이대로 방향을 틀어 자신을 차에 태운 사내들을 덮치고 싶다는 충동이 일었다.

천천히, 그리고 깊숙이 가라갔다.

정민의 아버지가 소유한 작은 왕국은 지난달 세자가 교통사고로 죽는 바람에 후계 구도가 크게 변하는 중이었다.

큰형은 혈중 알코올 농도 0.17퍼센트 상태에서 차를 몰다 죽었다. 새벽 3시 50분에 강남구청 사거리에서 소화전을 시속 140킬로미터로 들이받고 에어백이 여덟 개 달린 아우디 뉴A8 안에서 목이 부러졌다. 안전벨트 슬롯에 안전벨트 대신 경고음 제거기를 꽂아둔 상태였다.

회사 이사 한 명이 정민에게, 어느 점쟁이가 했다는 말을 전해준 적이 있었다. "네가 바퀴 때문에 화를 입을 거라더라." 그의 아버지는 그 말 때문에 그에게 차를 사 주지 않속페달을 밟았다. 속도계 바늘이 시속 100킬로미터를 가리켰다. TV에서 본, 음주 운전 차량의 갈지자 주행 모습이 떠올랐다. 가로등 불빛이 휙휙 지나갔다.

죽기 전에는 기도를 올리고 싶었다. 아무런 소망도 담지 않은 기도를. 길지 않았던 인생의 소회를 한바탕 쏟아내기라도 해야 편히 눈을 감을 수 있을 것 같았다. 그러나 적당한 기도문이 떠오르지 않아 멍하니 차를 몰았다.

정신이 모아지지도 머리가 맑아지지도 않는 산만한 상태가 이어졌다. 신호등도 없고 길도 똑바른 자동차 전용 도로에서는 오히려 사고가 일어나기 어렵다는 생각이 스쳤다. 반포 인터체인지에서 강남 쪽으로

으려 했다. 그러나 교통사고로 죽은 것은 장남이었다.

둘째 형은 필로폰을 맞다 뽕쟁이가 되어 감옥에 갔다. "그리고 점쟁이가 네 둘째 형에게는 재산을 물려주지 말라고도 했다더라."

삼 형제는 아버지에게서 권력욕과 충동을 참지 못하는 성질, 자기 파괴적인 성향을 물려받았다. 첫째는 유난히 과시욕이 강했고, 둘째는 유난히 충동적이었으며, 막내인 정민은 가장 파괴적인 성격이었다.

아버지가 소유한 왕국은 삼성이나 LG 같은 대제국이 아니었다. 백화점 하나와 지방 호텔 네 개, 골프장 두 개, 출판사 하나로 구성된 그룹이었다. 큰형이 죽자 사촌들은 미

차를 돌렸다. 삼성동 방향으로 가는 사거리에서 신호가 바뀌는 것을 보고 브레이크를 밟으려다 실수로 액셀을 밟았다. 당황한 그는 얼른 멈춰야겠다는 생각에 운전대를 왼쪽으로 꺾었다. 차는 타이어 파열음을 내며 중앙선을 한참 넘어 멈춰섰다. 순간 눈앞이 환하게 빛났고 무시무시한 소리가 들렸다.

사고가 난 것은 그의 차가 아니었다. 반대 방향 차선에서 은색 외제 차가 가로수를 들이받고 다시 튕겨 나와 도로 위에서 연기를 내며 서 있었다. 사고 차량에서는 운전자가 내리지 않았다.

정민은 사고 차의 운전석을 살피려 차에서 내려 몇 걸음 걸어갔다. 그러나 운전자의 머리통이 검붉은 액체로

국에서 급히 귀국한, 우울한 막내 왕자와 친해질 기회를 호시탐탐 노렸다. 정민은 자기 앞에서 술집 아가씨들을 주무르며 술을 마시고 있는 사촌들이 각각 어느 호텔과 골프장의 지분을 탐내는지 알고 있었다.

사촌들은 자신들이 '실전 노하우'를 안다는 점을 강조했다. 그들은 나이가 어리고 실제로 회사를 운영해본 경험이 없고, 자신들의 아버지보다 더 돈이 많은 아버지 밑에서 자랐다는 점을 정민의 약점으로 보는 것 같았다.

"네가 미국에서 학문적인 것은 많이 배웠겠지만, 정말 중요한 건 현장에서의 어떤 동물적인 감각과 배짱이거든. 어디에 베팅하고 언제 털고 나

범벅인 것을 보고 황급히 97년 형 소나타로 돌아왔다.

그는 생각나는 대로 방향을 바꾸며 차를 운전했다. 되도록 멀리, 사고 현장을 벗어나는 것이 목적이었다. 뺑소니는 아니야. 나는 그 차와 부딪치지 않았어.

어딘지 알 수 없는 4차선 도로에서 멈춰 서서 그는 보도에 대고 속에 있던 것을 토해냈다.

사채업자들이 자신을 죽일 마음은 없었던 것을 그는 나중에 알았다. 사채업자들은 "언제든 다시 할 수 있는 거니까 정신 바짝 차리세요, 응?"이라고 말했다.

사채업자들이 얼굴이 흰 남자를 소개하고, 그 남자에게서 이상한 제안을 받은 것

오느냐, 그런 거지. 학교에서는 배울 수 없는 것."

"사원 감동 경영을 시도해보겠다고 한 유학파 친구가 있었어. 직원들 생일 기억해서 선물 주고, 틈나는 대로 메일 보내고, 하루 한 시간씩 면담하고. 그런데 미국은 그렇게 하다가도 막상 구조 조정을 할 때는 가차 없이 자를 수가 있거든. 우리나라는 그게 안 되잖아. 종업원들은 사장을 우습게 보고 기어오르려 하고, 유능한 선수들은 다른 회사로 뜨고, 결국 반년도 못 돼 그만뒀어."

정민은 자신이 아버지의 왕국을 물려받고 싶어 하는 건지 아닌지 알 수가 없었다.

"따분한 이야기 좀 그만들 합시다. 우리 게임이나 하나

은 그로부터 며칠 뒤였다. 삼십대 초반으로 보이는 남자는 빠르게 말을 지껄였고, 제멋대로 자란 부잣집 아들 같은 분위기를 풍겼다. 병적이고 다소 신경질적인 인상이었다.

"당신 입장에서 보면, 어떻게 해도 손해 볼 게 없는 게임이야. 알겠어? 돈다발로 맞고, 맞은 만큼 가져가면 돼. 하지만 부인과 아이를 그 자리에 데리고 와야 해."

흰 얼굴은 고급 양복을 입고 있었다.

"하지만 왜 이런 게임을 하는 겁니까? 내가 그런다고 해서 당신에게 무슨 이득이 있죠?"

"그건 당신이 알 바 아니지. 당신 말고도 사람은 많아. 당신은 땡잡았다는 생각

할까?"

둘째 사촌은 장지갑에서 100만 원짜리 수표 두 장을 꺼내 테이블에 올려놨다.

"얘들아, 여기 이 잘생긴 오빠 분위기 좀 바꿔봐라. 이 오빠 옷 벗기는 아가씨 거다."

여자들은 비명을 지르며 정민에게 달려들었다.

"그렇게 한꺼번에 달려들면 누가 옷을 벗겼는지 어떻게 알아. 덤벼도 질서 있게, 순서를 정해서 한 명씩 해."

여자들은 흐느적거리며 그에게 다가왔다. 파리를 쫓듯 손을 휘저었지만 여자들은 집요했다. 스모키 화장을 짙게 한 아가씨가 이로 정민의 와이셔츠 단추를 뜯어냈다.

한바탕 소동이 가라앉은 뒤 정민은 단추가 떨어진 와

만 하면 되는 거야. 돈벼락을 맞은 거라고."

정민은 이 '게임'에 무언가 다른 목적이 깔려 있을 것이라고 확신했다. 이를테면 그의 가족을 납치하려는 술수 같은 것은 아닐까? 그러나 그의 가족을 납치하려면 그런 이상한 게임 이야기를 꾸며낼 필요는 없었다. 정민의 아내는 "사기일지도 모르지만 어쨌든 나가서 손해 볼 건 없잖아, 우리가 지금 잃을 게 뭐가 있어" 하고 말했다.

약속한 날짜에 정민은 아내와 여덟 살 난 딸을 데리고 약속 장소인 뤼미에르 빌딩 805호에 도착했다. 그는 흥부가 매품을 판 일을 떠올리며 오피스텔의 초인종을 눌렀다. 정말 맞은 만큼 돈을

이셔츠와 바지를 들고 알몸으로 룸에서 나왔다. 그가 다른 방에 들어가 옷을 주섬주섬 챙겨 입는 동안 이가 튼튼한 아가씨가 그를 쫓아 빈방으로 들어왔다.

"오빠, 왜 그래요? 재미없어요?"

"아니, 좀 피곤해서."

그가 와이셔츠의 단추가 떨어진 부분을 만지작거리자 여자는 방 밖으로 나갔다가 실과 바늘을 들고 돌아왔다. 여자는 재미없는 이야기를 하며 단추를 꿰맸다. 현란한 조명과 음악이 없는 술집의 빈방은 이상할 정도로 갑갑했다. 옆방에서 노랫소리와 여자들의 새된 웃음소리가 들렸다.

"아까 그 200만 원은 누가 가져갔니?"

가져갈 수 있다면 죽을 때까지 맞을 수도 있었다.

805호는 빈집이었다. 파티션 형태의 간이 벽이 창가 쪽에 설치돼 있었고, 방 한가운데에는 사무용 의자 네 개와 접의자 세 개가 있었다. 사무용 의자는 엉덩이와 등에 닿는 부분이 가죽으로 돼 있고 팔걸이와 바퀴가 있는 고급 의자였지만 접의자는 행사장에서 흔히 볼 수 있는 싸구려 철제 의자였다. 철제 의자 아래에는 신문지가 여러 장 깔려 있었다. 방바닥 한구석에는 두루마리 휴지 두 개와 생수 두 병 그리고 종이컵이 몇 개 놓여 있었다. 그 외에는 아무런 가구도 없었다.

사무실에 있던 젊은 남자는 정민의 가족이 들어오자

"그거? 소희 언니가 가져갔어. 그 언니가 나중에 오빠 팬티를 벗겼잖아. 왜? 그거 다시 돌려주라고 할까?"

"아니, 됐어. 넌 억울하지 않아? 네가 와이셔츠를 찢어버리는 바람에 내가 옷을 벗게 된 건데."

"어머, 오빠! 내가 언제 와이셔츠를 찢었어? 오빠 완전히 생사람을 잡고 그러네? 술을 너무 많이 마셔서 그래?"

'게임'에 대해서 처음 아이디어가 떠오른 것은 그때였다. 처음에는 그날 술자리에서와 마찬가지로, 다른 사람을 이용해 사촌들에게 모욕감을 주겠다는 단순한 생각이었다. 그는 사촌들이 자신을 괴물로 봐주길 원했다. 그를 불쾌해하면서 두려워하다 마침내 피하

어딘가로 전화를 건 뒤 아무 설명 없이 나가버렸다. 10분 정도 기다리고 있으니 남자 네 명이 운동 가방을 하나씩 들고 들어왔다. 그중에는 정민에게 게임을 제안했던, 얼굴이 흰 남자도 있었다. 남자들이 조직폭력배처럼 보이지는 않았기 때문에 정민은 다소 안심했다. 얼굴이 흰 남자는 인사 대신 "마음이 바뀌지는 않았나?"라고 물었고 정민은 바뀌지 않았다고 대답했다. 흰 얼굴은 정민의 가족을 접의자에 앉게 하고 자신은 사무용 의자에 앉은 뒤 게임 규칙을 설명했다.

"나를 포함해 우리 네 사람이 돌아가며 돈다발로 당신을 때릴 거야. 그리고 당신을 때리는 데 사용한 돈은 즉

게 되길 바랐다.

눈 화장이 짙은 아가씨를 한쪽에 끼고 사촌들이 있는 방으로 돌아갔다. 술자리가 파할 때에는 모든 사람이 술이 떡이 되도록 취해 있었다. 정민은 사촌들과 헤어지면서 한 달 후에 다시 만나 미국 MBA 학생들 사이에서 유행하는 게임을 하자고 제안했다.

"백인 학생들끼리 불법 이민자를 불러놓고 몰래 하는 게임이 있거든요. 아주 뭐랄까, 교육적인 게임인데."

"옷 벗기기 게임 아니냐?"

"그건 아닙니다."

그는 아버지 백화점의 이사에게서 신용정보업체의 팀장 한 명을 소개받았다. 추심 담당 팀장은 눈치가 빨랐다. 고액 체납자 중 사정이 딱하

시 당신 부인에게 준다. 신체 어느 부위를 때리든 상관없지만, 돈이 아닌 다른 것으로 때리면 안 돼. 그럴 경우에는 때린 사람을 실격 처리해. 받은 돈은 이 가방에 담아 가."

흰 얼굴은 정민에게 빈 나이키 운동 가방을 줬고, 정민은 그것을 다시 아내에게 넘겼다. 이 가방에 만 원짜리를 가득 넣으면 얼마쯤 될까?

"게임이 끝나면 가방 안에 있는 돈은 그냥 가져가면 돼. 게임을 그만두고 싶으면 아무 때나 그만하겠다고 하면 되고. 당신이나 당신 가족 중 한 명이 그 말을 하면 게임은 그걸로 끝나. 누가 종료 선언을 하든지 한번 말한 것은 번복할 수 없고, 다른 사람이 막을 수도 없어."

고, 식구가 있으며, 연락이 되는 사람들의 명단이 필요하다고 하자 그는 "정말 벼랑 끝까지 몰린 사람들은 우리 고객 중에 찾기 어렵습니다"라고 대답했다. 팀장은 벼랑 끝까지 몰린 사람이 필요하냐고 되물었다.

벼랑 끝에 서 있되 닳고 닳은 악성 채무자는 아닌 사람이 필요했다. 아직 재기의 꿈과 자존심을 버리지 않은 인물이어야 했다.

우습게도 '게임'을 준비하면서 그는 얼마간 보람을 느꼈다. 방관자의 자리에서 나와 제 손으로 무엇을 만들어내는 게 오래간만이었다.

모든 준비가 끝났을 때 그는 사촌들을 불러 '게임'에 대해 설명했다.

정민은 아내를 돌아보았다.

아내는 몸을 가볍게 떨고 있었고, 딸은 무거운 분위기에 눌렸는지 몸이 굳어 있었다.

"부탁이 있습니다. 게임을 끝내는 건 나하고 내 아내만 할 수 있게 해주세요. 딸아이는 아직 어렵습니다."

흰 얼굴은 다른 세 사람과 상의하더니 고개를 끄덕였다.

"때리는 걸 피하거나 막으면 안 돼. 만약 그러면 그때 때린 건 무효가 되고 다시 맞아야 해. 비명을 지르거나 우는 건 괜찮지만 '그만'이라고 한마디를 하거나 고개를 흔들며 자리에서 일어나면 그걸로 게임은 끝이야. 알았어?"

정민은 고개를 끄덕였다. 처음에 들었던 내용 그대로의 게임이라는 게 다소 믿기

"일종의 놀이이자 훈련이죠. 셋째 형 말마따나, 사람을 휘어잡는 방법을 책으로 배울 수는 없거든요. 똑같이 친절하게 대해줘도 어떤 사람은 무시당하고 어떤 사람은 존경받죠. 이제부터 하려는 게임은, 우리 네 사람이 번갈아가면서 지폐 뭉치로 한 사람을 때리는 거예요. 그 사람이 못 견디고 일어설 때, 맨 마지막으로 때린 사람이 1등이 됩니다. 자기가 때리고 있는 사람의 한계가 어디까지인지 정확히 파악하고 그 한계를 넘기려면 얼마나 더 때려야 하는지 잘 아는 사람이 이기는 거예요."

그는 타고난 거짓말쟁이였다. 삼 형제가 다 그랬다.

"2, 3, 4등은 1등이 정해

지 않았다.

남자들은 파티션 앞쪽에 나란히 앉았고 정민은 방 한가운데 의자를 놓고 앉았다. 정민의 가족들은 정민의 뒤쪽, 문가에 앉아 있었다.

"그럼, 시작하지."

서 있던 사내들 중 가장 몸집이 큰 남자가 운동 가방에서 두툼한 돈다발 한 묶음을 꺼내 들고 정민 앞에 섰다. 돈다발은 두께로 보아 100만 원 정도 되어 보였다. 몸집이 큰 남자는 돈다발을 머리 위까지 들어 올렸다가 내리며 정민의 뺨을 정통으로 후려갈겼다.

빳빳한 돈 묶음은 작은 책한 권이나 다름없었다. 돈 묶음이 그 정도로 단단할 거라고는 전혀 예상치 못했던 정

질 때 각자 쓴 돈이 적은 순서예요."

"미국 애들은 이런 걸 하고 있단 말이야?"

"사교 클럽에서는 별별 일을 다 하니까요. 동아리 선배들이 후배들에게 시키는 훈련 같은 거예요. 올 초에 그런 게임에 맞으러 갔던 멕시칸 한 명이 자기가 겪은 일을 폭로하는 바람에 신문에 엄청 오르내리고 사회문제가 됐죠."

사촌들은 신기할 정도로 쉽게 속아 넘어갔다. 그들은 "보안만 확실히 지켜진다면 한 번쯤 해보고 싶은 게임"이라고 입을 모았다. 그들이 바보처럼 속아 넘어갔다는 것만으로도 당초 목적을 절반 정도 달성한 셈이었다. 그는 미리 마련해둔 신촌 오피스텔의

민은 의자에서 거의 떨어질 뻔했다. 단 한 대를 맞았는데 코 안쪽이 뜨거워졌고, 이윽고 왼쪽 콧구멍에서 코피가 한 줄기 흘러나왔다. 그는 첫 한 대를 맞은 뒤 몸과 마음을 다시 가다듬어야 했다.

정민은 손바닥으로 코를 감추고 뒤를 돌아보았다. 아내는 벌벌 떨면서 돈을 세고 있었다. 눈이 마주치자 아내는 위조지폐가 아니라는 뜻으로 고개를 끄덕여 보였다. 반쯤은 겁먹고 반쯤은 흥분한 표정이었다. 아내는 들릴락 말락 한 목소리로 "100만 원"이라고 중얼거렸다.

두 번째와 세 번째도 모두 같은 두께의 돈다발로 맞았다. 세 번째 남자는 오락실의 펀치 기계라도 치는 것처

빈 사무실로 사촌들을 데리고 갔다.

돈다발로 맞을 사람은 '팀장'이라고 부르기로 했다. 희생자라든가 대상자, 오브젝트 같은 이름보다 그게 더 마음에 들었다. 맞을 사람은 팀장, 그 가족은 팀원이다. 때리는 사람의 이름으로는 투자자, 입찰자, 플레이어 같은 후보들이 떠올랐고 그중 투자자를 선택했다.

팀장과 팀원이 기다리고 있는 사무실로 들어가면서 그는 스스로에게 물었다. 이 미친 짓에 1억 원을 쓰고 나면 후회하는 마음이 들지 않을까?

뭐라고 말하기 힘들었다. 세상만사가 흐릿했다. 이 혐오스러운 작업을 끝까지 할 수 있을지에 대해서도 자신이 없

럼 서너 걸음을 달려와 정민의 얼굴을 후려쳤다. 체중이 실린 일격에 정민은 의자에서 떨어져 방바닥을 굴렀다.

가만히 앉아서 매를 기다리는 것은 10여 년 만이었다. 군 복무 시절 엎드려뻗친 채로 줄빠따를 기다릴 때 느끼던 공포심과 무력감이 되살아났다. 그는 몇 번 눈을 감아보았는데 오히려 역효과만 났다. 그러나 자신이 맞고 난 돈이 바로 아내에게 넘어가는 것을 보면 힘이 생기기도 했다.

남자들은 모두 오른손잡이였고 그래서 정민의 왼쪽 뺨만 때렸다. 왼쪽 뺨은 몇 대 만에 엄청나게 부어올라 그쪽 눈을 제대로 뜨기 어려울 정도였다. 다섯 대째 가격에서 정민은 빳빳한 지폐 모

었거니와 '게임'이 자기 계획대로 잘 진행될지도 의문이었다.

사촌들을 모욕한다는 의도만큼이나 돈다발로 사람을 때린다는 아이디어 자체에 끌렸음을 인정하지 않을 수 없었다.

사무실에서 그는 다시 한 번 사촌들과 팀장, 팀원에게 게임 규칙을 설명했다. 1번 팀원(팀장의 아내)에게는 돈다발을 담을 수 있도록 나이키 운동 가방을 건넸다. 팀장은 상당히 각오가 돼 있는 것 같았고, 사촌들은 의외로 빨리 게임의 규칙을 이해했다.

"돈다발 액수에 하한선을 정해야 하지 않을까? 지금 규칙대로라면 어느 정도 팀장이 악에 받치기 전까지 초반에는

서리에 눈꼬리를 긁혔고 살이 찢어져 피가 났다. 볼이 얼얼한 상태에서 돈다발 모서리에 피부가 베이자 불에 달군 철사로 맞은 것처럼 뜨거웠다.

정민은 남자들이 자신을 때리며 점점 화를 내는 모습을 보고 좀 놀랐다. 그때까지는 이들이 가학 성향이 있는 변태들일 거라고 생각하고 있었기 때문이다. 그런데 그들은 정민이 아파하는 모습에 별로 쾌감을 느끼는 것 같지는 않았다. 이들이 너무나 세게 자신을 때렸기 때문에 정민은 자기가 과거에 이들에게 어떤 죄를 지었고, 그들이 그에 대한 원한을 풀고 있는 게 아닌가 하는 생각마저 들었다. 그러나 아무리 봐도 처음 보는 얼굴들이었고, 자

투자자들이 아무도 돈을 쓰려고 하지 않을 텐데."

"하지만 하한선이 있다는 걸 팀장이 알게 되면 투자자들이 쓸 수단 하나가 사라져. 지폐 한 장으로 맞을 수도 있다는 가능성이 팀장에게 상당한 압박이 될 텐데."

그들은 하한선을 두지 않기로 했다. 대신 한 라운드에서 가장 큰 금액을 쓴 투자자에게 다음 라운드 투자 순서를 정할 수 있는 권한을 부여했다.

첫째 사촌이 만 원짜리 100장으로 된 돈다발 묶음으로 팀장의 따귀를 쳤을 때, 그는 팀장이 쉽게 무너지지 않을 사람임을 단박에 알아차렸다. 그는 자기 차례에서 역시 100만 원 다발로 팀장의 뺨

신과는 상관없는 세계에서 살아온 사람들임이 분명했다.

정민은 굴욕감을 느끼지 않기 위해, 이렇게 매를 맞는 것도 일종의 노동이라고 받아들이려 애썼다.

'사실 일반 직장인이 회사에서 겪는 일과 별로 다를 것도 없잖아? 돈을 받는 대신 혹사당하고, 그러면서도 좋다고 비굴하게 웃어야 하고…… 지금은 급여가 체불될 염려가 없으니 오히려 더 나은 셈이지.'

그는 평생에 걸쳐 자신이 맞은 따귀들을 생각했다. 그의 기억에 그가 맨 처음 뺨을 맞은 것은 초등학교 3학년 때 어머니에게서였다. 문방구에서 지우개를 몇 개 훔쳤는데 문방구 주인이 집으로 전화를 갈겼다. 돈 묶음은 벽돌 같았다.

1라운드가 끝났을 때 사촌들은 이제 무엇을 어떻게 해야 할지 몰라 어리둥절해하는 것 같았다. 두 번째로 자기 차례가 왔을 때 그는 만 원짜리 스무 장을 꺼내 들고 팀장에게 다가갔다.

"아저씨, 이렇게까지 하면서 돈 벌고 싶어? 그렇게 궁해?"

그러고는 손목에 스냅을 줘 20만 원으로 팀장의 뺨을 때렸다. 짝 소리가 났다.

"이거 불공평하네. 너는 미국에서 게임을 해봐서 노하우를 알 거 아니냐."

첫째 사촌은 만 원짜리 열 장을 집어 들었다.

"이 새끼야, 마누라 보기

했고, 어머니는 그가 집에 들어오자마자 따귀부터 때렸다.

초등학교 4학년 때는 수업 시간에 떠들었다는 이유로 3월 초에 담임에게 뺨을 맞은 일이 있었다. 어찌나 세게 맞았던지 그는 공중을 날아 땅바닥에 쓰러졌고 오줌을 찔끔 지렸다.

중·고등학교 시절에는 학년마다 따귀 때리는 것을 취미로 삼는 선생들이 있었다. 군대에서는 병장이 될 때까지 따귀를 맞았다.

인생은 그렇게 모욕을 주고받는 일로 가득 찬 듯했다. 그리고 그는 언제나 모욕을 받는 편에 서 있었다. 그러나 그렇게 맞았던 일들은 신기할 정도로 마음속에서 잊혔고, 뺨에 흉터가 남은 것도

부끄럽지도 않냐? 만날 맞고만 살아서 아무렇지도 않아?"

그 뒤에는 욕설 판이었다. 팀장은 얼굴이 붉으락푸르락했고 그 부인은 죄지은 사람처럼 고개를 숙였다. 팀장은 그 상태로 20여 대를 맞았다. 그의 기대와 달리, 팀장을 모욕하고 구타하는 일에 사촌들은 별 거부감을 느끼지 않는 듯했다. 그리고 팀장은 온몸이 땀에 흠뻑 젖어서도 기백이 여전했다.

"이 자식아, 비굴한 표정을 지으란 말이야. 그래야 내가 돈을 더 쓰고 싶을 거 아냐."

셋째 사촌이 이렇게 말했을 때 팀장이 갑자기 노래를 부르기 시작했다.

"주여 우리를 불쌍히 여기소서. 주여 우리를 불쌍히 여

아니었다. 이 일도 결국 잊히리라.

정민이 화장실에 가기 위해 쉬는 시간을 요청했을 때, 아내가 화장실 안으로 따라 들어왔다. 정민이 용변을 보는 동안 아내는 뒤에서 그 모습을 지켜보았다. 거울 속에 비친 자신의 얼굴은 예상보다 더 엉망이었다. 권투 경기에서나 볼 수 있는 모습이었다. 왼쪽 눈은 부은 살에 파묻혀 거의 보이지 않았고 얼굴은 좌우대칭이 맞지 않았다. 양쪽 콧구멍에서는 피가 흘렀고, 입술은 퉁퉁 부어올라 있었다.

찬물로 세수를 했지만 얼굴은 이미 감각이 없었다. 볼에 손을 대자 손바닥이 뜨끈뜨끈했다. 눈에서 진물인지

기소서. 그리스도여 우리를 불쌍히 여기소서……."

"야, 그 노래 안 멈춰?"

"바람 부는 돌밭 속에서 가득 안은 이 기쁨 내 이젠 다시 헤매지 않으리……."

1번 팀원도 노래를 따라 불렀다. 독실한 신자 부부였던 모양이다.

"아저씨, 노래 안 멈추면 돈 못 줍니다."

"그러면 당신들도 나한테 욕하는 걸 그만하시오. 원래 계약에는 이런 건 없었잖소?"

"아까 게임 규칙에는 우리가 욕하면 안 된다는 규정도 없었지."

"그러면 나도 찬송가를 계속 부르겠소."

그는 부아가 치밀어 올랐다.

"그러면 지금부터 게임 규

눈물인지 알 수 없는 액체가 흘러나왔다.

"지금까지 얼마 받은 거야?"

"다 셀 수가 없어서 그냥 가방에 집어넣고 있어. 한 4000만 원 되는 것 같아."

정민은 세면대에 피가 섞인 침을 뱉었다. 볼 안쪽이 이에 부딪쳐 찢어진 것 같았다.

"저 사람들이 정말로 이 돈을 우리한테 줄까?"

아내가 물었다.

"모르겠어. 이 정도 돈에는 관심 없는 사람들인 것 같은데……. 재벌 2세들은 도박으로 하루에 몇억 원도 쓴다고 하잖아."

"저 사람들 뭐야? 왜 이런 걸 하는 거야?"

정민은 고개를 저었다. 볼이 너무 부어서 말하는 것도

칙을 바꾸겠어. 우리는 욕설을 할 수 있지만, 당신과 당신 부인은 노래를 할 수 없는 걸로. 규칙이 싫은 사람은 게임에서 빠지면 돼."

"그건 부당합니다."

팀장이 항의했다.

"새 규칙에 따라 게임을 계속하든지, 아니면 여기서 일어나든지 둘 중 하나야. 규칙이 마음에 들지 않으면 자리에서 일어나든가."

그는 팀장이 일어나지 않으리라는 걸 알고 있었다. 볼이 부어 한쪽 눈이 감긴 남자는 다른 쪽 눈으로 험악하게 그를 노려보았다.

'게임 때문에 이 사람과 나 사이에 불평등이 명확히 드러난 것 같지만, 오히려 이 게임 때문에 그와 나는 평등 힘들었다.

"이거 그만두면 안 될까?"

"무슨 소리야?"

"저 사람들한테 지연이만 이라도 여기서 나가게 해달 라고 하면 안 될까? 당신이 저 젊은 남자한테 좀 얘기해 보면 안 돼?"

"그게 될 리가 있나."

"왜 안 돼? 말을 꺼내보지 도 않았잖아."

"저 사람들이 원하는 게 바로 그거야. 우리가 자기들 발밑에 무릎 꿇고 비는 모습 을 보고 싶어 하는 거라고. 물론 그렇게 할 수도 있지. 하지만 그러면 돈을 못 벌어. 지금 이 짓을 가능한 한 오래 해야 몇만 원이라도 더 벌 수 있다고."

"자기 생각만 하지 말고

해진 거야. 그리고 이제는 내 가 반칙을 저질렀기 때문에 그도 나를 노려볼 권리를 갖 게 된 거지.'

사촌들도 어렴풋하게 그 사실을 깨달은 듯했다. 팀장은 불경죄를 저질렀으나 투자자 들은 돈다발로 때리면서 그에 게 돈을 주는 것과 욕을 하는 것 외에는 달리 할 수 있는 일 이 없었다. 사촌들은 그런 상 황을 참지 못했고 분노로 말 미암아 게임에 더 열중하게 됐다.

사촌들은 광기에 사로잡 힌 사람처럼 팀장을 때렸다. 그러나 팀장은 오히려 사촌들 을 비웃는 표정이었다. 팀장과 그 가족은 지금까지 사채업자 에게서 무수한 폭력과 위협을 받으면서 잡초처럼 단련된 사

우리 생각도 좀 해줘. 애가 아까부터 겁에 질려서 아무 말도 못 하고 부들부들 떨고 있어. 빚을 갚을 수 있을 정도만 하면 되잖아."

"누군 이러고 싶어서 이러는 줄 알아?"

정민은 결국 참지 못하고 소리를 질렀다.

정민은 다시 맞으러 의자에 돌아가기 전에 딸아이 앞에 쪼그리고 앉아 말했다.

"지연아, 무섭니? 무서워할 필요 없어. 아빠 하나도 안 아파."

딸은 아내의 뒤에 숨어 정민이 처음 보는 표정을 짓고 있었다. 아이는 겁에 질려 눈을 피했고, 정민이 껴안으려고 다가가자 그가 뜨거운 불이나 더러운 물건이라도 되

람들이었다. 그는 팀장을 돈다발로 때리면서 바위를 때리는 것 같은 무력감을 느꼈다. 다른 투자자들도 그와 비슷한 느낌인 것이 분명했다.

2번 투자자가 돈다발을 벽돌처럼 세워서 그 끝으로 정수리를 세게 내리쳤을 때 팀장은 짧게 고통스러운 신음을 냈다. 그러자 다음 투자자들도 모두 그런 식으로, 100만 원으로 팀장의 머리를 찍었다.

팀장이 연극을 하는 게 아닌가 하는 생각이 그의 머릿속을 스쳤다. 두꺼운 돈다발로 맞을 때만 아픈 척해서 고액 투자를 유도하는 것일 수도 있었다. 그는 5000원권을 섞은 돈다발을 들고 똑같은 방식으로 팀장의 정수리를 찍었다. 팀장은 무표정하게 침을

는 듯이 황급히 뒤로 물러났다. 정민은 웃으려고 했지만 어떤 표정을 짓는다는 것 자체가 불가능했다.

"그래, 그래! 사실 아빠 아프긴 아파! 하지만 그렇게 아픈 건 아냐. 세상 모든 어른은 다 이러고 사는 거라고. 이건 싸움이고 투쟁이야. 어른들은 다 이런 싸움을 하고 산단다. 그게 늘 이렇게 과격한 것은 아니지만…… 지연아, 아빠는 아무렇지도 않아. 예전에 지는 게 이기는 거라는 이야기해준 적 있지? 지금이 바로 그런 거야. 아빠가 세게 맞으면서도 비명을 지르거나 화내지 않고 꾹 참고 있으면 그게 바로 이기는 거야. 아빠가 이기는 거라고."

뱉었다.

팀장은 볼이 두꺼비처럼 부풀어 있었다. 같은 부분을 너무 많이 맞아 감각이 없어진 게 분명했다. 투자자들은 이제 돈다발로 팀장의 눈과 목, 입술을 때리거나 찍었고, 돈다발의 빳빳한 모서리를 이용해 팀장의 뺨을 세게 긁기도 했다. 팀장의 뺨에서는 피가 줄줄 흘렀고, 팀원은 피 묻은 돈을 받아 세었다. 팀장의 의자 아래 깔아놓은 신문지는 피와 땀으로 축축하게 젖어 있었다.

투자자들은 씩씩대고 있었다. 팀장은 100대 넘게 맞았고, 얼굴이 피투성이였지만 번 돈도 1억 원이 넘었다.

투자자들은 파티션 뒤에서 물을 마시며 고개를 설레

그가 횡설수설하는 동안 등 뒤에서는 "비명 질러도 돼요, 화는 낼 수 없겠지만"이라고 이죽거리는 소리가 들려왔다. 그가 의자에 다시 돌아와 앉았을 때 남자들 중 한 명이 말했다.

"우리는 시간이 넘쳐서 이런 일을 하는 줄 아나 보지? 화장실 갔다 오는 데 몇 분이나 걸린 줄 알아? 이제 자리에서 일어나면 게임도 끝이야."

화장실에 갔다 온 뒤, 정민은 자신이 맞고 있는 돈다발의 색깔이 전과 어딘지 다르다는 것을 눈치챘다. 그는 고개를 돌려 아내를 바라봤다.

"천 원짜리가 섞여 있어."

아내는 말없이 고개를 끄덕였다. 이미 알고 있었단 말인가? 그는 어처구니없게도 설레 저었다.

"독한 놈이네."

"미국에서는 몇 대쯤 때리면 게임이 끝나? 100대? 150대? 멕시칸들은 한국 놈들만큼 독하지 못하니까 그 정도 맞으면 나 죽겠다고 항복할 것 같은데……. 한국 놈들은 100대, 200대로는 어림도 없어."

"다음에 이 게임을 하면 좀 더 복잡하게 해야겠어. 저 꼬마 아이를 때린다고 하면 그 부모가 기가 팍 죽을 텐데 말이야. 때리는 사람이 가족 중 한 사람을 지명해서 때릴 수 있게 하고, 만약 딸아이가 맞는 것을 피하려면 아버지가 두 배를 맞아야 하는 규정도 만들고, 대신 한 사람만 계속 때릴 수 없게 하는 규정도 만 그 순간 자신을 때리는 남자들보다 아내에게 지독한 배신감을 느꼈다.

"우리가 언제 만 원짜리로만 때린다고 한 적 있나? 우리는 돈으로 때린다고 했을 뿐이야. 자, 여기 5만 원짜리도 여러 장 있잖아. 이걸 섞어서 때릴 수도 있어. 하지만 이게 마음에 안 든다면 바로 게임을 끝내도 돼. 선택은 당신이 하는 거야."

정민은 자신이 딸에게 말한 내용을 곱씹었다. 굴욕이라고 생각하지 않으면 굴욕이 아니다. 열심히 싸우고 승리감을 얻으려 애쓴다면 그게 승리일 수 있다.

그렇게 생각하고 나니 고용주의 변덕보다 오히려 아내가 이 게임을 멋대로 중단

들고, 다음에 할 때는 그렇게 하자."

"지금 그렇게 규칙을 바꾸는 건 어때?"

"아냐. 그러면 저 남자는 아마 바로 게임을 그만두겠다고 할 거야. 이미 돈을 벌 만큼 벌었잖아. 따져보면 우리가 불리한 상황이야. 선택권을 저 녀석이 갖고 있으니까."

사촌들은 게임은 자기들끼리 할 뿐이고, 남자는 장기의 말 같은 게임 도구일 뿐이라는 사실을 잊은 듯했다. 사촌들이 분별없이 화를 내자 정민은 기분이 가라앉았다. 스스로 만든 상황에 구역질이 났고, 심지어 지루하기까지 했다.

사촌들 역시 그 상황을 충분히 불쾌하게 여기고 있었지

시킬 수 있다는 점이 더 우려스러웠다. 정민은 아내를 안심시키기 위해서라도 당당한 모습을 보여야 한다고 생각했다. 그는 허리를 곧게 펴고 똑바로 앞을 바라보려 애썼지만 잘되지 않았다. 어느 순간부터 그는 자신이 다른 사람들이 알아들을 수 없게 뭔가를 웅얼거리고 있다는 사실을 알았다.

처음에는 "여보, 난 괜찮아. 지연아, 아빠 괜찮다. 걱정하지 마라" 정도였다. 그러나 나중에는 주기도문과 사도신경을 외우기도 했고 "만국의 노동자여 단결하라"라고 말하기도 했다.

그렇게 100여 대쯤 맞은 것 같았다. 이제 입안에 피가 고여 웅얼거리기도 힘들었

만, 원래 의도와는 반대로 정민에게 어떤 동료의식을 느끼는 듯했다. 가당찮았다.

"야, 이거 어떻게 게임 끝내는 방법 없겠니?"

첫째 사촌이 진지하게 물었다.

둘째 사촌이 게임을 끝낼 방법을 찾아냈다.

"아주머니, 이리로 와서 남편이 얼마나 피를 흘리는지 좀 보시죠."

얼굴이 퉁퉁 부어 피를 흘리는 자신 앞에 아내와 아이가 서자 팀장은 드디어 고개를 숙이며 흐느끼기 시작했다. 팀장과 팀원은 모두 울음을 터뜨렸다.

1등은 둘째 사촌, 2등은 정민, 3등은 첫째 사촌, 4등은 셋째 사촌이 차지했다. 투자

다. 그는 피를 삼키며 정신이 혼미한 상태에서 물었다.

"도대체 당신들은 뭡니까? 원하는 게 뭐요? 왜 이런 일을 하는 겁니까?"

그들은 질문에 대답하는 대신 정민의 아내를 불렀다.

"아주머니, 이리 좀 와보세요. 딸이랑 같이. 와서 아저씨가 맞는 모습을 좀 보세요. 이리로 안 오시면 게임 더 안 합니다."

그러나 정민은 게임을 끝낼 수가 없었다. 가족이 본다고 해서 게임을 끝낸다면 그것은 자신이 수치스러운 일을 하고 있음을 인정하는 셈이라고 생각했다. 그럴 수는 없었다.

그는 아내와 딸이 보는 앞에서 몇 대를 더 맞았다. 이

자들은 상대가 누구인지 모를 분노와 혐오감에 사로잡혀 있었다. 모두 몸에서 땀을 뻘뻘 흘리고 있었으며 얼굴은 번들번들했고 눈은 붉었다. 첫째 사촌은 방을 나가면서 그에게 "많이 배웠다, 다음에 또 가르쳐다오"라고 말했다. 다정한 말투었다.

집으로 향하던 정민은 속도를 내 도로를 한참 달리고 싶은 마음이 들었다. 그는 강변북로를 타고 가다 이유 없이 한강을 건넜고 강남으로 내려갔다가 다시 올림픽도로 쪽으로 올라왔다. 팀장이 부르던 찬송가의 후렴구가 머릿속에서 맴돌았다. '내 이젠 다시 헤매지 않으리.'

구형 소나타 승용차 한 대가 갑자기 시야에 들어왔다.

를 악물고 버티려고 했지만 눈앞이 가물가물했고 마음 밑바닥에서는 투지가 점점 사라지고 있었다.

"그만둔다고 하지 마, 아직 버틸 수 있어. 그만둔다고 하지 마."

정민은 아내에게 말했다.

게임을 끝낸 것은 그의 딸이었다.

"우리 아빠 그만 때려!"

딸은 울음을 터뜨리며 몸집이 가장 큰 남자에게 매달렸다. 딸아이는 남자의 다리를 발로 찼고, 남자는 짜증스러운 표정을 지었다. 아내는 얼른 딸에게 달려가 딸이 더 큰 사고를 치지 않도록 막았다. 정민은 문득 남자들이 딸이 한 행동을 이유로 돈을 다 회수해 간다고 하지 않을지

방심한 상태였던 터라 음주운전을 하는 것처럼 지그재그로 달리는 소나타를 보고서도 1, 2초간 '이대로 가다간 저 차와 충돌하겠는걸'이라는 태평한 생각이 들었다. 퍼뜩 정신을 차린 그는 급히 핸들을 꺾었다. 브레이크를 밟을 틈도 없었다.

차가 위아래로 크게 흔들리더니 무언가와 세게 부딪쳤다. 정민은 머리와 가슴에 엄청난 충격을 받고 정신을 잃었다.

잠시 꿈을 꾼 듯했다. 집에 알리지 않고 휴학을 했다. 대학원에 나가는 대신 시간당 5달러를 받고 접시를 닦았다. 더러운 자취방에 싸구려 위스키를 몇 병 보관하고 있었다. 매일 아침 위스키 스트레이트

걱정이 됐다. 아내는 딸을 품에 안고 울면서 "게임을 그만하겠다"라고 말했다. 그러면서 "용서해달라"라고도 말했다.

뭘 용서해달라는 거야? 우리는 잘못한 게 없어.

정민이 운동 가방을 어떻게 들고 갈지, 그 안의 돈은 어디에 맡겨야 할지 고민하고 있을 때 흰 얼굴의 사내가 물었다.

"아저씨, 사채로 빚이 있지? 1억 3000만 원 정도."

정민은 고개를 끄덕였다.

"이 게임을 시작하기 전에 우리가 그 빚을 샀거든. 그러니까 이제 당신 빚은 우리한테 갚으면 되는 거지."

정민은 다시 고개를 끄덕였다. 여기서 계산을 해달라고 말하고 싶었으나 말이 나를 한 잔씩 마셨다. '찰리'라는 이름의 스물두 살짜리 말레이시아 여자와 동거했는데, 그녀는 가끔 마리화나를 피웠다.

정신을 차리자 앞 유리에 촘촘하게 금이 가 있고 대시보드가 부서져 있는 것이 보였다. 차체가 왼쪽으로 45도가량 기울어져 있었다. 숨을 쉴 때마다 가슴에서 바람 빠지는 소리가 들렸고, 점점 숨을 쉬는 게 어려워졌다. 조각조각 금이 간 앞 유리는 하얗게 반짝이고 있었지만 깨지지는 않은 채였다. 유리 너머에 무엇이 있는지, 그가 무엇에 부딪힌 것인지 알 수가 없었다.

코 안쪽에서 피가 콸콸 쏟아져 나와 목구멍으로 들어갔

오지 않았다.

정민의 아내가 가방에 든 돈을 셌다. 지폐 묶음이라 세는 데 시간이 오래 걸리지 않았다. 1억 3941만 원이 있었고, 그중에서 1억 3706만 원을 상환했다. 하도 계산이 똑떨어져 속았다는 기분이 들지 않을 수 없었다.

돈을 갚으며 정민은 입술을 찌그리는 것으로 비굴한 웃음을 대신했다.

우린 오늘 1억 4000만 원을 벌었어.

"아저씨 오늘 크게 남는 장사 한 거야."

흰 얼굴이 말했다.

"고기 사 먹으러 가자."

정민은 아내와 딸에게 웅얼거렸다.

빚을 다 갚고도 235만 원

다. 그는 그 피를 꿀꺽꿀꺽 마시고 있었다. 피를 마시지 않으려고 뒤로 젖혀진 고개를 세우는 데 엄청난 힘이 필요했다. 고개를 세우는 순간 피가 기도로 흘러들어 숨이 막혔다. 그는 크게 기침을 했고, 인간 분무기가 되어 코와 입으로 피를 뿜었다. 작은 핏방울이 흰 유리에 빽빽하게 튀었다.

한 남자가 어리둥절한 표정으로 운전석 창문 너머로 자신을 쳐다보다 사라졌다. 그는 남자에게 뭐라고 말하고 싶었지만 말이 나오지 않았다.

그는 그 상태로 몇 분간 의식을 잃지 않고 있었다. 마지막에는 두려움과 혼란을 극복하고 자신이 어떤 상태인지

이 남았어.

그는 양팔을 아내와 딸의 어깨에 두르고 승리감을 느끼려 애쓰며 뤼미에르 빌딩을 빠져나왔다.

생각할 수 있을 정도로 차분해졌다. 그는 이제 몇 분 뒤면 죽을 것이었다.

뭐야.

두근두근하잖아.

806호

삶어녀 죽이기

사건 당사자는 소연경이라는 이름의 젊은 여성이었는데, 1986년생으로 E여대에서 식품영양학과 신문방송학을 복수 전공했다. 이후 LG전자 가전 부문에 5개월간 몸담고 있다가 정말 하고 싶은 일을 하겠다며 회사를 그만뒀고, 내년에 파리 패션 스쿨로 유학을 가는 걸 목표로 삼았다. 패션 디자인을 공부하고 싶었으나 이미 나이가 든 데다 경쟁이 너무 치열해 비주얼 머천다이저 쪽으로 진로를 알아보고 있다고 했다. 상당한 미인에 옷을 잘 입어서, 바로 얼마 전까지 블로그 이웃과 트위터 팔로워가 도합 3만 명이 넘는 준연예인이었다. 지금은 모든 SNS에서 탈퇴한 상태다.

　삼궁은 그 당사자를 꼭 만나야 한다고 고집했다.

　"아무도 안 만난다니까요. 아까 말한 것 못 들었소? 나나 애 엄마 얼굴 보는 것도 힘들어합니다. 자꾸 그날 일을 물어

봐서 그 사건을 떠올리게 하는 것 자체를 피하게 하고 싶습니다. 그리고 당신들이 이 아이를 왜 만나야 하는지도 모르겠네요."

의뢰인은 딸의 처지에 대해 설명하다 혈압이 높아졌는지 손가락으로 관자놀이를 문질렀다. 그러나 삼궁도 완강했다.

"센터장님, 아까 따님이 방에 틀어박혀서 하루 열네 시간쯤 자고, 깨어 있는 시간에는 계속 인터넷만 붙들며 자기 이야기를 검색하고 댓글을 확인하고 있다고 말씀하셨잖습니까? 말인즉슨 따님이 이미 그날 일을 계속 생각하고 있다는 뜻이죠. 이런 말씀 드리면 웃으실지 모르겠지만 저희는 이런 일의 전문가입니다. 따님은 지금 뭘 어찌해야 할지 몰라 굉장히 혼란스럽고 자신감을 잃은 상태입니다. 저희에게 직접 상담을 받는 자체로도 도움을 얻으실 겁니다. 그리고 센터장님과 따님이 처한 환경에 대해 말씀드리자면, 인터넷 여론이라는 것은 어디로 번질지 모르는 산불과 같습니다. 게다가 그 산에는 시냇물 대신 휘발유가 흐르고, 나무 대신 곳곳에 지뢰와 화약이 심어져 있지요. 불이 어떤 방향으로 어떻게 번질지, 얼마나 큰 규모로 산을 태우고 피해를 줄지 예측하기 대단히 힘듭니다. 이런 환경에서는 사소한 세부 사항 하나가 전쟁 전체를 좌우할 수도 있습니다. 휘발유 몇 방울이 어디에 뿌려져 있느냐에 따라 봉우리 몇 개를 살릴 수도 있고, 죽일 수도 있어요. 그리고 그 세부 사항은 지금 따님만 압니다. 당사자를 직접 만나야 상황을 정확히 알 수 있습니다. 정확한 진단에서 솔루션이 나옵니다. 당사자를 직접 만나서 취재할 수 없다면 저희도 의뢰를 받아들일 수 없습니다. 저희 원칙이 그래요."

의뢰인이 끙, 하고 신음을 냈다.

미팅을 마치고 카리브커피 신촌점을 나설 때 찻탓캇은 삼궁에게 "너무 튕겼던 거 아니야? 일주일에 2000만 원짜리 오더를 내팽개칠 셈이었어?"라고 힐난했다.

"다 작전이었다고. 쉽사리 첫 요구부터 들어줬어봐. 이것저것 요구하는 게 많아지고 나중에는 가격 흥정까지 들어왔을걸?"

삼궁의 대꾸에 찻탓캇은 코웃음을 쳤다.

"으스댈 일이 아니야. 100만 원짜리, 200만 원짜리 오더 받아 오느라고 얼마나 개고생했는지 벌써 잊었어?"

찻탓캇은 '전략가 흉내 내지 마'라는 말을 덧붙이려다 참았다. 그가 생각하기에 그들의 일은 본질적으로 육체노동이고 단순 반복 작업이었다. 전략을 얼마나 잘 세우느냐도 물론 중요했지만, 그보다 얼마나 집요하고 끈덕지게 게시물을 올리고 반박 댓글을 다느냐가 더 중요했다.

어떤 소셜 네트워크 환경이나 인터넷 게시판이 48시간 이상 한 기조를 유지하는 경우는 흔치 않았고, 이용자들의 평균적인 지성이 고교생 수준 이상으로 올라오는 것은 그야말로 희귀한 사건이었다. 그들이 짜내는 전략 전술이란 중학교 교실에나 적용할 만한 것으로, 그나마도 대개 하루 이틀짜리 임기응변에 불과하다, 라고 찻탓캇은 생각했다. 찻탓캇은 삼궁이 그 자신만의 '정치 놀이'에 빠져 자신들이 하는 일을 과대평가하고 있다고 여겼다.

"그렇게 오더를 찾아다녀야 하던 시절은 지났어. 이제 평판이 쌓이기 시작했다고. 아까 그 의뢰인도 여의도 정보맨들 모이는 데서 우리 소식을 들었다고 했잖아. 우리 몸값은 이제 우리가 정해야 하는 거야."

"그놈의 평판, 키울 수도 유지할 수도 없어. 우리가 하는 일이 대체 뭐라고 생각해? 입소문이 나면 날수록 몸값이 올라가는 게 아니라 체포될 공산이 큰 거라고."

삼궁은 그 말에 대꾸하지 않았다. 그는 팀-알렙이 하는 일은 단순한 해결사 업무도, SNS 마케팅도, 찻탓캇이 비꼬며 비판하는 '여론 조작'도 아니라고 생각했다. 팀-알렙은 새로운 시대를 살아가는 방법을 탐구하고 있었다.

현생 인류의 육체와 정신은 인간이 200~300명 단위로 무리 지어 다니며 수렵 채집을 하는 데 적합하도록 만들어진 것이다. 그런 몸뚱이와 거기에 담긴 뇌의 정보처리 시스템은 이미 농경 사회 시절부터 사람들의 생활양식과는 맞지 않게 됐다. 산업혁명이 일어나자 사회는 더욱 복잡해졌고 에티켓, 사생활, 익명성과 같은 개념이 도시와 함께 발달했으며, 그런 제약 속에서 개인들은 화술, 패션, 네트워킹, 평판 관리라는 기술을 창안하고 익히게 됐다.

삼궁이 생각하기에 인터넷의 등장은 농업혁명, 산업혁명과 맞먹는 변혁이었다. 앞으로 인류는 오프라인에서보다 온라인에서 더 많은 시간을 보내며, 문자 그대로 온라인 세상에서 살 것이다. 반응해야 할 자극이 초 단위로 들어오고, 한 번에 수천수만 명과 교류할 수 있는 환경은 새로운 사교 규범과 사교술을 불러올 것이다.

그런 맥락에서 팀-알렙이 하는 일은 단순한 조회 수 조작이나 가짜 계정 운영, 댓글 달기 알바가 아니었다. 새로운 사교 환경에서 어떻게 해야 인기를 모으고 자신의 영향력을 높일 수 있을지 궁금해하는 사람들에게 컨설팅과 솔루션을 제공하는 것이 팀-알렙의 일이었다. 팀-알렙 스스로도 소셜 네트워크 환경이라는 것을 정확히 이해하지는 못하고 있지만, 그래도 삼궁은 자신들이 다른 이들보다 좀 더 예민하다고 믿었다.

그들의 일은 그리 부도덕하지도 않았다. 인터넷과 SNS가

등장하기 전에도 여론 조작과 홍보 활동은 인류 역사에서 늘 있어왔으며, 일정 범위 안에서 바람직하다고 할 수는 없어도 불가피한 일이다. 북한 경수로가 폭발했다든가, 김정은이 죽었다든가 하는 루머를 인터넷에 퍼뜨려 20~30분 정도 주가를 조작하고 시세 차익을 챙긴 뒤 재빨리 해산하는 팀도 있었다. 팀-알렙은 그런 일은 하지 않았다.

뤼미에르 빌딩 806호 북쪽 벽에는 대형 화이트보드가 두 개, 코르크 메모판이 한 개 걸려 있었고, 벽지에는 포스트잇 수십 장과 프린터로 출력한 신문 기사 한 장이 붙어 있었다. 기사는 C일보의 '위 아 골든: 나는 잉여가 아니다'라는 시리즈의 4회 게재분이었다. 거기에는 착 달라붙는 니트 상의를 입은 소연경이 양팔을 반쯤 올리고 가슴이 도드라지도록 약간 허리를 튼 상태에서 웃고 있는 사진이 있었다. 연경은 커다란 헤드폰을 쓰고 있었으며, 육감적으로 벌린 도톰한 입술 사이로 가지런한 치열이 보였다.

'위 아 골든: 나는 잉여가 아니다'는 정규 직업은 없지만 긍정적으로 살아가며 미래를 위해 노력하는 이십대 청년 실업자를 한 회에 한 명씩 소개하는 시리즈였다. 1, 2, 3회의 주 내용은 화이트보드 한 곳에 간단히 정리돼 있었다. 1회에는 스스로를 '잉짱'이라고 부르며 〈잉여진〉이라는 웹진을 발간하는 언론 고시 준비생이 나왔다. 2회에는 게임 비평 사이트를 운영하는 프리랜서 사진기자가, 3회에는 명문대를 자퇴하고 웹툰 작가가 되기 위해 만화 학원을 다니는 젊은이가 나왔다.

4회가 소연경의 차례로, 기사에는 김선균이라는 산업부 기자의 바이라인이 달려 있었다. 이 기사에서 소연경은 꿈을 실현하기 위해 남들이 부러워하는 대기업을 그만둔 젊은이로 일단 소개되긴 했는데, 그런 배경보다는 '수입이 없음에도 당당하게 잘 즐기고, 잘 노는 아가씨'라는 데 은근히 방점이 찍혀 있는 듯했다.

그 전까지 시리즈에 등장한 젊은이들에 비해 소연경의 사연은 다소 약하다 싶었는데, 시리즈에 어떤 균형을 주기 위해 일부러 연경을 주인공으로 택한 회가 아닌가 싶었다. 1~3회에 등장한 청년들은 꿈을 좇으며 직업인처럼 바쁜 일상을 보내는 사람들이었다. 매출을 올리지 못하는 1인 사업자에 가까웠다. 그에 비하면 소연경은 '소 언니가 노는 법'이라는 제목의 자기 블로그에 이렇게 저렇게 돈 안 들이고 하루를 즐긴 일상과 노하우를 상세히 소개하긴 했으나, 거기에 어떤 치열함이라든가 미래지향적인 태도가 담겨 있지는 않았다.

"취업을 못 해도 열심히 일하고 열심히 노는 젊은이들을 보여주자는 게 기획 취지였겠지. 그런데 1~3회에서 열심히 일하는 사람들만 보여줬으니 4회에서는 열심히 노는 사람을 보여줘야 한다는 부담을 느꼈을 거야."

찻탓캇의 분석이었고 01査10도 동의했다. 01査10은 "시리즈 주인공들의 남녀 성비를 맞추기 위한 목적도 있었을 것"이라고 덧붙였다. 1, 2, 3회의 주인공은 모두 남자였다.

4회 메인 기사는 크게 두 부분으로 나뉘어 있었다. 소연경이 단돈 1만 4000원을 들고 홍대에 가서 하루 동안 실컷 노는 모습을 보여주는 르포가 전반부였다. 연경은 플리 마켓을 구경하다가 2000원짜리 휴대전화 액세서리를 사고, 길거리 노점에서 파는 4000원짜리 와플로 저녁을 때운 뒤 3000원을 내고 무선 헤드폰을 빌려 홍대 놀이터에서 열린 사일런트 디스코 공연에 참여했다. 연경은 한참 춤을 추다가 근처 편의점에서 하이네켄 맥주를 사 마셨으며, 공연장인 놀이터에서 말이 안 통해 어려움을 겪고 있던 외국인들에게 간단한 통역을 해주고 답례로 KGB를 한 병 얻어 마셨다.

기사 후반부는 주로 연경의 인터뷰를 기사체로 구성한 내용이었다. 연경은 "내가 당당하게 다니면 다른 사람도 나를 존중해준다"라며 "돈이 없다고 우물쭈물하는 남자는 한심하다"라고 주장했다. 그녀는 또 "돈은 나이가 들어서도 벌 수 있지만 젊음은 젊을 때에만 즐길 수 있다"라고 했으며, "마음만 먹으면 적은 돈으로도 놀 수 있는 길은 많다"라고, "삶이 어렵다고 생각하지 않아요"라고도 말했다.

당연하게도 기사가 나간 뒤 인터넷 공간은 연경을 비난하는 포스트와 댓글, 트윗으로 들끓었다. '된장녀' '골빈년'이라는 막말부터 '또래 젊은이들의 어려움을 외면하는 것은 인간적으로 성숙하지 못했다는 증거'라든가 '삶이 어렵지 않다는 말은 동시대인에 대한 모욕'이라는 제법 논리적인 비판까지, 수위는 다양했다.

특히 소연경에게 불리한 지형적인 요소가 세 가지 있었다. 그녀가 차갑고 도회적인 용모의 세련된 미인이라는 점, 보수우파 신문인 C일보의 기획 시리즈에 주인공으로 출연했다는 점, E여대 출신이라는 점.

소연경은 블레이크 라이블리나 f(x)의 크리스탈처럼 청바지에 스니커즈 차림으로만 걸어다녀도 부티가 흐르고 자신 없는 남자를 주눅 들게 만드는 여자였다. 그리고 젊은 남자에게 열등감을 주는 것은 인터넷 공간에서 절도나 방화보다 더 용서받지 못할 중죄에 해당한다. 젊은 여자 네티즌은 되고 싶지만 될 수 없는 여자 롤 모델을 우상화하는 반면, 젊은 남자 네티즌은 갖고 싶지만 가질 수 없는 여자들을 파괴하고 싶어 한다. 소연경이 '소 언니가 노는 법' 블로그의 한 코너에 섹스 칼럼을 연재하고 있었던 것은 남자들을 더욱 자극했다.

"청년 실업 문제를 분식(粉飾)해서 젊은 세대의 분노를 잠재우려는 시도에 불과하다"라며 기획 기사의 취지를 못마땅히 여기는 인터넷 논객들도 있었다. 논객들에게 소연경은 기득권층에 협조한 배신자거나 아니면 자신이 이용당하는 줄도 모르는 정치적 무뇌아였다. 그런 가운데 소연경의 아버지가 대기업 계열 종합병원의 센터장이라는 사실이 밝혀졌고, 기사 속 사진에서 그녀가 메고 있던 숄더백이 '최지우 가방'으로 유명한 로에베 메이백으로, 300만 원을 호가하는 제품이라는 정보도 퍼졌다. 흔치 않은 성씨다 보니 소연경 가족의 신상을 파악하는 것은 상대적으로 쉬웠다. 아버지와 같은 병원에 있는 의사 오빠, 소프트뱅크코리아에 다니는 언니. 오빠는 아버지 덕에 병원 들어갔다고, 언니는 일본계 기업에 다닌다고 욕을 먹었다.

인터넷에서 소연경에 대한 별칭은 다양했다. 디스코녀, 와플녀……. 그중에 '삶어녀'라는 호칭이 다른 경쟁 단어를 누르고 득세했다. '삶이 어렵지 않다는 여자'의 약자였다.

삶이 어렵지 않다고? 어렵게 만들어줄까? 아빠 돈으로 외국인 만나서 XX 빨아주고 X한 거 칼럼 쓰니 좋디? 삶어년아, 니 XX도 삶아줄까?

연경은 퉁퉁 부은 눈으로 그런 내용이 담긴 문자메시지를 삼궁과 찻탓캇에게 보여주었다. 팀-알렙의 구성원들에게 휴대전화 화면을 보여주는 동안에도 욕설 문자메시지가 몇 개 더 들어왔다.

"회사 나오면서 휴대전화 번호도 바꿨거든요. LG전자에 다니는 사람들 중에 제 번호를 아는 사람은 몇 명 되지 않을 텐데……."

연경은 팀-알렙의 역할을 인터넷 사립 탐정 정도로 착각하고 있었다. 삼궁은 자신들이 연경의 휴대전화 번호를 비롯한 개인정보를 온라인에 유포한 사람에게는 관심이 없으며, 그런 사람을 찾아내는 게 사태 해결에 별 도움이 되지 않을 거라고 설명했다. 찻탓캇은 구글 검색 몇 번으로 누구라도 소연경이라 짐작할 수 있는 휴대전화 번호를 찾아낼 수 있음을 연경에게 보여줬다. 찻탓캇이 찾은 중고 명품 거래 사이트의 게시물은 C일보의 기사가 나오기 훨씬 전에 작성한 것으로, 실제로 연경이 쓴 게 맞았다.

"그러니까, 연경 씨를 아는 사람이 연경 씨를 해코지하려고 번호를 올린 건 아니란 말씀입니다. 그냥 연경 씨를 모르는 누군가가 재미로 연경 씨 번호다 싶은 걸 찾아내서 이곳저곳에 뿌리고 다니는 거예요. 그리고 '같은 과에 다녔다는 아는 분한테 들었는데' '한 부서에서 같이 일했다는 사람에게서 들었는데'라고 시작하는 댓글들도 그냥 지어낸 소설일 가능성이 99퍼센트입니다. 주변 사람들 의심할 필요 없어요. 연경 씨가 살아오면서 잘못한 것도 없고요. 이 바닥이 원래 이런 곳일 뿐입니다. 그냥 휴대전화 번호를 바꾸고 신경 끊고 사시는 게 가장 좋아요."

삼궁이 차분히 설명하는 동안 찻탓캇은 냉소를 머금었다. 모든 사람이 그런 현명한 판단을 할 줄 안다면 팀-알렙의 일거리도 사라질 텐데.

"괜찮아요. 사실 연경 씨 같은 처지에 빠졌더라면 저라도 그랬을 테니까. 저희 의뢰인 중 그런 피해의식을 갖지 않은 사람은 단 한 명도 없었습니다. 다들 자신을 음해하려는 특정 세력, 자신에게 원한을 품은 누군가, 모함하는 자가 있다고 생각하지요. 그런데 그런 사람이 없다는 사실을 받아들여야 합니다. 왜 내가 이런 취급을 받아야 하나, 내가 뭘 잘못했나, 화도 나고 항변도 하고 싶으시죠? 연경 씨는 잘못한 게 없어요. 이보다 훨씬 나은 대우를 받으셔야 하는 분입니다. 그냥 교통사고 같은 불운인 거예요, 이건. 누군가가 아무 의미도 없이 던지는 돌덩이에 맞으시는 겁니다."

팀-알렙의 구성원은 세 명이었다. 삼궁과 찻탓캇은 'PR3'라는 이름의 신생 홍보 대행사에서 막내 AE로 서로 알게 된 사이였고, 01査10은 찻탓캇의 대학 동기였다. 낯가림이 심한 01査10은 '영업 현장'에는 나오지 않았다.

선출된 적도, 돈을 내서 지분을 매입한 적도 없지만 삼궁이 팀-알렙의 리더였다. 그는 홍보 대행사와 정치 컨설팅사에서 일한 경력을 내세워 리더 역할을 자임했고, 실제로도 영업이나 기획에서 어느 정도 역량을 발휘했다. 그러나 찻탓캇이나 01査10은 '구도 짜기가 절반'이라든가 '작전 수행 능력' 따위, 삼궁이 자주 입에 올리는 용어가 유치하다고 생각했으며, 삼궁이 자기 영향력을 지나치게 행사하려는 것을 불쾌히 여겼다.

"연경 씨, 저희가 할 수 있는 일과 할 수 없는 일을 말씀드릴게요. 저희가 C일보 보도를 없던 일로 만들 순 없어요. 연경 씨더러 부모 잘 만나 호강하는 철부지라고 비난하는 사람들을 연경 씨 편으로 바꿀 수도 없어요. 연경 씨에게 대인기피증을 극복할 수 있는 약을 처방해드리거나 약물 주입하듯이 삶의 의욕을 넣어드릴 수도 없는 노릇이에요. 그건 연경 씨 몫이죠. 하지만 저희가 연경 씨를 대신해 항변하고, 사람들이 그 항변에 귀 기울이게 할 수는 있어요. 연경 씨가 그렇게 단순하고 평면적인 캐리커처가 아니라 나름의 주관과 철학, 고민을 품고 있는 깊이 있는 캐릭터라는 것을 저희가 사람들한테 보여줄 수 있어요. 그리고 제가 장담합니다. 그걸 보여주고 항변하는 것만으로도 억울함이 상당히 가시고 세상을 마주 대할 용기를 내실 수 있게 될 거예요."

"어떻게 그런 일을 하실 수 있는 거죠?"

"먼저 사람들이 지금 연경 씨를 보고 있는 프레임을 바꿔야죠. 이 프레임으로는 연경 씨가 뭐라고 말해도 사람들이 들으려 하지 않습니다. 사건의 다른 측면을 부각해서 C일보 보도가 전부는 아니겠구나, 하는 생각을 사람들한테 먼저 심어줘야 해요. 판을 흔드는 거죠. 다행인 것은, 연경 씨가 공인이 아니라는 점입니다."

"그게 왜 다행인가요?"

"저희가 작전에 들어가면 일단 이 싸움의 구도를 바꾸기 위해 여러 글을 올릴 텐데, 공인 주변의 일이라면 그게 팩트인지 아닌지 쉽게 들통날 수 있어요. 만약 연경 씨가 연예인이었거나 공직자였다면 저희는 차라리 정식으로 사과하고 이 일을 빨리 넘기라고 조언했을 겁니다."

"사실이 아닌 글도 올리겠다는 건가요?"

"아까도 말씀드렸잖습니까. 포털 사이트에 있는 영화나 도서 평, '내가 해봐서 아는데' 유의 뉴스 댓글, 신상품 사용 후기 블로그 같은 것들에 사실이 얼마나 담겨 있을 거라고 생각하세요? 다들 하는 일이에요. 길거리에서 악한에게 습격당했는데 벨트 아래를 가격하면 안 된다든가, 등을 때려서는 안 된다는 등의 규칙을 지키겠다는 건가요?"

팀-알렙이 처음 한 일은 인터넷 강의의 수강 후기를 써주는 것이었다. 온라인 교육 시장은 전쟁터나 다름없었고, 강사의 평판 조작은 다른 제품이나 영화 홍보와 달리 뒤통수를 얻어맞을 일이 없어 좋았다. 그러나 강사들의 매니지먼트 회사들이 곧 팀-알렙의 노하우를 터득해 중국 업체로 아웃소싱을 주기 시작했다.

"저희가 무조건 거짓말을 하겠다는 게 아니라, 필요한 정도로만 분칠을 하겠다는 겁니다. 팩트보다 강한 건 없어요. 그러니까 그날 어떤 일들이 있었는지 말씀 먼저 들을게요."

찻탓캇이 보이스 레코더를 꺼내 들며 끼어들었다.

"인터뷰 응해줬다고 사례금 주는 기자는 없을걸요?"

삼궁이 면박을 주자 연경은 잠시 당황했다가 이내 쑥스럽다는 듯이 웃었다. 자신에 대한 비난을 받아들이고 그걸 웃음으로 넘기는 것 자체가 대단한 발전이었고, 삼궁의 주장대로 이 면담이 치료 효과가 있음을 증명하는 광경이었다.

"네, 제가 한국 기자들이 어떻게 하는지는 잘 몰랐네요. 하지만 물어보는 것도 안 되나요? 미국 드라마에서 보면 기사 인터뷰는 물론이고, 법정에서 증언해주는 것도 다 돈을 지불하더라고요. 그리고 사진기자님이 어디 가야 한다면서 계속 저를 재촉하고 김선균 기자님도 하도 불편한 기색이기에, 두 분은 일로 그 자리에 나와 계시지만 저는 아무 대가 없이 무료 봉사하고 있다는 걸 환기해드리려고 그런 말을 한 측면도 있었어요. 김 기자님은 제 말을 제대로 받아 적는 것 같지도 않았고, 지금 여러분들처럼 녹음을 하지도 않았어요."

"성의가 없었다?"

"그런 것 같았어요."

"좀 더 자세히 이야기해주실 수 있나요?"

찻탓캇의 요청에 연경은 김선균 기자의 태도를 "외국인에게 말을 걸어보라"라고 주문할 때 뉘앙스부터 "추가 취재를 할 수 있다"라며 연경이 편하게 통화가 가능한 시간대를 적어간 일까지 자세히 설명했다. 삼궁과 찻탓캇은 "아무리 시시콜콜하다 싶은 이야기라도 빼지 말고 다 해주세요" 하고 주문했다.

"통화가 가능한 시간대를 물었다고요?"

"예, 밤에 전화해도 괜찮으냐고 물었어요. 며칠 뒤에 전화가 오긴 왔는데 밤이라서 제가 못 받았어요."

"추가 취재를 만나서 할 수도 있다는 이야기는 안 하던가요?"

"김 기자님이 그 이야기를 하지는 않았고, 제가 먼저 했어요. 그분은 좀 성의가 없었다니까요."

"연경 씨, 김선균 기자의 키가 얼마쯤 돼 보였습니까?"

"글쎄요? 한 170센티미터 정도?"

뜻밖의 질문을 받은 연경은 잠시 머뭇거렸다.

"실례지만 연경 씨도 키가 그 정도 되시죠?"

"저는 167센티미터인데요."

"보통 힐을 신고 다니실 테고, 그렇다면 그날 김 기자를 마주 봤을 때 연경 씨 눈 위치가 더 높았겠죠?"

"비슷했던 것 같은데요……."

"김 기자가 사실은 키높이 구두를 신고 있었던 건 아니었을까요?"

"아, 그러고 보니 그랬던 것 같아요. 하지만 그게 이 일이랑 무슨 상관이죠?"

"김선균 기자라는 사람이 이 사람 맞죠?"

삼궁은 휴대전화를 꺼내 몇 번 검색하더니 화면을 연경에게 보여주었다. 거기에는 볼에 홍조가 있고 살집이 좋은, 농부 같은 인상의 젊은 남자 사진이 있었다. C일보 기자 칼럼에 딸린 사진이었다.

"이분 맞는데, 실물은 좀 더 통통하세요."

"이것보다 더 통통하다면, 귀여운 만두같이 생겼겠군요."

'귀여운 만두'라는 말에 연경은 목을 젖히고 크게 웃음을 터뜨렸다. '저게 이 아가씨의 본모습이구나' 싶어 찻탓캇은 마음이 씁쓸해졌다. 밝고 구김살 없고 매력적인 아가씨다. 권력자도, 선출직 공무원도 아닌데, 유복하게 자라났고 세상 물정을 모른다고 해서 잔인한 뒷담화 대상이 되어야 할 이유는 없다.

"저도 그분한테 '기자님 참 귀엽게 생기셨어요' 하고 말을 건넸어요."

"그랬더니 뭐라던가요?"

"무척 기분 나빠하던데요."

"김선균 기자가 연경 씨를 마음에 들어 했던 거군요."

"네?"

"연경 씨는 미인이잖아요. 그래서 김선균 기자가 연경 씨를 마음에 들어 했던 거라고요. 그런데 찌질한 인간이다 보니까 계속 틱틱거리고 관심 없는 척하면서 다시 연락해도 되는지, 속 깊게 통화할 수 있는 시간은 언제인지 떠본 거죠."

"그건 좀 아닌 것 같은데요……."

"연경 씨는 잘나가는 미인이라서, 잘나가지 못하는 추남의 심리를 이해하지 못합니다. 김선균 기자가 '여자가 아니니 당연히 남자겠죠'라든가 '사일런트 디스코니까 조용하겠죠'라고 무안을 줬다고 하셨죠? 그자가 음악에 대해 한참 이야기하다가 연경 씨가 거들면 갑자기 상대를 무시했다고 하셨죠? 냉소적이고 쿨한 남자로 보이고 싶었던 거예요. 연경 씨한테 멋진 남자로 보이려고 발버둥 치고 있었던 겁니다."

"전혀 그렇게 보이지 않았는데……."

"예, 한심하죠? 제 생각엔, 그 양반이 연경 씨의 관심을 끌기는커녕 오히려 무시당한다는 느낌을 받게 되자 사감을 갖고 기사를 이렇게 악의적으로 쓴 것 같아요. 내 매력을 몰라볼 정도로 이 여자가 바보인 거야, 그런 심리였을 거예요. 그리고 저희가 공격해야 하는 곳도 바로 이 지점입니다. 이거라면 구도를 새로 만들 수 있어요."

◆

'삶어녀'의 사촌 언니입니다.
2012/04/22 23:32

저는 요즘 인터넷에서 죽도록 까이고 있는 '삶어녀', 소연경의 사촌 언니입니다. 저는 여자 형제가 없고 연경이는 친언니, 친오빠와 터울이 있어서 저희 둘은 어렸을 때부터 친자매처럼 함께 자랐습니다. 연경이 블로그에도 제가 자주 나옵니다(인증 사진 한 장 올립니다).

문제가 된 기사가 나간 이후로 밥도 안 먹고 외출도 안 하고 있는 연경이를 대신해 글을 올립니다. 비난하시는 것은 자유지만, 잘못된 사실 관계는 바로잡고 싶습니다.

기사만 보면 열심히 일하며 사는 많은 사람을 제 사촌 동생이 무시하는 것으로 보이고, 네티즌분들께서 화를 내시는 것도 그럴 만하다고 생각합니다. 저도 기사를 보고 '설마 우리 연경이가 이런 말을 했단 말인가' 믿어지지 않았으니까요.

진실은, 연경이는 그런 말을 한 적이 없다는 겁니다. '삶이 어렵지 않다.' 이건 앞뒤를 자르고 단어를 왜곡해서 만들어 낸 소설이고 창작입니다. 연경이는 그런 말을 할 정도로 세상 섭리를 모르는 아이가 아닙니다.

처음에는 연경이가 "난 그렇게 말하지 않았어"라고만 이야기해서, 김선균 기자에게 뭐라고 했는지 알지 못했습니다. 동생에게 받은 연락처로 김선균 기자에게 전화를 걸었더니 "기사에 나온 것 이상도 이하도 없다. 내가 왜 당신한테 취재 기록을 보여줘야 하느냐"라며 냉대를 하시더군요. "이런 일로 연락하지 마라"라는 이야기도 들었습니다. 이후에도 몇 번 전화를 드리고 "동생이 이번 기사로 너무 힘들어한다. 정확히 동생이 한 이야기와 신문 지면에 나간 이야기가 같은 것은 아니었잖느냐. C일보 차원에서 안 되면 김선균 기자 개인 차원에서라도 해명의 글을 올려주시면 안 되겠느냐"라고 여러 번 사정했습니다. 그러나 돌아온 답은 "나는 그럴 의무도, 그럴 이유도 없다, 억울하면 언론중재위원회에 제소하라"라는 답뿐이었습니다.

C일보는 우리나라에서 구독자 수가 가장 많은 신문이고, 저희 집도 C일보를 봅니다. 논조가 편향됐다, 사실을 왜곡한다는 C일보에 대한 비판을 저도 들어서 잘 알고 있습니다만 이번 일이 있을 때까지는 C일보가 왜 그런 반감을 사는지 알지 못했습니다. '우리가 쓰면 그게 팩트'라는 게 C일보의 모

토인가요.

정말 충격적인 일은 여기서부터입니다. "창피해서 말하려 하지 않았는데 너무 억울하다"라며 연경이가 고백하더군요. 기사를 쓰는 동안 김선균 기자의 태도가 내내 심상치 않았다고요. 취재하는 내내 김선균 기자가 제 사촌 동생과 다시 만날 약속을 잡으려 하고, 밤에 몇 시쯤 통화하면 되겠느냐고 물어보기도 했다는 겁니다. 손을 잡으려는 김 기자를 연경이가 애써 태연한 척하며 뿌리친 적도 있었답니다. 실제로 기사가 나가기 전 밤 11시가 넘은 시각에 김 기자가 제 동생에게 여러 차례 전화를 하기도 했습니다. 너무 늦은 시각이어서 연경이가 전화를 받지 않았더니 연달아 전화가 네 차례나 걸려왔습니다. "두고 봅시다"라는 문자메시지도 왔답니다.

다른 분들은 어떻게 보실지 모르겠습니다만, 저는 연경이가 비교적 호감 가는 미인 축에 든다고 생각합니다. 심성이 착해서 학생 시절부터 사람들에게 매서운 말도 할 줄 모르고, 그러다 보니 '어장 관리한다'는 오해를 받기도 했습니다. 블로그에 섹스 칼럼이 있는 걸 보고 뭐라고 하시는 분이 많던데, 그거야 기본적으로 올리는 사람 자유고, 섹스 칼럼을 쓴다는 게 여러 사람과 섹스를 한다는 뜻도 아닙니다. 만약 그렇다면, 스포츠 신문에 섹스 칼럼 연재하시는 분들은 다 뭡니까? 그리고 연경이가 쓴 칼럼 중에서 실제 성교 행위에

대해 쓴 게 몇 개나 있던가요? 그 두세 개의 글이 자신의 이
야기라고 되어 있던가요?

(하략)

boax7(@boax7)

신종 복수법ㅋㅋㅋ RT @SBenn812: 삶어녀 사건 반전의
반전이네. 기자가 취재 빌미로 집적대다 안 되니까 기사로
복수했다는 거? 삶어녀 반전 http://t.co/eG4deA3 어제

원문 보기 | 답글(5)

관련 글 11건 더 보기

깜쫙버럭(@uptoviola)

RT @oucest1115: 오늘의 유머—설명이 필요 없는 삶어
녀와 김선균 기자 사진 비교. 이러니까 오덕후라고 우습게 보
면 안 됨. 오뉴월에 서리 내림. http://⋯ 어제

원문 보기 | 답글(4) | 대화 보기

관련 글 9건 더 보기

자렛__JarretteLee(@ljarrette)

박테리아 기자 자기 외모가 오덕돼지임을 셀프 인증하고
있음ㅋㅋㅋ RT @oucest1115: 오늘의 유머—설명이 필요

없는 삶어녀 사진과 김세균 기자 사진 비교. 오타쿠 우습게 보면 안 됨. 오뉴월에… 5시간 전

원문 보기

전연희(@ohjaemy08)

삶어녀 사건 현장에 있었던 사람 목격담이래요. 무한 RT 부탁. 세균 기자 진짜 쓰레기네요 RT@georoworkshop: [긴급] 삶어녀 사건 현장 목격담 (원문 포함) http://t.co/vnbwQw3B 팔로+RT 부탁드립니다. 4시간 전

원문 보기 | 답글(7)

관련 글 5건 더 보기

보름달_1밀리그램(@fullmoon_1mg)

이제 다 끝났다 세균 기자야 사과하고 회사 그만둬라 RT @ysak_dogcenter: 아고라에 세균 기자 다른 희생자 여자 저격글 올라왔네 희생자가 한둘이 아니었나 보다 찌질한 넘 http://t.co/dk2suDgktp 1시간 전

원문 보기 | 답글(1)

관련 글 1건 더 보기

삼궁이 제안해 실행에 옮긴 작전은 36시간 동안 대단한 효과를 거두었다. 주요 인터넷 게시판과 트위터 공간에서 김선균 기자는 이제 파렴치범이 되어가고 있었다. 게시판에 맹렬히 글을 올리는 누리꾼들은 정의의 실현을 부르짖었으며, 인터넷을 통해 정의가 실현되는 모습을 보길 원했다. 그들은 자신들의 소망을 통해 현실을 보았다.

　그래서 이 사건은 진보 성향 사이트에서는 거대 언론의 권한 남용 문제로, 몇몇 여초 사이트에서는 여자가 '싫다'라고 말해도 그 말을 받아들이지 못하는 남성의 문제로 받아들여졌다. 팀-알렙은 김선균 기자가 과거 만두 파동 때 잘못된 경찰 발표를 믿고 다른 기자들처럼 "쓰레기로 소를 만든 만두가 적발됐다"라는 기사를 썼다는 점, 성차별적인 통계를 그대로 기사에 인용한 사실 등을 찾아내 적절히 흘리고 복사하고 전파했다.

　대부분의 '인터넷 비주류 연대' 공간에서는 주류의 일원이 몰락해가는 과정 자체가 쏠쏠한 볼거리였다. 그들에게는 소연경도 주류의 일원이었지만 김선균이 더 주류의 핵심에 가까웠다. 팀-알렙은 김선균의 가족 신상, 김선균 입사 동기들의 출신 대학과 같은 자료를 찾아내 김선균이 '그들만의 리그'

에 속해 있는 사람임을 누리꾼에게 입증했다.

의뢰인은 팀-알렙에 전화를 걸어 “소연경이 인터넷 댓글들을 보고 상당히 기운을 얻었으며 외출도 시작했다”라고 중간 상황을 보고했다. 의뢰인이 전한 바에 따르면 이제는 소연경 자신조차 팀-알렙이 지어낸 거짓말을 믿는 듯했다. 김선균이 좌절당한 짝사랑 때문에 엉터리 기사를 썼다는 조작 말이다.

“미디어 비평지에서 딸애를 인터뷰하고 싶다는데, 응해도 될지 모르겠소. 딸아이는 하고 싶어 하는데, 나는 썩 내키지 않소. 하는 게 기운을 북돋는 데 도움이 될까?”

“안 하시는 편이 낫습니다. 인터뷰를 하면 나중에 책임질 일이 생길 수 있는데, 인터뷰를 하지 않아도 매체 비평지는 기사를 쓸 수 있습니다. 사람을 만나는 걸 아직 어려워해서 직접 인터뷰는 어려우니 양해해달라, 다만 궁금한 걸 전화로 물어보면 답은 해주겠다는 정도로 하시지요.”

이 분위기가 72시간만 더 이어지면 잔금 1500만 원을 받을 수 있었다. 이제 슬슬 삶어녀 논란 자체가 소강 국면에 접어들 단계라고 01査10은 진단했다. 그런데 그때쯤 몇몇 인터넷 게시판에서 이상한 조짐이 벌어지기 시작했다.

SF 소설 《아이도루》에는 인터넷에서 광대한 정보의 흐름과 패턴을 읽어내는 능력을 지닌 콜린 레이니라는 인물이 등장한다. 01査10은 가끔 자신이 바로 윌리엄 깁슨이 예언한 능력을 지니고 태어난 인물이 아닐까 상상했다. 같은 내용, 같은 양의 게시물이라도 01査10이 게시하는 것이 찻탓캇이나 삼궁이 올리는 것보다 훨씬 많이 퍼 날라졌고, 팀-알렙이 퍼뜨린 트윗 중 가장 빈번하고 넓게 리트윗되는 것도 01査10이 올린 것들이었다. 01査10은 언제, 어디에 글을 올려야 더 많이 퍼질지, 그리고 지금 인터넷의 '분위기'가 어떠한지에 대해 말로 정확히 설명할 수는 없는 어떤 감각을 지니고 있었다.

《아이도루》는 가까운 미래의 도쿄와 캘리포니아를 배경으로 한 '브리지 3부작'의 두 번째 책으로, 이 연작에서는 사이버공간이 현실에 커다란 영향을 미치고 있지만 아직 사람들의 삶은 현실계에 묶여 있다. 더 먼 훗날을 다룬 '스프롤 시리즈'에서 콘솔 카우보이들은 자신들의 신경계를 사이버공간에 직접적으로 연결해서 광활한 네트워크를 탐색하며, 육체를 경멸한다. 01査10은 가끔 자신이 콘솔 카우보이의 시대를 살지 못하고 너무 일찍 세상에 나와버렸음을 서럽게 여겼다.

'언플 쩐다'는 글들이 베스티즈와 디시인사이드, 일베, 쌍코, 오유, 82쿡, MLB파크, 보배드림, 그리고 듀나게시판에 동시다발적으로 올라온 것은 작전에 착수한 지 74시간이 되었을 때였다. 그로부터 한 시간 사이에 갑자기 트위터에 김선균 기자를 옹호하거나 소연경의 친인척을 비난하는 트윗이 수십여 건 등장하더니 점점 새끼를 치기 시작했다. 삶어녀를 소재로 하는 게시물이나 트윗이 점점 줄어드는 추세와 맞지 않았고, 갑작스러운 분위기 전환은 지나치게 인위적이었다. 누군가가 여론 조작을 시도하고 있다는 것, 팀-알렙과 같은 일을 벌이고 있다는 사실이 거의 명백했다.

01査10은 가설을 하나 세웠다. 79시간이 됐을 때 그 가설이 옳은지 그른지 실험할 수 있었고, 결과는 그의 가설에 부합했다. 그는 찻탓캇에게 말했다.

"삼궁이 범인이야."

팀-알렙은 세 사람이 번갈아가며 하루에 세 번씩 외출을 했다. IP 주소의 추적을 피하기 위해 최대한 장소를 달리하며 게시물을 작성하고 있었던 것이다. 그들은 공용 울트라북을 들고, 뤼미에르 빌딩에서 대중교통으로 30분 동안 갈 수 있는 가장 먼 곳으로 갔다가 돌아오며 대학 캠퍼스과 커피숍, PC방에서 글을 올렸다. 그렇게 한 번 외출을 하고 돌아오는 데 보통 두 시간이 걸렸다. 그 뒤에는 엔도리프로와 오토퀘스천, 나이스블로깅 같은 프로그램이 조회 수를 올리고 자동으로 댓글이나 간단한 문답을 달며 사람들의 시선을 끌었다.

"삶어녀를 비난하고 김선균을 옹호하는 이 글들이 모두 오늘 아침과 오후, 두 차례에 걸쳐 삼궁의 외출 시간대와 겹쳐 있어. 우연의 일치가 아니야."

"삼궁이 나간 지 얼마나 됐지?"

"아까 점심 먹고 오후 2시쯤 나갔으니까, 이제 30분 정도 있으면 돌아올 테지."

"이걸로는 증거가 부족해. 우리가 따지기 시작하면 오리발을 내밀 텐데. 삼궁 컴퓨터를 뒤져보자. 그 녀석 노트북 비밀번호 알아?"

"아니. 하지만 녀석이 비밀번호로 쓸 만한 단어가 뭔지는 알아."

비밀번호는 한글로 '작전 수행'이라는 단어였다. 찻탓캇은 01査10이 겨우 10여 분 만에 그 암호를 알아내는 것을 보며 전율을 느꼈다. 정보 패턴이니, 접속 분기점이니, 저 녀석이 지껄이던 말이 그냥 헛소리는 아니었는지도 모른다고 생각했다.

01査10이 삼궁의 컴퓨터에서 '삶어녀' 폴더와 별도인 '김선균' 폴더를 발견한 때와 초인종 소리가 울린 건 거의 동시였다.

"나 왔어, 문 열어."

"어, 잠깐만 기다려."

01査10이 공구함에서 꺼낸 케이블 타이를 찻탓캇에게 내밀었다.

"나 왔다니까!"

"알았다고. 잠깐만 기다려."

01套10이 보여준 삼궁의 노트북 화면을 본 찻탓캇은 자기도 모르게 한숨을 내쉬고 말았다. 화면 안에는 김선균을 구하기 위해 쓴 글과 그 글들을 어떤 순서로 올릴지 그려놓은 플로차트가 있었다.

"뭘 이렇게 꾸물대는 거야? 상암동까지 갔다 와서 피곤한데."

삼궁이 가방을 내려놓고 의자에 앉자마자 01套10이 뒤에서 그의 목을 졸랐다. 찻탓캇은 의자에 앉아 발버둥치는 삼궁의 배에 주먹을 한 방 먹인 뒤 그의 오른손을 붙잡아 케이블 타이로 의자 손잡이에 묶었다. 찻탓캇과 01套10은 어렵지 않게 삼궁의 왼손을 제압하고 케이블 타이로 다른 의자 손잡이에 붙들어 맸다. 양손이 묶인 삼궁은 엉거주춤하게 일어나며 저항을 시도했다가 균형을 잡지 못하고 제풀에 쓰러졌다.

"이 새끼야. 그 500만 원이 아쉬워서 우리를 배신해?"

"배신한 게 아니라니까! 거절할 수가 없었다고!"

"그러면 우리한테 자초지종을 설명하고 어떻게 할지 상의했어야지."

삼궁은 소연경 사건을 수임한 지 사흘째 되던 밤에 전부터 알고 지내던 보좌관의 초청으로 여의도의 '슈베르트'라는 단란주점에 갔다. 그 자리에는 삼궁이 합석하기 전부터 C일보 김선균 기자가 앉아 있었다. 김 기자는 인터넷상의 거듭된 사이버 공격으로 초주검 상태였고, 보좌관은 삼궁에게 좋은 방법이 없겠느냐고 물었다.

"거기서 또 인터넷은 구도라느니, 작전 수행 능력이 중요하다느니 잘난 말들을 나불대셨겠구먼."

"그게 아니라고! 그 보좌관 형이 우리에게 일감을 가져다 주는 사람 중 한 명이야. 그 형이 나한테 '여기 선균이 처지가 딱하게 됐는데, 네가 그 방면 전문가 아니냐'라고 사정했어. 그 김선균이라는 기자가 6월 첫째 주말에 결혼할 예정인데, 이런 일이 터져서 몹시 곤란하다는 거야. 지금껏 신세 진 걸 생각하면 나로서는 도저히 거절할 수 없는 일이었어."

"그래서 500만 원을 받아 챙기고 우리를 뒤에서 공격하고 있었냐?"

"500만 원만 받았다는 건 맞아? 믿을 수가 있어야지."

"그냥 '소연경 뒤에 언론 조작을 하는 팀이 있는 것 같다, 나도 그런 일을 해본 적이 있다, 하지만 잘될지 모르겠다'라고 말했을 뿐이야! 나라고 우리가 한 일을 다 망치고 싶었겠냐?"

흥분한 삼궁은 침을 튀기며 항변했고, 찻탓캇과 01査10은 각각 두어 대씩 더 삼궁의 배를 때렸다. 신음하는 삼궁을 보면서 찻탓캇은 그들이 삼궁을 고문할 수도, 진실을 확인할 수도 없다는 불쾌한 사실을 깨달았다.

"그래서, 이제 어떻게 해?"

"어떻게 하긴 뭘 어떻게 해. 끝을 내야지, 양쪽 다."

"넌 이 새끼야, 아가리 좀 닥치고 있어!"

01查10이 의자를 걷어차는 바람에 삼궁은 의자와 함께 바닥에 쓰러졌다.

"씨발, 이제 그만해! 언제까지 이럴 거야? 나 이제 화장실 좀 보내줘, 이 씨발놈들아!"

삼궁이 화장실에서 피 섞인 소변을 보는 동안 찻탓캇은 자기 머리를 감싸안고 이 사태를 어떻게 해결해야 할지 고민하고 있었다. 01查10은 말없이 웹 서핑만 하고 있었다.

"소연경 아버지랑 김선균 기자를 만나게 하자. 그래서 두 사람이 거래하게 하고 우리는 손을 빼자. 결정권이 있는 건 그 두 사람밖에 없어."

화장실에서 나온 삼궁이 뻔뻔하게 그들 앞에 앉으며 말했다.

"이 새끼가 반성은 안 하고."

"뭐, 반성? 야, 내가 중학생이냐? 그러는 너는 달리 좋은 방법 있어? 왜 좋은 아이디어를 말해줘도 지랄이야!"

그때 찻탓캇은 깨달았다. 법과 도덕과는 거리가 먼 야생 수컷 무리에서 리더에게 필요한 자질은 정직함이나 포용력이 아니라 뻔뻔함과 문제 해결력이라는 사실을.

소연경의 아버지는 삼궁과 찻탓캇을 만난 적이 있지만 그들의 본명을 알지 못했고, 01査10의 존재는 여태껏 알지도 못했다. 김선균은 삼궁의 본명을 알았고 그와는 안면이 있었지만 찻탓캇과 01査10은 이번에 처음 만났다.

카리브커피 신촌점에는 소연경의 아버지와 김선균 기자, 찻탓캇 그리고 01査10이 있었다. 찻탓캇과 01査10은 삼궁을 다시 의자에 묶어놓고 뤼미에르 빌딩을 나왔다.

"이 자식들아, 화장실에는 어떻게 가라는 거야?"

"좀 참아, 새끼야."

항의하는 삼궁의 손에 01査10이 휴대전화를 쥐여주었다. 정말 위급한 일이 생기면 구조 요청을 할 수 있도록.

소연경의 아버지와 김선균 기자는 팀-알렙의 존재에 대해서는 알지 못했고, 각자 자신이 삼궁에게 컨설팅을 부탁했다고 생각했다. 그들은 찻탓캇과 01査10이 서로 다른 사무소를 위해 일하는 사람들이라고 여겼다. 적어도 그게 찻탓캇과 01査10이 노리는 바였다.

김선균 기자가 자신의 기사에는 잘못이 없었고, 사과할 마음도 없다고 주장하자 소연경의 아버지가 발끈했다.

"언론의 자유라는 말은 삼가주셨으면 좋겠네요. 그 언론의 자유가 어떤 건지 김 기자님도 최근 며칠간 충분히 맛보셨을 테니까."

"트위터로 인신공격하는 것도 언론 자유란 말씀입니까?"

"종이 지면으로 인신공격하는 건 괜찮고, 트위터로 하면 안 됩니까?"

"저는 그렇게 무책임하지 않았습니다!"

"우리 딸 입장에서 보면 충분히 무책임했습니다."

"두 분 다 잠깐만 참으십시오. 이 자리에서 누가 옳으냐, 그르냐 하는 건 중요하지 않습니다. 이 모임은 조정을 위한 자리거든요. 그러니까 여기서 각자 주장을 삼가시고 모두에게 이익이 되는 일이 무엇일지 따져보자고요."

젠장, 나도 내가 무슨 말을 하고 있는 건지 모르겠다. 이 말 잘하는 인간들 같으니라고. 찻탓캇은 속으로 중얼거렸다. 삼궁이라면 이럴 때 교묘한 언술로 성난 두 남자를 적당히 겁주고 꼬드기며 해결책을 제시했을 텐데.

얄밉게도 그 순간 삼궁에게서 문자메시지가 왔다.

2012. 4. 27. 22:02

잘되냐?

잘 안되지?

끝내주는 아이디어가 있는데,
손이 묶여서 얘기해줄 수가 없네.

문자로 보내.

네가 와서 들어라.

전화로 해도 다 들려.

01410 보내지 말고 네가 와라.

소연경의 아버지와 김선균 기자는 말없이 빈 커피잔을 들었다 놨다 하며 시간을 죽이고 있었고, 01$\pm$10은 여전히 고개를 숙인 채 휴대전화 화면을 보는 데 여념이 없었다. 찻탓캇은 "잠시 실례하겠습니다"라며 자리에서 일어나 8층으로 올라갔다.

그는 삼궁의 배를 한 대 걷어차고 나서 팔에 묶인 케이블 타이를 잘라냈다. 삼궁은 양손이 자유로워지자마자 찻탓캇의 옆구리에 훅을 먹였다. 찻탓캇이 허리를 숙이자 삼궁은 찻탓캇의 목을 양손으로 잠시 쥐었다 놓았다.

"이제 됐냐? 밑에 사람들 기다리고 있으니까 빨리 말해."

"소연경의 아버지가 A병원 당뇨센터장이야."

"그런데? 김선균 씨 근처에 당뇨병 환자라도 있나?"

"C일보는 매주 수요일 의학 면이 나오고, 그 면에 '내 인생의 수술'이라는 코너가 있어. 거기에 소연경 아버지가 나오게 해. 김선균 기자는 지난해까지 정책부에 있었고, 건강팀도 정책부 안에 있어. 그 정도 연줄은 있을 거야. 대신 우리가 여태까지 인터넷에 올린 글들을 전부 지우고 이 건에서 손을 뗀다고 해."

"당뇨도 수술로 고치나?"

"알게 뭐야. 기사만 나오면 되지."

"김선균이 여기서 물러날까?"

"생각 있는 놈이면 그럴걸. 중재위 안 가는 것만 해도 어디야."

삼궁은 팔을 구부렸다 펴길 반복하며 무성의하게 대꾸했다.

당뇨도 수술로 고칠 수 있었다. 2006년에 세계 외과 전문가 회의에서 위장과 십이지장을 분리하고, 소장을 잘라 위장에 붙여서 음식물이 위장에서 소장을 거쳐 십이지장으로 흘러가게 하는 시술이 당뇨 수술로 인정받았다. 정확한 이유는 알 수 없었지만 소화기에 이런 시술을 받으면 당뇨 환자의 체내 인슐린 효율이 높아졌다. 한국에서도 2009년부터 시행하고 있었다. 그리고 의사들은 의료법 때문에 광고를 할 수가 없었다.

"우리 병원도 그런 수술을 합니다. 시의성도 있고 당뇨 환자들한테도 도움이 될 테니, 꼭 내가 나오는 기사가 아니더라도 우리 센터 이야기가 신문에 실릴 수 있으면 좋겠소."

소연경의 아버지가 말하는 동안 01査10은 휴대전화로 당뇨 수술에 대한 정보를 검색하고 있었다. 장기적인 안전성에 대해서는 논란이 있었고, 건강보험이 적용되지 않는 비싼 수술이었다.

"두 사람 다 상황 판단할 줄 아는 사람들이야, 네가 옆에서 가르쳐주지 않아도. 자존심을 세우며 물러날 길만 노리고 있다고. 이 정도 안을 던지면 알아서 조건을 정하고 화해할 거야."

삼궁이 처음 말할 때 찻탓캇은 반신반의했다. 그러나 삼궁의 예상대로였다. 뤼미에르 빌딩 806호에서 씩 웃고 있을 삼궁의 얼굴이 떠올라 일이 해결되는데도 찻탓캇의 기분은 썩 좋지 않았다.

"100퍼센트 실린다고는 장담 못 드립니다. 언제 기사를 쓸 수 있을지도 모르겠고요. 연락드리겠습니다."

김선균 기자가 자리에서 일어나며 말했다.

"일이 잘 풀리면 언제 식사나 한번 합시다."

당뇨 수술 국내 도입의 주역이 결혼을 앞둔 신문기자에게 손을 내밀었다.

"우리가 삼궁 없이 이 사업을 계속해나갈 수 있을까?"

뤼미에르 빌딩 엘리베이터에서 찻탓캇이 01查10에게 물었다.

"아니, 조금 전에 너도 봤잖아. 아까 삼궁한테 갔다 온 거지? 그런 일은 삼궁밖에 못 해."

01查10은 고개도 들지 않고 대답했다.

"젠장."

"뭘 그리 걱정해. 어차피 오래 할 수 있는 일도 아닌데."

"오래 못 해?"

"경쟁자가 많아지거나, 법으로 금지되거나, 우리가 잡히거나 하겠지. 아니면 혹시 알아? 사람들이 내년부터 트위터를 쓰지 않게 될지도."

찻탓캇은 바나나를 기대하고 열심히 퍼즐을 풀었는데 상자 안에 있는 것이 바나나가 아니라 사과임을 알게 된 실험용 원숭이와 같은 심정이었다. 아무려면 어때, 하고 사과를 먹어도 되지만 실은 원숭이조차 그런 상황에서 곤혹스러움과 좌절감을 느낀다. 홍보 대행사에서 일할 때도 그는 클라이언트의 제품을 홍보하기 위해 호텔에서 뷔페 식사가 딸린 기자 간담회를 열고, 파워블로거 체험단을 운영하고, 인터넷 댓글을 부지런히 달았다. 그러나 그때는 수요 공급과 먹이사슬과 되먹임의 큰 질서 속에서 자신이 이해할 수 있는 구체적인 목적을 위해 그런 일들을 하고 있다는 안정감이 있었다. 지금은? 찻탓캇은 일주일 동안 이익을 본 게 소연경인지 소연경의 아버지인지 아니면 김선균인지 알지 못했다.

01査10은 엘리베이터 안에서 팀-알렙이 개척한 사업의 미래에 대해 상상했다. 팀-알렙이 하는 일의 상당 부분도 자동 프로그램이나 웹 로봇이 대체할 수 있을 것이다. 수십억, 수백억 개의 인공지능과 유사 인격들이 서로 인간인 척하면서 현실계에 영향을 미치려 할 것이다. 삼궁은 '영업이나 기획은 그때도 사람의 몫'이라고 우길지도 모르지. 그러나 현실계와 인터넷은 그때쯤이면 이미 서로 다른 길을 걷고 있을지도 모른다. 사람들은 그때쯤이면 인터넷이 현실의 조악한 반영이라는 안이한 인식을 버리고 인터넷과 현실계를 서로 다른 것으로, 실제 세계를 이루는 두 축으로 받아들일지도 모른다. 사용자도, 유사 인격도 아닌, 인간을 흉내 내지 않는 프로그램들이 인간은 이해할 수 없는 논리에 따라 움직이고 자기 복제하고 증식해서 거대한 조류를 만들어내리라.

훌륭한 사이버펑크물은 언제나 합체와 초월이라는 주제를 말미에 드러냈다. 쿠사나기 소령은 인형사와 합체한 뒤 "네트는 광대하다"라는 말을 남기고 사라졌다. 뉴로맨서는 윈터뮤트와 융합한 뒤 센타우리 항성계와 교신하기 시작했다. 센타우리에서 온 신호는 20세기부터 인터넷에 기록돼 있었지만 아무도 알아채지 못했다. 01査10도 무언가와 합해져 더 나은 존재가 되고 싶었다. 그러나 그 기회는 지금 01査10에게 너무 멀리 떨어져 있었다.

807호

피 흘리는 고양이 눈

내 이름은 '마티'입니다. 7개월 된 러시안블루 수컷입니다. 어느 날부터 눈이 침침해지고 아팠습니다. 눈물이 자꾸 나오고 눈곱이 끼었습니다. 그날부터 주인이 나를 피하기 시작했습니다. 털 손질을 해달라고 주인에게 갔는데 주인이 비명을 지르며 "저리 가"라고 말했습니다. 나는 그날부터 몸에서 열이 나서 코가 마르고 똥이 나오지 않았습니다. 걸으면 자꾸 오른쪽으로 걸음걸이가 기울어졌습니다. 제대로 뛰지 못하던 어린 시절, 전자레인지 위에 올라갔다 미끄러져 떨어지면서 다쳤을 때와 비슷했습니다.

마티는 주인이 자신을 버린 날을 잘 기억했다. 젊은 여주인은 마티를 쳐다보지 못했다. 그녀는 남자친구를 불러와서 마티를 집 밖에 내다 버리게 했다.

"이거 뭐야? 이 고양이 눈이 왜 이래?"

"아, 몰라. 완전 무서워, 완전." 여주인은 남자친구의 등 뒤에 숨었다.

"완전 귀신 눈깔이잖아 이거. 어, 이거 봐라? 덤비려는 거야? 아, 재수 없어." 가끔 집에 와서 자고 가곤 했던 청년은 발로 마티를 걷어찼다.

남자에게는 가볍게 축구공을 패스하는 정도의 동작이었지만 배를 정통으로 맞은 마티는 내장이 찢어지는 것처럼 아팠다. 청년이 다시 다가오는 것을 보고 마티는 도망가려다 배가 쓰려 도약을 못 하고 제자리에서 비틀거렸다. 마티는 전에 자신이 청년의 손등을 할퀴었던 일에 대해 그가 복수하려 한다고 생각했다. 그러나 그때 마티가 이유 없이 청년의 손등을 할퀴었던 것은 아니었다. 주인이 TV를 보는 틈을 타 청년이 마티의 꼬리를 잡아당기려 했기 때문에 방어하려고 그랬을 뿐이었다.

마티는 주인이 자신을 도와주지 않을 거라는 사실을 예감하면서도 청년의 발길질을 피해 주인 쪽으로 달아났다. 그러자 주인은 비명을 지르며 옆에 있던 빗자루를 마티에게 휘두르며 "저리 가! 저리 가!"라고 소리쳤다. 마티가 당황하는 사이 주인의 남자친구가 뒤에서 방 한구석에 놓여 있던 감귤 상자를 마티 위에 덮었다. "잡았다!" 상자 밖에서 소리가 들렸다.

남자친구는 상자를 바닥에 댄 채로 질질 끌어 마티의 몸이 상자 안쪽 표면에 닿게 하더니 예고 없이 상자를 격하게 걷어 찼다. 마티는 상자 안에서 몸이 붕 떴다가 한쪽 벽에 내동댕이 쳐졌다. 겁먹은 마티가 납작 엎드려 몸을 웅크렸을 때 남자친구가 요령 있게 입구를 막으면서 상자를 들어 올렸다.

　　주인과 남자친구가 엘리베이터 안에서 말하는 소리가 종이 상자 벽을 통해 웅웅거리며 들렸다.

　　"이거 안 낫는대? 사람한테 옮는 거 아냐?"

　　"안 낫는대. 인터넷에서도 완전 난리야. 속상해죽겠어."

　　"사람한테 옮는 거 아냐?"

　　"아, 몰라. 완전 짜증 나."

　　남자가 뤼미에르 빌딩 1층 뒤편의 쓰레기장 앞에 상자를 내려놓을 때까지만 해도 마티는 근거 없는 희망을 품고 있었다. 그러나 마지막으로 애교를 부리려고 주인에게 다가갔다가 청년에게 또다시 걷어차인 뒤 마티는 자신이 완전히 버림받았음을 깨달았다. 시큼한 쓰레기 냄새를 맡으며, 마티는 한 번도 가본 적이 없는 거리로 도망쳤다.

급성 출혈성 고양이 결막염

(Acute Hemorrhagic Feline Conjunctivitis, AHFC)

신경독소에 의해 고양이의 눈 주위로 색소결핍이 일어나

는 병. 일반적인 고양이 결막염과는 발생 원인이나 치료 방법이 다르지만 눈이 빨개지고 발병 초기에 눈에서 피를 흘리는 등의 증상이 비슷하다.

이 병은 눈 주변 혈관계에 문제가 생긴다기보다 안구의 색소가 사라지면서 망막 뒤에 있는 혈관이 그대로 비쳐 붉게 보이는 것이다. 그러나 흰 토끼나 선천성 색소결핍증(알비노)을 앓고 있는 사람보다 AHFC에 걸린 고양이 눈이 훨씬 더 붉고 강렬하게 보이는데, 이는 고양이 눈의 구조 때문이다. 고양이는 얼굴에서 눈이 차지하는 비율이 사람을 비롯한 다른 포유동물보다 훨씬 크고 동공이 열리는 비율도 다른 동물의 몇 배에 이른다. 또 고양이는 망막 뒤에 '반사판(tapetum)'이라는 특수한 반사층이 있어 망막을 통과한 빛이 반사되어 눈을 통해 다시 나온다(밤에 고양이 눈에서 빛이 나는 것처럼 보이는 이유가 바로 이 때문이다). 여기에 더해, 고양잇과 동물에게는 '순막(nictitating membrane)'이라고 하는 세 번째 눈꺼풀이 있어 눈 주변 혈관이 다른 동물보다 많다. 이런 까닭에 급성 출혈성 고양이 결막염에 걸린 고양이 눈은 마치 타오르는 것처럼 새빨갛게 보인다.

이 병은 터키시앙고라와 같은 털이 흰 고양이에서 나타나기 쉬운데, 이들 고양이는 다른 고양이에 비해 눈에 멜라닌 색소가 부족하기 때문이다. 눈이 파란 고양이도 이 병에 걸리기

쉽다. 그러나 사람의 출혈성 결막염과 달리 바이러스에 기인한 것이 아니어서 다른 고양이나 사람에게 옮지는 않는다.

길고양이들은 영역 동물이다. 길 잃은 고양이가 다른 무리의 구역을 침범하면 죽임을 당하게 된다. 뤼미에르 빌딩 주변에는 사람들이 알면 깜짝 놀랄 정도로 많은 고양이가 살았지만 이런 방식으로 스스로 개체 수를 조절했다.

이 지역은 세 부류의 고양이 무리가 영역을 나눠 갖고 있었다. 그중에 거리에 나온 첫날 마티를 막아선 것은 뤼미에르 빌딩 뒤쪽으로 있는 창현교회 뒤뜰을 근거지로 둔 무리의 5개월 된 암컷 고양이였다. 이 고양이는 무리에서 '처진 눈'이라는 이름으로 불렸는데, 보기만큼 어리석거나 순한 녀석은 아니었다. 다만 처진 눈은 다른 고양이와 실제로 싸워본 경험이 없었다. 다른 구역의 고양이가 중립지대를 넘어오면 싸워야 한다는 사실은 알고 있었지만 두목이나 부두목에게서 그렇게 들었을 뿐, 전투 경험은 어른 고양이들이 신경전을 벌이는 모습을 먼발치에서 지켜본 정도가 전부였다.

처진 눈은 마티를 보고서 털을 세우고 등을 구부리며 위협적인 자세를 취했다. 그러나 그다음에는 어떻게 해야 할지 몰라 속으로는 적잖이 당황한 상태였다. 게다가 자기 앞에 있는 잿빛 고양이는 눈이 불이라도 붙은 듯 새빨갛고, 도망갈 기미도 보이지 않아 덜컥 겁이 났다. 털을 곤두세우고 등을 구부려 하악 소리를 냈지만 상대방은 별 요동도 하지 않았다.

야생동물이 겁을 집어먹으면 대체로 그러하듯이 처진 눈은 발톱을 꺼내고 마티에게 먼저 달려들어 공격을 감행했는데, 이것은 중대한 계산 착오였다.

다른 고양이와 어울려본 경험이 별로 없는 마티는 처음 보는 길고양이가 덤벼오자 어떻게 할지 몰라 몸을 웅크리고 있다가 처진 눈의 발톱에 호되게 당했다. 왼쪽 눈 아래로 칼에 베인 것처럼 피부가 찢겼다. 다음 순간 마티는 주인에게 입양되기 전 아주 어린 시절 동물병원에서 다른 새끼 고양이들과 싸움 놀이를 했던 기억을 떠올렸고, 반사적으로 앞발을 들어 상대 고양이의 몸을 후려쳤다. 목을 정통으로 맞은 처진 눈은 숨을 헐떡이며 쓰러졌다.

이윽고 난투극이 벌어졌는데, 두 마리가 아무런 기술 없이 힘으로만 붙은 근접전에서 우위에 선 것은 마티였다. 야생 감각이라고는 거의 없는 마티에게 굉장히 운이 따른 것이긴 했다. 그러나 처진 눈은 다른 대부분의 길고양이처럼 영양이나 발육 상태가 좋지 않았고, 이 동네에 있는 작은 고양이 집단에서 근친교배로 태어난 고양이들은 특히 허리 근육이 약했다. 잘 먹고 자란 수고양이인 마티가 평소에 집에서 쥐 장난감을 갖고 놀며 몸을 꾸준히 단련했다는 점을 감안하면 납득

못 할 결과도 아니었다.

　힘 조절을 못 한 마티가 쓰러진 처진 눈 위로 뛰어올랐다가 체중을 실어 덮친 게 결정타였다. 마티는 한 발로 처진 눈의 목을 눌렀고 콜록거리던 암고양이는 기도가 막혀 그 자리에서 어이없이 죽어버리고 말았다.

　종일 힘이 하나도 없네요……. florian_325 | 2012. 9. 6.

　오늘 다니엘을 하늘나라로 보내고 왔습니다……. AHFC인가 그 고양이 결막염에 걸려서 눈에서 피가 줄줄 흐르는 것을 보다 못한 어머니가 병원에 데리고 갔습니다. 병원에서도 AHFC는 증상을 완화할 수 있을 뿐 완치할 수 있는 방법은 없다고, 가슴 아프겠지만 떠나보내는 게 다니엘한테도 저희 가족한테도 좋을 거라고 했습니다.

　다니엘이 살가운 성격은 아니어서 평소에는 저희 식구가 다가가도 이리저리 피하기만 했는데, 오늘은 자기도 뭔가를 알았는지 제가 손을 대니까 한참 몸을 비비고 꼭 강아지처럼 굴더라고요. 전신마취 주사를 놓을 때까지는 참았는데 주사를 맞고 나서 그 빨간 눈을 잠깐 떴다 감는 걸 보니 갑자기 울음이 터져 나오고, 어머니도 옆에서 우시고, 둘이서 집에 들어올 때까지 통곡을 했습니다.

　종일 힘이 하나도 없네요……. 아무 일에도 집중을 못 하겠고, 살아 있을 때 좀 더 잘해주지 못한 저 자신에게 화가 납니다. 언제쯤 극복할 수 있을지……

beraveraa (2012/9/6) 힘내세요……. 다니엘도 플로리안 님 마음 다 알고 갔을 거예요.

2doingace (2012/9/6) 난 이런 애들이 제일 웃기더라. 그렇게 사랑했으면 안락사시키지 말고 끝까지 책임졌어야 하는 거 아닌가?

거리로 나온 마티를 처음 일주일간 가장 괴롭힌 것은 식수 문제였다. 첫날과 둘째 날에는 아스팔트에 고인 구정물을 마시며 연명했지만 셋째 날에는 그마저 없어 마티는 심한 탈수증에 시달렸다. 눈에서는 계속 피가 흘렀고 처진 눈이 할퀸 자국은 흉하게 벌어졌다. 다행히 이날 저녁 비가 내리면서 죽음을 모면했지만 몸이 홀딱 젖었고 제대로 말리지 못해 피부병에 걸렸다. 보기 흉하게 털이 빠지고 비듬이 생겼다. 등과 귀, 항문 부근이 엄청나게 가려웠다.

먹을 것은 각 건물에서 밤마다 나오는 음식물 쓰레기로 해결했다. 인간들이 먹다 남긴 음식물 찌꺼기는 마티가 전에 먹던 사료에 비해 엄청나게 짜고 자극적이었지만 말 그대로 쓴맛 단맛 가릴 처지가 아니었다. 물과 음식 부족에 비하면 배변을 볼 적당한 모래가 없는 것 정도는 고민거리도 아니었다. 아이러니하게도 짜고 자극적인 음식을 먹어 신장이 망가진 것이 신경독소 중독 증상을 완화하는 데는 얼마간 도움이 됐다.

음식물 쓰레기를 뒤지다가 다른 길고양이들과 마주치기도 했다. 마티는 다른 길고양이 몇 마리와 싸웠고, 그중에 두 마리를 죽였다. 한 마리는 제대로 걷지도 못하는 어린 새끼였지만 다른 한 마리는 다 자란 수컷이었다. 고양이 무리에서 자란 적이 없고 사회성도 없었던 그는 상대 고양이가 항복의 의미로 골골거리는 소리를 내며 목을 움츠릴 때 그게 무슨 뜻인지 제대로 이해하지 못했다.

한편으로는 마티의 상대들도 마티가 얼굴이나 귀에 상처가 나도 움츠러들지 않고, 목덜미를 물려도 도리어 고개를 돌려 자기를 문 상대를 똑바로 쳐다보는 모습에 경악했다. 태어난 지 한 달도 못 돼 사람에게 입양된 마티는 어미 고양이의 입에 목덜미를 물려 번쩍 들린 경험이 없었다.

이때쯤에는 마티의 악명이 뤼미에르 빌딩 주변 길고양이 사이에 널리 퍼져 있었다. 그 자신은 잘 몰랐지만 마티는 천부적인 싸움꾼 자질이 있었다. 또 그는 첫 번째 전투 이후 아무 일도 하지 않을 때면 다른 고양이와 싸우는 자신을 상상하며 일종의 이미지 트레이닝을 하는 버릇을 들였다.

사실 그가 항상 머릿속으로 싸우는 연습을 했던 것은 길고 양이 생활이 너무나 두려웠기 때문이다. 어느 자동차 아래 숨어 있건, 어느 도랑에 앉아 있건 마티는 다른 고양이가 접근하면 어떻게 공격할지 먼저 생각했고 대개 그런 생각을 실행에 옮겼다. 길고양이들은 마티의 무시무시한 용모에 주눅이 든 상태에서 서로 노려보거나 위협하는 기싸움 없이 갑작스럽게 전투에 들어가는 마티의 공격에 허를 찔렸다.

현영빌라 지하실파의 두목 고양이가 마티에게 관심을 갖게 된 것도 이때쯤이었다. 현영빌라의 두목 고양이는 눈에서 피를 흘리는 웬 깡패 고양이가 무리의 새끼와 암컷들을 공격한다는 이야기를 들었고, 언젠가 한번 손을 봐줘야겠다고 벼르게 됐다.

보통 길고양이의 수명이 길어야 2~3년인 데 비해 이 두목 고양이는 다섯 살이나 됐으며, 그만큼 거리 사정이나 싸움에 정통했다. 몸집은 어지간한 개만큼 크고 특히 앞발로 후려갈기는 힘이 센, 사람으로 치면 헐크 호건이나 밥 샙쯤 되는 고양이였다. 성질이 포악해 온몸이 흉터로 가득한 데다 꾀도 많은, 아주 잔인한 녀석이었다. 떠돌이 개와 싸워 이긴 적도 있었다.

그는 그해 10월 초의 어느 날 밤 마티를 만났다. 무리의 중간 간부쯤 되는 젊은 수컷 한 마리가 뤼미에르 빌딩 뒤쪽을 지키고 있다가 '눈에서 피를 흘리고 털이 흉하게 빠진' 고양이 한 마리를 발견한 뒤 두목에게 보고했다. 두목은 수컷 두 마리와 함께 소리 없이 건물 뒤편에서 나타났다.

마티의 전 여주인은 샴고양이를 한 마리 사기로 결심했다. 그녀는 마티를 버리고 난 뒤 시원치 않은 이유로 남자친구와 헤어졌다. 이별의 공식적인 이유는 그가 바람을 피우다 들통이 났기 때문이었는데, 기실 그보다는 두 사람 사이에 말이 안 통하는 것이 진짜 문제였다. 게다가 마티의 전 여주인도 연합 동아리에서 알게 된 선배 오빠와 몰래 만나며 페팅까지는 진행한 차였으므로 다른 사람을 비난할 자격은 없었다.

그래도 어쨌든 그녀는 사랑하던 반려동물과 남자친구가 거의 동시에 자기 곁을 떠났다며 슬퍼했고, 자신에게 그런 불행이 연이어 닥친 이유를 또래 친구들에게 물으며 우울증에 빠졌다.

우울증을 극복하는 방법은 역시 새 반려동물을 들이는 것이었다. 마침 미국에서 온 이모가 주고 간 돈이 있었고, 그녀 자신도 고교 때 담임이 소개한 초등학생을 가르치며 얼마간 모아놓은 것이 있었다. 연말에 내한하는 일본 록 밴드의 공연을 보기 위해 저축하던 참에 갑작스러운 지출이 생긴 것이 썩 내키진 않았으나 방에서 외롭게 밤을 보내는 것이 괴로웠고,

테이크아웃 커피를 덜 마시고 씀씀이를 줄이면 가계에 큰 무리는 없을 것 같았다.

개들은 주인의 애정과 관심을 끊임없이 요구하기 때문에 부담스러웠다. 그녀는 고양이 중에 가장 개와 닮은 품종이라는 이야기를 듣고 샴을 사기로 마음먹었다. 이 샴은 경기도 가평군의 한 고양이 농장에서 동종 교배로 태어난 아이였다. 아주 희지는 않고 다소 회색 기운이 있었기 때문에 마티의 전 주인은 이 고양이에게 '노벰버'라는 이름을 붙이고 정식 이름 외에 '샴탱이'라는 애칭을 하나 더 정했다.

생각만 해도 괴로운 일이었지만 마티가 병에 걸린 것이 어쩐지 그녀가 사룟값을 아끼느라 중국산 사료를 먹였기 때문이 아니었을까 하는 희미한 의심이 들었다. 그녀는 커피값에 밥값까지 줄이더라도 노벰버에게는 중국산 사료를 먹이지 않겠다고 다짐했다.

뤼미에르 빌딩을 둘러싼 고양이들의 세력권은 다음과 같았다. 뤼미에르 빌딩 뒤쪽과 지하철 이대역 방향으로는 창현교회 뒤뜰에 근거지를 둔 무리의 영역이었고, 뤼미에르 빌딩에서 지하철 신촌역 방향은 현영빌라 지하실파의 땅이었다. 신촌 기차역 쪽으로는 노인문화센터 공터파가 점령하고 있었다.

뤼미에르 빌딩이 이들 세 세력의 접점이 된 것은 이 건물에서 노인문화센터까지 노후한 단독주택가가 밀집돼 있었기 때문이다. 이 지역은 뤼미에르 빌딩 뒤쪽의 모텔과 하숙촌에서 나오는 음식물 쓰레기가 가장 많은 장소였고, 관리도 잘되지 않았다. 그 음식물 쓰레기는 부족한 대로 세 무리의 고양이를 먹여 살릴 수 있었다—아직까지는.

그러나 현영빌라 지하실파 두목은 뭔가 큰 위험이 다가오고 있다는 것을 감지하고 있었다. 현영빌라 지하실파가 생기고 그가 두목이 된 것은 모두 근래의 일이었다. 그는 원래 창현교회파의 2인자였으나 암컷을 두고 벌어진 싸움에서 패배해 조직에서 쫓겨난 뒤 현영빌라에 둥지를 틀게 된 것이었다. 자신을 쫓아낸 젊은 수컷은 그 뒤 두목을 죽이고 창현교회파의 새 보스가 됐다고 들었다.

그는 막연하지만 정확하게, 창현교회 뒤뜰이나 노인문화센터 앞 공터와 달리 현영빌라 지하실은 임시 거처에 불과하리라는 것을 꿰뚫어 봤다.

현영빌라는 사실 빌라가 아니었다. 전에 빌라였던 것을 새 건물주가 사들여 재건축을 추진하다가 소방 허가 하나를 제대로 받지 못해 공사가 중단되고 그사이 건물주가 부도를 맞는 바람에 빈 채로 흉하게 남은 폐가였다.

건물 외벽 곳곳에는 붉은 스프레이로 '철거'라는 글씨가 쓰여 있었고, '너 같으면 나가겠냐'라는 문구도 아직 남아 있었다. 창문에는 유리 대신 나무 판때기들이 못 박혀 있었다. 몇 개월째 관리가 제대로 안 되고 있었기 때문에 갑자기 고양이 수십 마리가 지하실에 터를 잡고 세를 불리는 걸 막을 사람이 없었다.

고양이가 한 마리나 두 마리 다가올 때 어떻게 할지에 대해서는 이미지 트레이닝으로 연습을 해두고 있었다. 그러나 세 마리에 대한 대비책은 없었다.

마티는 꼬리를 빳빳하게 세운 수고양이 세 마리가 위협적인 분위기를 조성하며 다가오는 것을 보고 처음에는 도망치려 했다. 그러나 세 마리 중에서 코와 귀가 흉터투성이에 가장 덩치가 크고 무섭게 생긴 고양이가 믿을 수 없을 정도로 빠르게 뛰어 퇴로를 차단했다. 점프라기보다 비행에 가까운 도약이었다. 마티는 싸움을 피할 수 없다는 것을 깨달았다. 마티는 몸집이 가장 크고 흉터가 많은 고양이를 자신이 이길 수 없다는 사실도 알았다.

그는 고양이 중 한 마리에게 먼저 덤벼들어 상처를 입히고 빈틈을 만들어 도망치는 전략을 택했다. 마티는 몸을 납작 웅크렸다가 뛰었고, 상대의 허를 찌르는 데 성공했다. 마티가 앞발로 상대의 목을 후려치자 젊은 수컷은 숨이 막혀 어쩔 줄 몰랐다. 목을 후려치는 것은 첫 번째 전투 이후 마티가 갈

고닦은 기술이었다. 그 기술은 이번에도 제대로 먹혔고, 상대 수고양이는 즉시 전투 불능 상태가 됐다.

그러나 공격 동작 이후에 잠시 빈틈이 생겼으며, 또 다른 한 마리가 그때를 놓치지 않고 뛰어올라 발톱으로 마티의 옆구리를 공격했다. 이윽고 격투가 벌어졌다. 마티의 옆구리에 생채기를 낸 수컷은 현영빌라파의 사실상 부두목으로, 결코 만만한 상대가 아니었다. 마티는 배에서 피를 흘리며 온 힘을 다해 그에게 덤벼들었으나 그는 갑자기 몸을 뒤집더니 유도 선수처럼 네 발로 마티를 잡고는 그대로 던져버렸다. 마티는 골목에 주차돼 있던 오래된 SUV의 옆구리에 쿵 소리가 날 정도로 세게 부딪쳤고, 현영빌라파 부두목은 어느샌가 다가와 앞발로 마티의 배를 누르며 목을 물었다.

뒤에서 두목이 천천히 걸어왔다.

아무리 불경기라 해도 신촌은 여전히 중심 상권이었고, 현영빌라 터에도 새 주인이 생기는 것은 시간문제였다. 사업 영역을 부동산 임대업으로 확장하려는 한 건물 관리업체가 매입 협상을 진행 중이었다.

건물 관리업체 사장은 현영빌라를 여러 차례 유심히 뜯어보면서 지하실에 고양이가 수십 마리나 살고 있음을 발견하고 값을 깎아야 한다고 주장했다. 기존 건물주의 협상 대리인은 "우리도 알고 있던 사실이고, 어차피 사람이 떠나면 고양이가 들어오기 마련이며, 계약을 체결하기 전까지 이 문제는 완전히 해결할 것"이라고 반박했다.

협상 대리인은 실은 그렇게 많은 고양이가 살고 있다는 사실을 그때서야 알고 깜짝 놀랐으며, 이 일을 어떻게 처리해야 할지 몰라 당황했다. 잠시 그의 머릿속에는 에드거 앨런 포의 소설처럼 아예 콘크리트로 지하실을 막아 고양이들을 생매장할까 하는 생각도 스쳤다.

이런 사정까지는 알지 못했지만, 그래도 현영빌라파의 두목 고양이는 이 골목에서 현영빌라 같은 폐가가 오래가지 않는다는 사실 정도는 알고 있었다. 전에도 인간들이 멀쩡한 3, 4층짜리 건물을 잠시 폐가로 만들었다가 무너뜨리고 그 자리에 전보다 높고 깨끗한 새 빌딩을 세우는 모습을 몇 번 본 적이 있었기 때문이다.

그는 현영빌라가 그런 운명을 맞게 되면 창현교회파나 노인문화센터 공터파와 전쟁을 벌일 수밖에 없다는 사실도 잘 알았다. 이 작은 생태계에서 그동안 가장 부족한 자원이었던 거주 공간이 갑자기 생겨 고양이 개체 수가 폭발적으로 늘어났는데 그 수가 강제로 조정돼야 한다면 해결책은 그뿐이었다.

현영빌라파 두목이 마티를 죽이지 않은 이유는 바로 그 때문이었다. 그가 보기에 마티는 제대로 배우기만 하면 썩 괜찮

은 싸움꾼이 될 소질이 있었다. 두목이 생각하기에 현영빌라
파는 새끼와 암컷이 너무 많고 전투에 나설 수컷이 부족했는
데, 잘만 하면 곧이어 벌어질 전쟁에서 마티가 훌륭한 역할을
할 수 있을지도 몰랐다.

사실은 그런 위기의식이 현영빌라파 고양이 수를 늘리고
고양이들을 더 독하게 만든 원인이었다. 자신들의 터가 창현
교회나 노인문화센터에 비해 안전하지 않다는 사실을 막연히
눈치챈 그들은 필사적으로 짝짓기를 하고 끊임없이 새끼를
낳아 수를 불렸다.

이는 뤼미에르 빌딩 근처에서 자주 일어나는 기묘한 피드
백의 한 형태로, 결국 이런 고양이들의 필사적인 투쟁이 거꾸
로 그들의 종말을 더 앞당기고 있기도 했다. 발정기에 이른
고양이들이 내는 울음소리가 너무 많이 들려 잠을 이룰 수 없
다는 민원이 서대문구청에 접수되고 있었고, 구청의 푸른환
경과 과장도 뭔가 행동을 취하긴 해야겠다고 마음을 먹은 참
이었다.

길고양이에 관한 민원은 구청의 골칫거리 중 하나였다. 푸
른환경과와 보건위생과가 서로 자기 관할이 아니라고 다투
고 있었는데, 푸른환경과는 이 일이 일종의 방역 업무이니만
큼 보건위생과가 담당이라고 주장한 반면, 보건위생과는 고양

이가 야생 유해 동물로 지정돼 있지 않으니 고양이 민원도 일반 도시환경 관련 민원이라면서 푸른환경과 소관이라고 반박했다.

푸른환경과는 서울시 각 구청에 한글 조직명을 붙이는 일이 유행이었을 때 서대문구에 생긴 과였는데, 옛 청소행정과와 산업환경과, 녹지관리과에서 업무를 조금씩 빼 와서 한데 모은 것이었다. 새로 생긴 조직이 대개 그렇듯이 정체성이 모호했고, 정년을 얼마 남기지 않은 푸른환경과장은 과의 역할을 규정하는 데 별 의지가 없었다.

푸른총괄팀장은 최근 행정고시에 합격한 서른네 살의 신참 사무관이었다. 그는 '경쟁 인생은 고시 합격으로 끝'이라고 속으로 선언하고 서울시 근무를 자원했는데, 막상 구청에 부임한 뒤로는 지방 공무원들의 수준이 떨어지는 데다 잡다한 민원 업무가 많아 기획이나 예산 같은 '진짜 행정'을 할 기회가 없다며 자신의 선택을 저주하는 데 매일 한 시간가량을 쏟고 있었다.

푸른환경과장이 해외 연수를 떠나면서 과장직은 공석이 됐고, 푸른총괄팀장이 과장 업무도 맡게 됐다. 부구청장과 같은 고등학교를 졸업한 보건위생과장은 그 기회를 놓치지 않고 고양이 관련 민원을 푸른환경과로 넘겼고, 그 외에 푸른환경과로 떠넘길 다른 업무가 없을까 궁리에 들어갔다.

푸른총괄팀장은 8, 9급 공무원들을 시켜 뤼미에르 빌딩 주변 실태 조사를 하고 나서 고양이 수가 너무 많다는 데 깜짝 놀랐다. 그는 먼저 방제 전문 업체에 연락을 취했는데, 업체들은 모두 일의 내용을 듣더니 고개를 저었다. 업체들이 일을 맡지 않으려 한 까닭은 구청 용역이 돈벌이가 시원찮을 뿐 아니라 고양이 방제 작업은 맡아봐야 득이 하나도 없다는 것이 업계의 상식처럼 되어 있었기 때문이다.

고양이를 퇴치한다는 소식이 퍼지면 열 곳이 넘는 고양이 보호 단체와 동물 보호 단체 회원들이 들고 일어나 현장 작업을 방해하고 사장과 직원들의 연락처까지 알아내 항의 전화를 걸어왔다. 게다가 이번에는 현장이 신촌이었다. 애묘 단체 회원들이 모이기 좋은 장소인 데다 주변에 대학도 많았다. 도저히 일을 맡을 엄두가 안 났다.

업체들은 푸른총괄팀장에게 고양이 방제 작업은 할 수 없다며, 다른 일감이 예약돼 있다거나 기술적으로 대단히 까다롭다는 등 핑계를 둘러댔다. 푸른총괄팀장도 고양이 방제 작업을 포기하고 싶었지만 외부 기관이 실시하는 구민 서비스 평가 기간 중이었다. 구민들의 불평이 쏟아진 민원에 대해 아무런 조치도 하지 않는다면 문책을 당할지도 몰랐다.

구청 예산으로 고양이를 잡아 불임 시술을 한 뒤 방사하는 중성화 프로그램을 실시하거나 초음파 퇴치기를 설치하는 일은 불가능했다. 인터넷을 뒤져보니 고양이는 신 것을 싫어한다고 나와 있었다. 팀장은 공익근무요원을 시켜 매일 일정 시간대에 뤼미에르 빌딩 주변에 레몬즙이나 희석한 식초 따위를 뿌리게 하면 어떨까 하는 생각이 들었다.

구청 근무 경력이 20년이나 돼 젊은 사무관을 우습게 알던 김 주무관이 그것도 모르냐는 투로 참견한 건 그때였다.

"쥐약을 써요, 쥐약을. 쥐약이 쥐만 잡는 줄 알았어요? 쥐나 고양이나 사람이나 쥐약 먹으면 다 죽어요. 레몬즙은 무슨……."

현영빌라 지하실은 거리보다 더 끔찍한 곳이었다. 200평이 넘는 넓은 지하실은 고양이 오줌 냄새가 지독했고 곳곳에 고양이 똥과 고양이들이 뱉은 털 뭉치가 널려 있었다. 구석에 죽은 고양이 사체가 몇 개나 있는 걸 보고 마티는 기겁을 했다. 반쯤 썩은 고양이 시체는 눈알이 있던 자리에 커다란 구멍이 뚫려 있었고, 입 아래가 허물어 내리는 바람에 날카로운 이빨이 드러나 악귀를 묘사한 조각상과 같은 형상이었다.

기둥과 탱크, 보일러 위 곳곳에 20여 마리의 고양이가 누군가를 심판하듯이 어둠 속에서 꼼짝하지 않고 앉아 아래를 내려다보는 모습은 기괴하기 그지없었다. 현영빌라 고양이 상당수는 돌연변이로 다지증(多指症)이 있어 발가락이 여섯 개

혹은 일곱 개였다.

마티는 지하실의 중심부로 향하면서 어둠 속에서 여러 쌍의 눈이 빛을 내며 자신을 좇고 있는 것을 보았다. 두목 고양이는 그런 시선 따위는 있지도 않은 것처럼 무심히 마티의 몇 걸음 앞을 걸었다. 두목 고양이가 걸을 때마다 어깨와 다리의 근육이 소리 없이 실룩거렸다. 마티와 길고양이들은 한 번도 표범이나 호랑이를 본 적이 없었지만, 두목 고양이의 걸음걸이는 딱 표범의 그것이었다.

지하실 바닥에는 밭 전(田) 자 모양으로 도랑이 파여 있었고, 도랑에는 썩은 빗물이 고여 있었다. 인간의 손길이 닿지 않는 200여 평의 공간과 도랑에 고인 물이 현영빌라 지하실 파의 생존 기반이었다. 두목 고양이는 도랑이 십자로 겹쳐진 곳에 가서 물을 마셨다.

두목 고양이가 입을 물에 대자 지하실에 있던 고양이들의 긴장이 눈에 띄게 풀렸다. 여러 쌍의 눈빛이 이전까지와 다른 부산스러운 움직임을 보였다. 새끼 고양이 한 마리가 보일러 위에서 쪼르르 내려와 물을 마시기 시작했는데, 두목 고양이에게 너무 가까이 다가간 것이 화근이었다. 두목 고양이가 갑자기 펄쩍 뛰더니 내려오면서 앞발로 새끼 고양이의 따귀를 갈겼다. 가엾은 새끼는 그대로 1미터쯤 날아 바닥에 부딪쳤고, 간신히 몸을 추슬러 일어난 뒤에도 발발 떨면서 두목 고양이의 처분을 기다렸다. 마티는 그 광경에도 충격을 받았지만 두목 고양이의 도약력에 더 놀랐다.

현영빌라 지하실파 두목은 새끼 고양이에게 다가갔으며, 지하실에는 다시 긴장이 감돌았다. 두목이 앞발을 높이 쳐들자 새끼는 눈을 질끈 감았고, 두목은 그런 새끼의 모습이 재미있다는 듯이 살짝 웃는 것 같은 표정을 짓더니 앞발을 천천히 내리고 제자리로 돌아갔다. 새끼는 뼈가 부러졌는지 절뚝이며 어둠 속으로 황급히 사라졌다.

어안이 벙벙해 있던 마티는 두목이 뛰어올라 자신에게 날아오는 모습을 제대로 보지도 못했다. 두목은 마치 털실 뭉치를 갖고 놀듯이 양발로 이제 막 현영빌라파에 합류한 이 수고양이의 턱에 연타를 먹였으며, 공격을 받고서도 마티가 우물쭈물하자 다시 뛰어올라 이번에는 정확히 마티의 등 위로 착지해 그를 깔아뭉갰다. 그러나 마티가 발버둥 치자 두목은 순순히 그를 놔주었다.

이상하게도 다른 고양이들은 이 싸움에는 관심을 보이지 않았다. 마티가 가만히 있자 두목은 입을 벌리고 마티에게 다시 덤벼들었다. 두목은 하려고만 마음먹었으면 마티의 목덜미를 물 수 있었는데도 그러지 않고 그 앞의 허공에서 멈췄다. 마티는 두목이 자신에게 싸우는 법을 가르쳐주고 있음을 겨우 깨달았다.

새로 산 샴이 2주 만에 마티와 똑같이 눈에서 피를 흘리자 마티의 전 주인은 절망에 빠졌다. 샴은 피부가 희어서 그런지 빨개진 눈이 더 섬뜩해 보였다. 마티와 달리 이 어린 고양이는 그러지 않으면 토라질 정도로 주인이 안아주거나 쓰다듬는 것을 좋아했기 때문에 눈에서 피를 흘리면서도 주인을 졸졸 쫓아다녔고, 여주인은 집에 들어가는 게 무서웠다. 그녀는 왜 이런 일이 벌어졌는지 이해할 수가 없었다. 최고급 사료만 먹이고 4종 백신에 굳이 놓을 필요 없다고 하는 고양이 백혈병 백신까지 접종했는데! 고양이 눈 속에 붉은 톱니바퀴나 성게가 있는 것 같은 끔찍한 형상을 차마 볼 수가 없었다. 노벰버가 자꾸 침대 위에 올라와 안기려 해서 노벰버에게 병이 난 밤은 친구 집에서 잤다. 마티의 전 주인은 샴고양이가 먹으라고 사료 봉지 하나를 찢어놓고, 물통에 물을 채운 뒤 도망치듯 집을 나왔다.

젊은 여주인은 다음 날 사과 박스를 하나 들고 손톱을 물어뜯으며 뤼미에르 빌딩 807호로 돌아왔다. 언제까지 집을 비우고 있을 수는 없는 노릇이었다. 동아리 선배에게 연락해 도와달라고 부탁할까 하는 생각도 들었지만 반려동물을 버리는 냉혹한 아이라는 인상을 주고 싶지 않았다.

젊은 여주인은 눈을 마주치지 않으려 애쓰며 간신히 노

벰버를 사과 상자에 넣었다. 바뀐 것은 눈뿐인데도 바퀴벌레나 지네를 만지는 것처럼 손에 닿는 촉감까지 징그러웠다. 마티의 전 주인은 가능하면 사람들이 안 보는 때 고양이를 버려야겠다고 생각하고 노트북에 저장해놓은 일본 드라마를 보며 새벽이 될 때까지 기다렸다.

수많은 실전을 거친 두목 고양이는 마티의 한계가 어느 정도인지 마티 자신보다 더 잘 알고 있었다. 매번 훈련은 마티가 더 이상 못 버티겠다고 생각할 때쯤 끝났다. 딱 한 번 예외는 마티가 현영빌라를 도망치려 했을 때였다. 그날 두목은 끝까지 공격을 멈추지 않았고, 마티는 정신을 잃었다.

두목 고양이의 훈련은 마티가 겨우 따라갈 수 있을 정도로 점점 강도가 세졌다. 그리고 언제나 예고 없이 갑자기 시작됐다. 마티는 현영빌라 지하실에 처음 왔던 날 두목 고양이가 새끼 고양이를 때린 것도 그런 교육의 일환이었을지 모른다고 생각했다. 두목 고양이는 때로는 맨정신으로 가정 폭력을 휘두르는 아버지 같았고, 다른 때에는 그냥 훈련소의 악질 조교 정도로 보였다. 어쨌거나 두목이 지하실에 있는 동안에는 어떤 고양이도 마음을 놓을 수가 없었다.

교관으로서 두목 고양이는 분명 탁월한 데가 있었다. 그는 우열반을 운영하듯이 휘하의 고양이를 키웠다. 그래서 현영빌라 고양이 중 센 녀석은 아주 센 반면 약한 고양이는 전투력이 형편없었다. 워낙 발육이 부실한 개체가 많았고, 어차피 고양이 무리에 고도의 협동작전이나 역할 분담을 기대할 수는 없는 노릇이었다.

두목 고양이는 차세대 주자인 마티의 약점을 꿰뚫어 봤다. 왜 다짜고짜 인파이팅에 들어가는지, 다리가 긴데도 왜 스트레이트 공격 대신 클린치를 선호하는지, 왜 풋워크가 후져서 타이밍을 맞추지 못하고 자꾸 펀치가 빗나가는지. 그건 마티가 겁이 많아서였다.

두목 고양이는 마티가 전투에 대한 두려움과 싸움 직전의 긴장을 이겨내도록 가르쳤다. 그는 마티에게 몸의 중심을 잃지 않고 가격하는 법과 어깨와 허리를 이용하는 법, 상대방과 거리를 적당하게 조절하는 법, 날카롭고 짧게 끊어 치는 법과 연속 공격을 하는 법을 가르쳤다. 두목 고양이가 앞다리 관절을 이용하는 도약의 비결을 전수했을 때 마티는 얼마간 감동하기까지 했다.

두목 고양이가 몰랐던 것: 버림받은 반려 고양이인 마티가 길고양이들과 다른 정신세계를 가지고 있다는 사실, 마티가 다른 고양이들과 생활한 적이 없으며 가장 믿었던 존재에게 배신당한 적이 있다는 사실, 싸움에 대한 두려움을 극복한 뒤에도 마티가 길거리 생활을 여전히 겁내고 있으며 어떤 고양이도 믿지 않는다는 사실, 마티가 두목 고양이를 노리고 있다는 사실.

길고양이 퇴치법으로서 쥐약은 사실 아무런 효과도 거둘 수 없는 방법이었다. 수십 마리가 죽는다 해도 살아남은 고양이들의 번식력이 그만큼 왕성해져서 원래의 개체 수를 금방 회복하기 때문이다. 인간들의 관점에서는 차라리 현영빌라 주인의 협상 대리인이 잠깐 고려했던 것처럼 지하실을 아예 막아버리는 편이 더 나은 방법이었다. 살 공간이 줄어들면 고양이 무리는 그에 맞춰 수를 조절했다. 그 과정은 혹독했지만 말이다.

쥐약을 넣은 먹이를 먹은 고양이들은 모두 은신처로 돌아가 제자리를 빙빙 돌거나 술 취한 사람처럼 몸을 가누지 못하고 건다 쓰러지기를 반복하는 등의 증세를 보이다 피를 토하고 괴롭게 죽어갔다.

한편 서대문구가 미처 예상하지 못한 효과도 있었다. 현영빌라 지하실파의 두목은 쥐약을 먹지 않아 멀쩡했던 반면, 창현교회파의 두목과 부두목은 쥐약이 든 음식을 나눠 먹고 30분 만에 죽어버렸다. 노인문화센터 공터파의 두목은 죽지는 않았지만 눈이 멀고 두 다리를 못 쓰게 되어버려서, 두목 자리와 목숨을 뺏기는 것은 시간문제였다.

이 소식이 전해지자 머리가 비상하게 돌아가는 현영빌라파 두목은 바로 이때가 기회라고 판단했다. 현영빌라파에도 쥐약을 먹고 쓰러진 고양이가 많았다. 그러나 핵심 전력이라 할 수 있는 젊은 수고양이들은 상대적으로 피해가 덜한 편이었다. 두목은 무리를 이끌고 우선 창현교회 뒤뜰로 갔다.

창현교회파는 제대로 된 저항도 못 하고 뒤뜰을 그냥 내주다시피하며 치욕스럽게 물러났다. 새벽 1시였다. 창현교회파 고양이 몇몇은 별 계획도 없이 더 멀리 떨어진 다른 고양이들의 영역으로 도망쳤다가 죽임을 당했으나, 좀 더 눈치가 빠른 일부는 그럭저럭 우호적인 관계를 맺어오던 노인문화센터 공터파로 갔다.

쥐약을 먹고 널브러진 고양이 시체 사이에서 승리감을 만끽하던 현영빌라파는 내친김에 노인문화센터까지 접수하기로 결심했다. 고양이들 머리에서 전략적인 판단이 나왔다기보다는 격렬한 전투와 희생을 각오하고 출전했는데 싸움이 없으니 아드레날린이 시키는 대로 장소를 옮긴 것이었다. 새벽 2시.

새벽 2시 반. 마티의 전 주인이 바스락거리는 사과 상자를 들고 뤼미에르 빌딩 1층으로 내려왔다.

유럽 전역에서 발생하고 있는 '피 흘리는 고양이 눈병(bleeding cat's eye)'이 한 프랑스 사료 제조업체의 제품 탓인 것으로 보인다고 네덜란드 일간지 〈데 텔레흐라프〉가 21일 보도했다.

프랑스와 독일, 네덜란드 등에서 올해 들어 1만여 마리의 고양이가 감염된 것으로 추정된 '피 흘리는 고양이 눈'의 정식 명칭은 급성 출혈성 고양이 결막염(AHFC). 이 병은 올해 서유럽 일대에서 반려 고양이 사이에 급속히 퍼지기 시작했으며, 치료가 불가능하다고 잘못 알려져 유럽 곳곳에서 이 병에 걸린 고양이가 유기되는 사태가 벌어졌다. 반려 고양이를 많이 키우는 일본에서도 발병 사례가 수백여 건 보고됐으며, 한국에서도 AHFC 의심 사례가 다수 있었다.

워낙 병에 걸린 고양이가 많아 유럽연합(EU)과 프랑스 보건 당국은 반려동물에게 발생하는 병에 대해서는 이례적으로 최근 대대적인 역학조사에 들어갔으며, 〈데 텔레흐라프〉는 EU 보건 당국이 이 병에 걸린 고양이들이 모두 특정 업체가 공급한 재료로 만든 건사료를 먹은 것을 확인했다고 보도했다. 〈데 텔레흐라프〉는 당국자의 말을 인용해 "문제의 사료 제조업체는 프랑스 회사이며, 발병 의심 물질이 무엇인지에 대해서도 잠정 결론을 내린 단계"라고 밝혔다. 그러나 〈데 텔레흐라프〉는 구체적인 회사 이름과 의심 물질에 대해서는 언급하지 않았다.

장휘영 기자 hwi0@

'고양이들의 비밀스러운 회합.'

반려 고양이를 집 안에 가두지 않고 풀어 키우던 근대 유럽 도시 주민들은 동네 집고양이들이 한밤중에 특정 장소에 정기적으로 모인다는 사실을 알고 있었다. 풀어놓고 키우는 고양이는 매일 밤 대개 두세 차례 외출을 해 이 회합에 참석한다. 그러나 이렇게 모인 고양이들이 무엇을 하는지, 왜 모이는지는 여전히 수수께끼로 남아 있다. 친목 다짐이나 위계질서를 정하는 활동을 하는 것이 아닌가 추측할 뿐이다.

웹캠과 인터넷이 대중화된 2005년 이후 미국에서는 반려동물 동호회 회원 사이에 풀어놓고 키우는 개나 고양이의 목에 초소형 동영상 카메라를 달아 동물들의 관점에서 그들의 세계를 들여다보는 것이 유행이 됐다. 많은 반려 고양이 주인이 '밤의 집회'라는 별명이 붙은 이 고양이들의 한밤 모임 동영상을 인터넷에 올렸는데, 놀랍게도 집회에 참석한 고양이들은 모임 내내 크게 움직이거나 소리를 내는 일 없이 서로 떨어진 채 가만히 앉아 있기만 했다. 고양이들은 30분에서 한 시간 가까이 그 상태로 있다가 어느 한 마리가 집으로 돌아가면 다른 고양이들도 함께 자리를 떴다.

마티의 전 주인이 AHFC에 걸린 샴고양이를 상자에 넣어 뤼미에르 빌딩 뒤편으로 왔을 때 거기에는 이 일대 고양이들이 거의 다 모여 일찍이 열린 적 없는 큰 규모의 집회를 열고 있었다. 그러나 밤이 깊었고, 40여 마리의 고양이가 제각기 담벼락 위나 쓰레기통 뒤, 자동차 아래, 모텔의 차량 번호판 가림막 뒤 등에 몸을 숨기고 있었기 때문에, 또 샴고양이가 든 상자에 온 정신이 팔려 있는 바람에, 마티의 전 주인은 자기 주변에 고양이가 많다는 사실을 전혀 눈치채지 못했다.

밤의 집회에서 고양이들이 겪는 일을 인간의 언어로 옮기기란 거의 불가능하다. 집단 최면과 같은 상태에서 원시적인 감정이 하나 솟아오르면, 고양이들은 자신에게 밀려오는 그 '무드'를 고양이 특유의 섬세함으로 처리하고 전체 흐름에 대한 통제를 시도하면서 그 과정에서 인간이 이해하지 못할 종류의 쾌감을 얻는다. 감정의 파도타기라 할 수 있다.

시골 지역에서 집회의 전반적인 감정 기조는 대개 평화로움에 기반을 둔다. 반면 각박한 도시 집회에서는 좀 더 격렬하고 폭력적인 감정이 주조를 이룬다.

이날 밤 뤼미에르 빌딩 뒤편에서 열린 고양이 집회의 분위기는 유례를 찾기 어려울 정도로 처절하고 잔혹했다. 모든 고양이가 긴장과 공포 속에서 팽팽하게 신경을 곤두세운 채 강한 스트레스를 받고 있었다.

마티의 전 주인과 병에 걸린 샴고양이가 자극적인 캣닢 냄새를 풍긴 게 화근이었다. 뤼미에르 빌딩 주차장을 사이에 두고 신경전을 벌이던 고양이 무리는 누가 먼저랄 것도 없이 일제히 하늘로 뛰어올라 전투를 개시했다. 마티의 전 주인은 눈앞에서 작은 개만 한 고양이 두 마리가 서로 발톱으로 얼굴을 할퀴고 배를 찢는 장면을 보고 그만 넋이 나가버렸다.

고양이들은 마티의 전 주인과 샴고양이도 공격했다. 덤벼들어 사람을 쓰러뜨린 뒤 상자를 찢고 샴고양이를 찢어발겼다. 마티의 전 주인은 샴고양이의 눈알이 뽑히는 장면을 보고서야 겨우 비명을 터뜨렸다. 경비실에서 졸고 있던 뤼미에르 빌딩의 수위가 그 소리를 듣고 건물 밖으로 나와 마티의 전 주인을 구해냈다.

멍하니 있다 당한 전 주인과 달리, 마티는 자기가 할 일이 무엇인지 정확히 알고 있었다. 그는 그 많은 고양이가 왜 싸움에 나서는지 이유를 몰랐고, 관심도 없었다. 그가 노리던 것은 딱 한 가지였다. 현영빌라파의 보스가 전투에서 부상당하고 비틀거리며 뒤로 물러날 때 마티는 온 힘을 다해 보스의 목에 일격을 날렸다. 그동안 갈고닦은 점프 실력에 원래부터 그의 것이었던 '앞발로 목 후려치기'를 더한 공격이었다.

기술이 제대로 먹혔는데도 워낙 강골인 현영빌라파 두목은 쓰러지지 않았다. 그는 마티의 뺨을 제대로 물어뜯어낼 뻔했다. 간발의 차로 두목의 이빨을 피한 마티는 물러서지 않고 다시 앞발로 공격했다. 이번 일격은 빗나갔지만, 대신 두목의 가슴에서 갈비뼈 부러지는 소리가 났다.

헐떡이는 두목 고양이는 움직임이 둔해졌고 마티는 접근전에 들어갔다. 두목 고양이의 가슴은 부러진 갈비뼈 탓에 심장 부위가 움푹 파여 있었고, 마티는 그곳이 상대의 급소라는 것을 본능적으로 알아차렸다. 급소 두 곳이 위아래로 나란히 있었으므로 공격하기가 쉬웠다. 목, 가슴, 목, 가슴, 가슴, 목. 몸의 중심을 잃지 않고, 어깨와 허리를 이용해 상대방과 거리를 조절하면서, 날카롭고 짧게 연속 공격.

두목 고양이가 입에서 피를 토한 다음에도 마티는 공격을 멈추지 않았다. 그는 제 몸보다 훨씬 큰 두목 고양이를 그렇게 때려죽였다.

인간 경비가 온 뒤로 전쟁은 피아(彼我) 구분이 어려운 혼전이 됐고, 현영빌라파의 두목 고양이가 죽자 어느 편이 이기고 있는지 가리기 어려운 소강상태에 접어들었다.

창현교회파와 노인문화센터 공터파, 현영빌라파의 후임 우두머리 고양이들은 현영빌라가 폐가가 되고 난 뒤 태어난 젊은 암컷들이었다. 그들은 전임자들에 비해 몸뚱이가 작고 허약했다. 전쟁을 겪은 세대는 뤼미에르 빌딩 주변 생태계의 높은 개체 밀도를 상대적으로 더 잘 참아냈다. 차세대 지도자들은 느슨한 연합 체제를 구축했다. 인간 세상에서처럼, 고양이 사회에서도 큰 전쟁이 일어나고 나서 얼마간은 평화로웠다.

일요일, 전날 잠을 못 이루고 맨얼굴을 드러낸 모텔 건물들이 고단해 보인다. 담배꽁초가 떠 있는 구정물에 아침 햇살이 반사돼 반짝인다. 뤼미에르 빌딩 뒷골목은 이상할 정도로 조용하다.

사람이 다가오자 고양이 한 마리가 얼른 자동차 밑에 숨는다. 조금 전까지 그가 뒤지고 있던 음식물 쓰레기봉투는 한 귀퉁이가 터져 있고, 거기서 김칫국에 물든 밥알과 생선 뼈다귀가 흘러나온다. 그 생선 냄새에 끌렸나 보다. 비죽비죽 솟은 털은 윤기가 없고 옆구리에는 원형 탈모증처럼 털이 빠져 가죽이 드러난 부분이 있다. 목에 목걸이 자국이 있는 걸로 봐서 분명히 한때는 반려 고양이였다.

고양이는 자동차 아래에서 등을 구부리고 잔뜩 긴장한 채로 자신을 바라보는 행인을 노려본다. 경계심 가득한 눈 속에는 야성이 살아 있다. 그 눈은 마치 이렇게 말하는 듯했다.

내 이름은 마티입니다. 9개월 된 러시안블루 수컷 길고양이입니다. 전에는 반려 고양이였습니다.

나는 신촌의 뤼미에르 빌딩 근처에서 삽니다. 뤼미에르 빌딩 주변에는 고양이 세 무리가 사는데, 전에는 이들이 사이가 안 좋은 적도 있었지만 큰 싸움이 벌어지고 앙숙이던 두목들이 모두 바뀐 뒤로는 서로 조심하고 있습니다. 이제는 다들 뤼미에르 빌딩 뒤편에서 다른 고양이 무리를 마주치더라도 가볍게 인사하고 지나갑니다.

나는 그중에 현영빌라 지하실과 고양이들과 가장 친합니다. 내가 떠돌아다니며 잠은 자동차 밑에서 자지만, 물을 마시러 현영빌라 지하실을 종종 찾기 때문입니다. 친한 수컷들과는 가끔 서로 그루밍을 해주기도 합니다.

요즘 들어 현영빌라에는 부쩍 사람들이 많이 찾아옵니다. 지하실에 사람이 들어왔다가 고양이들을 보고 놀라 도망간 적도 있습니다.

예전에 나는 눈에서 피가 나고 똥을 제대로 눌 수 없는 병을 앓았습니다. 요즘은 눈은 괜찮아졌지만 오줌을 눌 때 가랑이가 몹시 아프고 간혹 숨을 쉬기 어려울 정도로 옆구리가 찌릿찌릿합니다. 다른 고양이들도 그런지 물어봤더니 다른 고양이들도 다 그렇고, 앞으로 날씨가 추워지면 증상이 더 심해질 거라고 합니다. 하지만 그 대신 날씨가 추워지면 쓰레기봉투의 음식들이 쉬지 않아 식중독에는 덜 걸릴 거라고 합니다.

808호

쥐들의 지하 왕국

모든 존재는 인간이 되기를 꿈꾼다. 말하는 곰이나 꼬리 아홉 달린 여우들조차 마늘이나 사람 간 같은 괴상한 음식을 먹으며 인간이 되려 한다. 혼백, 귀신, 천사들처럼 실체와 비실체 사이의 어스름한 존재들도 같은 이유로 인간을 꿈꾼다. 그들은 빛과 그림자로만 이뤄진 조용한 세계에서 애타게 생기(生氣)를 갈구한다.

반면 그토록 많은 존재가 부러워하는 '인간의 시간'을 손에 넣은 인간은, 그 선물을 파괴적으로 허망하게 낭비한다.

신촌 현대백화점 뒤 창천어린이공원은 말이 어린이공원이지, 어둡고 더러워서 대낮에도 아이들을 풀어놓기 두려운 장소다. 백화점 주차 빌딩과 신촌의 유흥가를 접한 삼각형 부지에는 미끄럼틀이나 시소 같은 어린이공원이 갖춰야 할 놀이기구는 하나도 없었고, 바닥도 모래 대신 시멘트 보도블록으로 포장돼 있었다. 매일 밤 어마어마하게 버려지는 담배꽁초와 토사물을 모래에서 골라내 청소하느니 차라리 보도블록을 까는 것이 경제적이었기 때문이다. 아무리 물청소를 해도 때가 지워지지 않을 것 같은 더러운 보도블록 위에는 비둘기 떼와, 비둘기만큼 꾀죄죄한 십대 여학생들이 무료한 표정으로 쪼그리고 앉아 멍하니 시간을 보냈다.

그날 밤 창천어린이공원에는 십대 여학생 무리가 다섯 그룹 있었다. 개중 한 그룹은 편의점에서 폭죽을 사 와 10분 간격으로 폭죽을 한 발씩 하늘로 쏘아 올렸다. 다른 그룹들은 담배를 피우며 자기들끼리 지루한 잡담을 이어가다 간혹 "미친년"이라는 탄성과 맥없는 웃음을 터뜨렸다.

형은 자기가 어느 그룹에 가면 환영받을지 알고 있었다. 담배도 폭죽도 없어, 다른 그룹을 부러운 눈길로 쳐다보는 아이들이다.

"야, 너희들 담배 한 대씩 줄까?"

"뭐야, 이 아저씨는? 미쳤나 봐."

한쪽에만 귀고리를 한 여자아이가 형에게 대꾸했다. "완전 재수 없어"라든가 "미친 거 아냐?"라는 말은 그 아이들에게 "오늘 날씨가 참 좋죠"라는 정도의 의미였다. 형은 싱긋 웃으며 여자아이에게 말보로레드 한 개비를 건넸다. 여자아이들은 형이 쥐처럼 생겼다며 놀라거나 놀리지 않았다.

나는 그 시각에 카리브커피 신촌점에 첫 출근을 해 B2파트너가 해야 하는 일에 대해 교육을 받고 있었다. 나는 "파트너들은 커피를 내릴 수 없다"라는 설명에 다소 실망했다. B2파트너는 설거지와 매장 청소, 화장실 청소를 해야 하며, 카운터를 보고, 손님의 주문 사항을 바리스타에게 알려줄 수 있었다.

다른 종업원들이 내 생김새나 신발을 보고 "쥐다! 여기 커다란 쥐가 있어!"라고 폭로할 것 같아 나는 일하는 동안 고개를 제대로 들지 못했다. B2파트너 복장인 검은색 셔츠와 검은색 바지는 준비할 수 있었지만 검은색 운동화는 없었다. 나는 동생들이 주워 온 쓰레기 더미에서 찾아낸 염색약으로 전날 밤 화장실에서 운동화를 검은색으로 물들였다.

창천어린이공원 화장실 건물 옆에 자리 잡고 있던 날라리들이 마지막 폭죽을 터뜨렸을 때 형은 "집에 돌아가면 쌔빠지게 얻어터질 일만 남았당게"라고 말하는 여자아이와 낄낄거리며 캔맥주를 마시고 있었다. 내가 와플 굽는 기계를 닦다가 손바닥을 데는 바람에 형도 화들짝 놀랐다. 반대로 형이 마시고 피우는 맥주와 담배 때문에 나도 속이 메슥메슥해졌다.

키가 작고 얼굴도 생쥐처럼 볼품없이 생긴 내가 다른 잘생긴 젊은이들처럼 카리브커피 신촌점에 채용될 수 있었던 까닭은 '새벽 2시까지 일할 수 있다'라는 조건 때문이 아닐까 싶었다. 밤 11시까지 정신없이 바빴고, 꼬리 끝이 저릿저릿해지는 것 같은 가짜 통증을 느꼈다. 내가 품고 있던 환상과 달리 카리브커피 신촌점은 쥐들의 세상 못지않게 더러웠다. 흡연석 재떨이에 가래침을 뱉는 손님이 많았고, 머그잔 안에 영수증을 찢어 버리거나 담배꽁초를 버리는 사람도 있었다.

자정이 되자 취객 한 무리가 커피점에 들어왔고, 한 남자가 꿀물을 달라고 요구했다. 바리스타가 취객을 상대하고 있을 때 형은 놀이기구 없는 놀이터에서 1만 5000원도 채 안 되는 돈으로 여고 중퇴생 무리를 완전히 취하게 만드는 데 성공했다. 형은 그중 3일 전에 전주에서 올라와 인터넷 메신저로 사귄 친구 집을 전전하고 있다는 여자아이를 희생자로 골랐다.

B2파트너는 카리브커피를 하루에 두 잔 무료로 마실 수 있었다. 0시 13분에 나는 그날의 첫 무료 커피를 마셨다. 내가 모카캐러멜라테의 스팀 밀크가 입술을 간질이는 감각을 즐기고 있는 동안 형은 눈썹에 피어싱을 한 전주 여자아이를 뤼미에르 빌딩으로 데려왔다.

도대체 왜들 시간을 그렇게 낭비하는 거예요? 인간으로 태어났다는 게 얼마나 대단한 축복인지 몰라요? 커피점에서 주사를 부리는 취한 아저씨들과 놀이터에서 본 낯선 남자를 따라 오피스텔 건물로 들어오고 있는 가출 소녀에게 나는 그렇게 외치고 싶었다. 남은 삶을 신나게 낭비하고 태워버릴수록 감각과 감정이 더 격렬해지는 걸까. 그래서 인간들도 몸의 신경과 세포를 짧은 순간에 더 많이 파괴하는 약과 음료를 찾는 걸까.

형은 여자아이를 원룸으로 데리고 올라갔다. 여자아이는 술에 취해 있었지만 형이 옷을 벗었을 때 형의 옆구리에 붙어 있는 작은 팔이나 엉덩이의 근육질 꼬리를 몰라볼 정도로 취하진 않았다. 여자아이가 비명을 지르자 형은 여자아이의 머리를 후려갈겼다.

내가 머그잔 밑바닥에 깔린 씁쓸한 초콜릿 맛을 음미하고 있을 때 형은 여자아이의 목을 졸라 기절시켰다.

뤼미에르 빌딩에 괴물 쥐가 살고 있다는 것을 알아차린 사람은 극히 소수였고, 그나마도 그 사실을 알고 나서 얼마 되지 않아 괴물 쥐에게 먹혔다.

내가 아르바이트 첫날 근무를 마치기 직전인 새벽 1시 50분에 형이 뤼미에르 빌딩 지하에서 여자아이를 어머니에게 넘겼다. 나는 형의 눈과 코를 통해 여자아이가 죽는 광경을 간접적으로 목격했다. 막 설거지와 청소를 마치고 100리터들이 쓰레기봉투를 건물 뒤편의 하치장에 놔둘 때였다. 쓰레기 하치장에서 집쥐를 한 마리 본 것 같기도 했다.

커피점에 돌아오자 바리스타가 내게 "오늘 한 잔 더 마실 수 있잖아, 뭐 마실래?"라고 물었고, 나는 바닐라라테를 골랐다.

"이렇게 하루 일을 다 마치고 나서 퇴근 직전에 테이크아웃 잔으로 커피를 마실 때가 제일 좋더라."

나는 여자아이의 죽음을 잊으려 애쓰며 고개를 끄덕였다. 바닐라라테는 너무 부드럽고 달콤하기만 해서 입에 맞지 않았다. 부드럽고 달콤하기만 한 음료는 개미나 쥐들이나 좋아하는 것이다. 성숙한 인간에게는 좀 더 미묘한 풍미가 필요하다.

가게를 나온 뒤 나는 서인도제도 남부의 태양을 상징하는 그림이 그려진 종이컵을 들고 지하로 내려갔다. 엘리베이터 옆 계단은 지하 2층 사이베리아 PC방 앞에서 끝났지만, PC방 입구 반대편에 기계실로 내려가는 또 다른 계단 통로가 있었다. 예민한 사람들은 기계실에서부터 뭔가 다른 세상, 인간이 아닌 존재들이 지배하는 영역의 낯설고 불쾌한 기운을 감지할 수 있었다.

보충수 탱크 뒤로 사람들이 사용하지 않는 작은 철문이 하나 있고, 그 문을 열고 나무판자를 치우면 거기서부터는 쥐들의 지하 왕국, 내 어머니의 영토다. 판자 뒤 작은 동굴은 깜깜하고 앞이 막힌 듯하지만 실은 위쪽으로 통로가 나 있고, 물방울이 떨어지는 소리를 들으며 촉각에 의지해 30여 미터만 걸어가면 간이 축구를 해도 좋을 정도로 넓은 지하 터널이 나타난다. 곳곳에 물이 고여 있으며 2, 3분에 한 번씩 지하철 2호선 열차가 동서로 달리는 소음이 들린다. 서울지하철공사가 2호선 노선을 만들다 설계가 변경됐다거나 지하수를 만났다든가 해서 굴착을 중단한 뒤 방치되고 잊힌 인공 터널이다.

인간들이 도시 전설로만 여기고 있는 어머니의 땅은 지하철 2호선 신촌역에서 이대역, 경의중앙선 신촌역을 잇는 거대한 삼각형을 중심으로 몇 겹을 쌓은 거미줄처럼 복잡하게 엉켜 있었다. 인간들이 팠다가 버린 폐지하도, 물·전기·통신용 배관 시설과 지하 공동구, 건물의 보일러실과 창고들, 지하수가 마르면서 암반층 위에 자연적으로 형성된 빈 공간들, 그리고 이빨과 턱이 특별히 강한 돌연변이 쥐들이 파낸 동굴이 이어진 어둠의 세계였다. 어둡고 축축하며, 인간의 존엄성을 전혀 존중하지 않고, 고문과 생체 실험, 근친상간이 빈번히 일어나 온갖 유전 정보가 신성모독적으로 변형되고 뒤섞이는 공간이었다.

"나라고 여자아이를 납치해서 쥐 먹이로 만드는 일이 즐거웠겠냐……."

형은 양손을 바닥에 짚고는 네발짐승처럼 걸어왔다. 엄청나게 휜 등 뒤로 긴 꼬리가 채찍처럼 공중을 갈랐다. 이제 형은 제대로 된 인간처럼 보이지 않았다.

여러 지하 광장 중 뤼미에르 빌딩에서 가장 가까운 이 공간을 형과 나는 회합실이라고 불렀다. 물물교환을 하는 장소였다. 어머니나 다른 형제들이 신촌의 쓰레기 더미나 창고에서 찾아낸 유용한 것들을 우리에게 주고, 어머니가 부탁한 물품을 우리가 전달했다.

"즐기는 것 같던데."

본심과 달리 매정한 대꾸가 나왔다. 나와 형을 포함한 어머니의 자식들은 수천수만 마리가 개체를 넘어선 강력한 정신적 유대감으로 묶여 있었다. 특히 인간형인 나와 형은 생각과 감각이 서로를 침범해 정체성 혼란이 일어날 정도였다. 내 생각에, 그런 텔레파시는 나와 형을 비롯한 반인반서(半人半鼠)들과 다른 형제 쥐들의 경험이 어머니에게 흘러 들어가는 과정에서 부작용으로 생긴 것이다. 우리가 느끼는 것을 어머니도 느낀다. 그러나 어머니가 생각하는 것을 우리는 알 수 없다. 그런 의미에서 신촌 지하를 거주지로 하는 쥐의 군집은 어머니를 뇌로 삼는 거대한 한 마리 생물이나 마찬가지였다.

"나를 싫어하는 건 괜찮지만 어머니를 미워하진 마라. 금방 다 알아차리실 테니."

"어디 계셔?"

"휴게실에 계셔. 곧 오실 거야."

휴게실은 민들레영토와 젊은소나무 사이 지하에 있었다.

나는 어머니가 여자아이를 충분히 소화시키고 오길 바랐다. 사람의 살과 피 냄새를 맡고 싶지 않았기 때문이다. 회합실의 썩은 공기 냄새만으로 충분했다.

어머니가 오기를 기다리는 동안 형은 회합실 한구석에 쌓여 있는 그날의 수확물을 정리했다. 쓰레기 더미와 지하 창고에서 동생 쥐들이 물고 온 물건을 골라내는 작업이었다. 구정물에 젖어 재활용이 불가능한 클러치백이나 국산 손목시계처럼 동생 쥐들이 애써 물어 오기는 했지만 값어치 없는 상품이 있었고, 마네킹 부속이나 봉제 인형처럼 뜬금없는 물건도 있었다. 목욕탕이나 찜질방에서 모아 온 사람 손발톱도 있었다.

"저 뒤쪽에, 너 주려고 챙겨놓은 것이 있다."

형이 말했다. 뒤를 돌아본 나는 그사이에 어둠에서 나온 쥐 수백 마리가 형과 나를 지켜보고 있다는 사실을 깨달았다. 개중 몇 마리는 키메라라서, 등에 사람 귀가 달린 놈도 있고, 사람 발을 한 것, 꼬리 대신 손가락이 달린 녀석도 있었다.

형이 가리킨 곳에는 종이 쇼핑백 두 개가 있었다. 쇼핑백 하나에는 검은색 컨버스 운동화 한 켤레가, 다른 봉투에는 패스트패션 브랜드의 검은색 티셔츠가 한 벌 있었다.

"검은 운동화가 필요하면 말하지 그랬어? 염색약 냄새 때문에 방에 있을 수 없어서 낮 동안 내내 지하에 있었다."

그날 한 사람을 죽인 반인반서는 나를 쳐다보지 않은 채 말했다. 나는 고맙다는 말 대신 그의 옆에 앉아 쓰레기를 골라내기 시작했다. 하필 손에 잡힌 게 사람 금니였다.

"너는 저 위에서 사람들과 살고 싶지? 나는 여기서 쥐들이 먹는 거나 먹으면서 살고 싶다."

형은 손톱을 씹어 먹으며 웅얼거렸다. 배와 등에 털이 났고, 꼬리를 바지에 넣어 감추고 다니며, 얼굴도 나보다 훨씬 더 쥐 같은 인상이었지만 형의 눈만큼은 깊이를 갖춘 인간의 것이었다. 나는 흰자가 많지 않고 검은 눈동자가 진한 쥐의 눈을 하고 있었다. 사람들이 많은 곳에서 나는 일부러 눈을 크게 뜨지 않았다.

나는 "태어나길 이렇게 태어났는데 뭐"라며 말을 흐렸다. 정작 그가 지하에서 살기로 결심하면 곤란해지는 건 나였다. 나의 인간 흉내는 형의 범죄 수익이 있었기에 가능했다. 텔레파시가 완벽한 것은 아니었다. 나는 그가 장물과 유실물을 어디에 내다 파는지, 애초에 뤼미에르 빌딩 808호를 어떻게 빌렸고, 집세는 어떻게 내는지 전혀 몰랐다. 나는 그가 나보다 얼마나 앞서 태어났는지도 몰랐다.

어머니는 왜, 그리고 언제부터, 인간을 닮은 자식을 낳기 시작한 걸까? 우리는 어머니가 쓰는 소원 성취 소설, 어머니가 제작하는 포르노 영화의 등장인물이라는 게 나의 가설이었다. 어머니는 우리를 만들고 움직이게 하며, 우리에게 감정을 이입하고, 우리를 통해 인간세계를 간접경험한다. 어머니는 언어나 문자 따위보다 훨씬 더 인간세계를 생생하게 체험하게 하는 독창적인 매개체를 발명한 것이다.

"커피점은 왜 다니기 시작한 거니?"

등 뒤, 아주 가까운 곳에서 갑자기 어머니의 목소리가 들리는 바람에 나는 움찔 놀랐다.

"그냥…… 거기 분위기가 좋아요. 좋은 향기가 나고, 멋지게 잘 차려입은 사람들이 오고요. 싫으시면 안 다닐게요."

"아니야. 나도 좋아. 바닐라라테 맛있더라."

이제 나는 어머니의 얼굴을 마주 보고 있었다. 어머니는 거대하고 무표정했다. 내가 그녀의 미간 정중앙 앞에 서 있기 때문에 나를 잘 보지 못하는 것인지도 몰랐다.

반투명하던 어머니의 몸이 점점 실체를 갖춰가고 있었다. 공중을 느릿느릿 떠다니는 것처럼 움직이며 벽을 통과하던 어머니는 이제 한 걸음 걸을 때마다 육중한 발소리를 냈다.

나는 우리가 속한 종이 뭔지 궁금해 홍익문고에서 생물 도감을 찾아본 일이 있었다. 동생들이나 키메라 쥐 중에는 생김새가 주머니쥐와 비슷한 것이 많았고, 지하 깊은 곳에서는 크기가 돼지만 한 동생도 봤다.

어머니는 거대한 괴물 쥐인 엔텔로돈이나 디노히우스의

친척일 거라고 나는 추정한다. 올리고세 말기에 살았던 엔텔로돈은 크기가 3~4미터나 됐으며, 중신세에 이르러 디노히우스로 진화했다. 디노히우스는 엔텔로돈보다는 몸집이 작았지만 악어처럼 강력한 턱과 엄니를 가진 무적의 육식동물이었다.

"잘했다. 피부가 고운 아이더구나."

어머니가 형에게 말했다. 어머니나 나처럼 눈이 온통 까만색이면 시선이 어디를 향해 있는지 알 수가 없다. 하지만 어머니의 목소리는 형에게 이야기할 때와 나에게 이야기할 때가 확연히 다르다. 어머니와 형의 대화에는 공범 사이에 수년간 쌓인 신뢰 속에, 서로를 향한 이율배반적인 혐오감도 희미하게 섞여 있었다.

형과 이야기를 마친 어머니는 키메라 쥐들을 불러 모았다. 등에 사람 눈이나 코, 귀, 입술, 이빨, 손가락이 자란 쥐 30여 마리가 도열하듯 서너 줄로 맞춰 섰다. 손가락은 끝이 두 갈래로 갈라진 기형이었다. 어머니는 키메라 쥐들을 살펴보다가 귀가 난 쥐 한 마리와 이빨이 난 쥐를 골라 입에 넣고 삼켰다. 밥알을 씹지 않고 삼키는 사람처럼 어머니는 어른 주먹만 한 크기의 쥐 두 마리를 마시듯 배 속에 넣었다.

어머니의 배가 꿀렁거렸다. 태아가 손바닥을 뻗었는지 뱃가죽 위로 선명한 손자국이 남았다. 손가락이 다섯 개였다.

"여동생이 생길 것 같다."

8층으로 올라오면서 형이 말했다.

"사람 여동생, 쥐 여동생?"

"사람 여동생."

"글쎄, 내가 이런 말 하기는 뭣하지만······. 정말 성공하고
싶으면 공부를 하거나 규모가 작아도 장사를 하는 게 나아.
바리스타가 최종 목표라는 건 좀 그렇다. 라테아트 대회에서
준우승을 했다는 고수도 월 200만 원을 못 벌어."

"바리스타님도 나중에 창업하실 건가요?"

"옛날엔 그럴까도 싶었는데, 요즘은 모르겠어. 돈도 없
고······. 너, 우리 가게가 수익이 날 것 같니, 안 날 것 같니? 우
리 가게 반경 200미터 안에 커피점이 몇 곳이나 있는지 아니?"

내가 손대면 안 되는 기계의 스팀 밸브에서 수증기가 올
라왔다. 나는 인간 세상에서 내게 허용된 성공의 범위에 대해
생각했다. 내가 원하는 것은, 이 작은 안식이 가능하면 길게
이어지는 일 그리고 반자동 커피 머신에서 커피를 내리는 일
뿐이었다.

"내가 아르바이트생을 여러 명 봤는데, 너처럼 성실한 애
는 처음이야. 넌 뭘 해도 성공할 거다."

나는 바리스타가 주는 커피를 받으며 레시피를 외웠다. 드

립 커피가 아닌 에스프레소 원 샷에 스팀 밀크와 거품을 추가하고 스페셜 더치 초콜릿 파우더를 올린다.

모카라테를 들고 808호로 올라왔더니 형이 그때까지 잠을 자지 않고 불을 끈 채 나를 기다리고 있었다. 매달 해산일이 가까워지면 어머니는 집중력을 잃었고, 형과의 텔레파시도 자주 끊기곤 했다.

"내일 같이 외출하자. 이것저것 쇼핑도 해야 하고."

형이 부드럽게 꼬리를 흔들며 말했다. 내키지는 않았지만 다음 날 점심께 형과 함께 백화점에 먼저 갔다. 형은 바닥치기니 벙카치기니 안창따기니 굴레따기니 하는 소매치기 기술을 내게 설명했다. 기술의 이름들이 새로웠을 뿐, 내용이나 세세한 요령은 이미 형의 경험으로 나도 절반쯤 습득한 거나 마찬가지였다. 남의 핸드백 밑을 소리 나지 않게 찢으려면 나는 면도날이 필요하지만 형은 손톱만으로도 같은 일을 할 수 있다는 정도의 차이가 있을 뿐이었다. 사람들이 어떤 때 주의가 산만한지, 어느 여자가 지금 정신이 팔려 있는지에 대한 설명도 불필요했다. 겨드랑이에서 나오는 페로몬 냄새로 금방 알 수 있었으니까. 설사 내 기술이 완전하지 못하다 해도, 나나 형의 반사 신경은 보통 사람이 눈을 움직이고 사물을 인식하는 속도보다 훨씬 빨랐다.

그러나 나는 소매치기를 하고 싶지 않았다. CCTV에 잡히지 않는 구석에서 형이 "이제 네 차례야"라며 여러 번 나를 떠밀었으나 나는 완강히 저항했다. 형은 용변을 보러 가는 척하더니 화장실 안에서 갑자기 내 목을 움켜쥐었다.

"도대체 왜 그래? 들킬까 봐 그래?"

"하기 싫다고! 그냥 그런 거 하기 싫다고! 몇 번이나 말해야 해?"

형의 손을 너무 세게 뿌리치는 바람에 들고 있던 종이봉투가 찢어져, 봉투 안에 들어 있던 지갑들이 우수수 바닥에 떨어졌다.

"그 커피점 아르바이트로는 절대 생활비 못 벌어."

형은 지갑을 주우며 웅얼거리듯 말했고 나는 대답하지 않았다. 형의 말이 옳았지만, 갑자기 내게 소매치기 기술을 가르치고 강요하려는 데에 반감이 일었다.

형은 지갑에서 현금을 제외한 내용물을 화장실 쓰레기통에 버린 뒤 백화점을 나와 신촌 근처 전당포를 돌아다녔다. 페라가모 지갑은 신촌 지구대 앞 캐시링크라는 폰숍(pawnshop)에, 비비안웨스트우드 지갑은 뤼미에르 빌딩 건너편 신촌중고명품이라는 가게에 팔았다. 형은 "운동화나 옷 같은 건 폰숍에 파는 것보다 인터넷 중고 매매 사이트에 올리는 게 더 나아"라고 말했다. 쥐들이 모아 온 금붙이는 창천어린이공원 옆에 간판도 없이 '금 삽니다'라고만 쓰여 있는 작은 점포에 넘기고 만 원짜리 몇 장을 받았다.

그날의 돈벌이를 마치고 형은 나를 밀리오레로 데리고 갔다. 어떤 의미에서는 소매치기를 하러 백화점 안에 있는 것보다 밀리오레에서 여자 옷을 사는 게 훨씬 더 불편했다. 현대백화점 신촌점에서 점포 사이를 어슬렁거리는 남자는 걸어다니는 장애물 정도의 존재였다. 그러나 밀리오레는 손님 수가 점원 수와 비슷할 정도로 썰렁했고, 여성 의류와 속옷을 고르는 키 작고 못생긴 남자 둘은 다른 사람의 눈길을 끌 수밖에 없었다.

나는 형이나 나처럼 용모가 꾀죄죄한 반인반서는, 훤칠하고 늘씬한 사람들 앞에서 겸손한 태도를 취해야 한다는 강박이 있었다. 그런 내 생각도 어이없기는 하지만 꼬치꼬치 물어보고 돈 몇 푼 아끼려고 흥정하는 형의 모습도 내 눈에는 못마땅했다. "요즘 여자들은 이런 걸 좋아하나?"라고 형이 몇 번씩 확인하려 들 때 내 눈에는 점원이 '이따위 보세 옷을 받는다고 감동받는 여자는 없고, 더구나 너처럼 쥐같이 생긴 얼굴로는 뭘 사 줘도 안 돼'라는 말을 참는 듯 보였다. 형이 "5000원만 깎아줘요"라고 할 때 점원들은 들으라는 듯 대놓고 소리 나게 한숨을 내쉬었고, 그러면 나는 문자 그대로 쥐구멍을 찾고 싶은 심정이었다. 그런 내 기분을 아는지 모르는지 형은 장사 안 되는 보세 쇼핑몰 건물을 나서며 "뭘 저렇게 비싸

게 받아. 나중에 훔쳐버릴까"라고 내게 의견을 구하듯 물었다.

그랬기에 형이 신촌 기차역 맞은편 이탈리언 레스토랑에 들어가면서 "여기 가자, 혼자서는 못 오겠더라고"라고 말했을 때 나는 조금 놀랐다.

스파게티 가게에서는 염치 불고하고 두 사람 다 카르보나라를 주문하고 그 위에 파르메산 치즈를 몇 번이나 뿌려 먹었다. 고소한 치즈 향에 저항할 수가 없었다. 평소 말이 없는 형이 무슨 봇물이라도 터진 것처럼 이야기를 했다. 주로 소매치기 요령에 대해서였다. 안감이 질긴 옷은 어떻게 찢어야 하는지, 목걸이를 훔칠 때는 상대가 고개를 숙이고 있을 때보다 서 있을 때 끊는 게 더 안전하다든지. 듣기 싫은 화제기도 하고 실제로도 커피점에 가야 할 시간이 돼서 접시를 비운 뒤 "이제 아르바이트 가야 해"라며 자리에서 일어났다.

신촌 기차역에서 뤼미에르 빌딩까지 걸어오는 동안에도 형은 말을 멈추지 않았다. 나는 형이 모은 돈이 회합실에서 북쪽으로 올라가는 지하 터널의 과자 상자에 숨겨져 있다는 사실을 처음 알았다. 뤼미에르 빌딩 808호의 주인이 어느 초등학교 교장 선생님 부부고, 무통장 입금으로 월세를 내고 있다는 사실도 그날 알았다.

"신용카드는 백화점에서 쓰면 안 돼. 처음 몇 번은 통할지 몰라도, 가게 직원이 얼굴을 기억할 수 있어. 훔친 지 30분 안에, 두 번 다시 가지 않을 곳에서, 한 번 쓰고 버려야 해."

카리브커피 앞에서 형은 그렇게 당부했다.

그게 형과의 마지막이었다.

어머니의 출산일이 다가오면서 텔레파시가 끊기는 일은 전에도 여러 번 있었다. 그러나 형이 며칠씩 집을 비운 건 처음이었다. 나는 건강 관리의 소중함을 깨달은 환자처럼, 그동안 내가 형에게 얼마나 기대 살고 있었는지 절실히 느꼈다.

밤 11시쯤 등에 이빨과 혀, 입술이 달린 키메라 쥐 한 마리가 카리브커피 카운터 옆에 나타났다. 다른 손님이 쥐를 발견할까 봐 놀란 나는 얼른 발로 키메라 쥐를 카운터 옆으로 숨기고, 커피 찌꺼기를 버리는 척하며 바닥으로 고개를 숙였다.

"찍찍. 빨리 내려오래, 찍찍."

나의 먼 동생은 자기 주둥이와 등에 달린 사람의 입으로 동시에 말했다.

"지금은 못 내려가. 아직 퇴근하려면 세 시간 정도 더 있어야 해. 나까지 내려갈 필요는 없잖아?"

"찍찍. 빨리 내려오래, 찍찍."

돌연변이 쥐는 그 말밖에 못 하는 게 분명했다. 바리스타가 호기심 어린 눈으로 이쪽을 살피려는 것 같아 나는 얼른 몸으로 키메라 쥐를 가리고, 키메라 쥐가 다른 말을 하지 못

하도록 내 손톱을 물어뜯게 했다.

"어머니가 갑자기 몸이 편찮으시다는 연락을 받았다"라고 말하자 바리스타는 '너도 어쩔 수 없구나'라고 체념하는 표정을 지어 보였다. 더 정직하게 '어머니가 자식 여덟 마리를 낳느라 산통을 겪고 계시다'라고 말할 걸 그랬나.

내가 지하 휴게실에 도착했을 때, 어머니는 여덟 마리 중 마지막 아이를 낳는 중이었다. 난산이었다. 어머니의 가죽은 땀으로 번들거렸고, 굵고 짧은 털들이 훈련 중인 군인의 머리카락처럼 몸에 찰싹 달라붙어 있었다. 나나 형보다 훨씬 더 심각하게 쥐처럼 생긴, 등이 굽은 반인반서 한 마리가 산파 역할을 하고 있었는데, 그 반인반서는 어머니의 몸에서 반쯤 비어져 나온 머리통을 보며 난감해하고 있었다.

나는 고개를 돌려 산파 쥐가 열을 맞춰 눕혀놓은 신생아들을 보았다. 일곱 마리 중 다섯 마리가 반인반서였고, 그중 네 마리는 살아남기 힘들 정도로 심한 기형이었다. 팔 대신 쥐의 앞발이 달린 남자, 치아가 너무 길어 턱을 뚫고 나온 여자, 고대 이집트의 신처럼 사람 몸에 쥐의 머리가 달린 녀석, 거꾸로 쥐의 몸통에 사람 얼굴이 달려 스핑크스 같아 보이는 놈.

다섯 번째 반인반서는 반인반서가 아니었다. 지하실의 어둠 탓인지 몰라도, 양수를 씻어내지 않은 탓인지 몰라도, 아니면 팔로 가리고 있는 부위에 뭐가 있는지 몰라도, 다섯 번

째는 겉보기로는 흠 잡을 데 없는 인간이었다. 열서너 살쯤
되어 보이는 여자아이. 긴 속눈썹이 있는 눈은 감은 채였고,
반지르르한 긴 머리카락 몇 가닥이 흰 뺨에 붙어 있었다. 반
쯤 벌린 입안으로 가지런한 이빨이, 제 몸을 끌어안고 있는
팔 밑으로 봉긋한 가슴이 보였고, 미끈한 허리 아래로는 탄력
있는 엉덩이와 길고 곧은 다리가…….

"이 애는 안 될 것 같아요. 포기하시죠, 어머니."

산파가 말했다.

어머니는 반인반서의 몸을 반쯤 제 몸에 끼운 채로 어기적
어기적 걸어와 아직 눈도 제대로 못 뜬 기형아들을 먹어치우
기 시작했다. 이번에는 키메라 쥐를 통해 배양한 신체 일부나
인간의 유전자를 거둬 가기 위한 것이 아니라, 순전히 영양을
보충하기 위한 식사였다.

그렇게 기력을 보충한 어머니는 잠시 뒤 온몸에 힘을 주
더니 엄청난 양의 피와 함께 마지막인 여덟 번째 아이를 낳
았고, 그 사산아 옆으로 바닥에 쓰러져 거친 숨을 몰아쉬었다.
피비린내와 함께 지독한 똥 냄새가 코를 찔렀다. 내가 우물쭈물
하는 사이 산파가 미리 준비한 천으로 어머니의 몸을 닦았다.

산파는 내게도 젖은 수건을 건네며 "저 아이를 닦아줘"라
고 말했다. '저 아이'는 아직 눈을 못 뜬 사람 여동생을 가리키
는 말이었다. 쥐 동생들은 모두 정신을 차리고 꾸물꾸물 움직

여 서로의 몸을 혀로 닦아주고 있었다.

내 새 여동생은 아무런 흑심이 없는데도 보는 사람의 마음을 설레게 할 정도로, 눈을 감고 있는데도 인형처럼 예쁜 아이였다. 얼굴을 그녀의 몸에 갖다 대 수염의 촉각으로 대상을 확인하고 싶은 쥐의 본능을 꾹 참았다.

정신을 차린 어머니와 산파가 여동생 곁으로 왔다. 나는 밀리오레에서 형과 함께 산 옷을 여자아이에게 입혔다. 옷을 입히고 나서는 어머니와 나, 산파가 머리를 맞대고 여동생이 눈을 뜨기를 기다렸다.

여동생은 처음엔 앞을 잘 보지 못하는 것 같았고, 시야가 트인 다음에는 눈앞에 보이는 광경에 잠시 어리둥절해하는 것 같았다. 그러고는 누운 채로 필사적으로 팔다리를 휘저으며 목이 터져라 비명을 질렀다.

"꺄아악! 쥐! 쥐!"

그리고 나는 여동생의 눈동자가 형의 것과 똑같이 생겼다는 사실을 깨달았다.

사라진 형의 눈동자가 여동생 얼굴에 있었다.

여동생은 잠자리가 편치 않은 듯 몸을 자주 뒤척였고, 그 바람에 발이 자주 이불 바깥으로 빠져나왔다. 나는 침대 옆에 있는 소파에 앉아 지루해하지도 않고 한 시간 가까이 여동생을 바라보았다. 그녀가 몸부림을 칠 때마다 이불을 다시 덮어

주거나 살며시 손을 토닥여 태어날 때부터 십대인 이 기묘한 생명체를 진정시켜주었다.

신촌 밤거리의 불빛을 받으며 누워 있는 여동생의 얼굴을 보고 있으려니 이상한 생각이 들었다.

어머니의 왕국은 내가 생각했던 것보다 역사가 오래되지 않은 것 아닐까?

형에게는 꼬리가 달려 있었고, 쥐색인 배와 등에 짧은 털이 수북하게 나 있었고, 얼굴은 누구라도 "설치류같이 생겼다"라고 할 정도로 쥐와 닮아 있었다. 4년 전에 태어난 나는 환상통에 시달리긴 했지만 꼬리는 없었다. 눈동자가 지나치게 크고 얼굴은 쥐와 같은 인상이었지만 그럭저럭 봐줄 만했으며, 옆구리에만 털이 좀 나 있었다. 분명히 내가 형보다 발전한 자식이었다. 그런데 내가 태어난 지 4년 만에 이렇게 완벽하고 아름다운 인간 아이를 낳았다? 그렇다면 형의 나이도 나보다 그저 몇 살 더 많은 정도일지 모른다. 그리고 어머니가 반인반서를 세상에 내놓기 시작한 것이 그리 먼 과거의 일이 아닐 수도 있다.

그렇다면 어머니의 왕국은 비교적 최근에 나타나, 빠르게 성장하는 중인 걸까? 쥐들의 지하 왕국은 먼 고대 괴물 쥐의 후손들로 이뤄진, 쇠퇴하는 사회일 거라 여겨왔는데……. 우리 종족에게 미래가 있다는 발견으로 갑자기 힘과 희망을 얻은 듯하면서, 동시에 신촌 지하에 있는 괴물 쥐의 서식지가 점점 넓어지고 있다는 생각에 으스스한 기분이 들기도 했다.

인간을 묘사하는 어머니의 기술이 발전하는 것만큼은 부인할 수 없는 사실이다. 옆에 잠들어 있는 여동생이 그 증거다.

여동생은 단순한 배양체나 모사품이 아니었다. 실제 인간 여자아이도 지니기 어려운 우아함과 기품, 풋풋함과 사랑스러움을, 보석이 빛을 반사하듯 다채롭게 드러내는 예술품이었다. 우아할 때건 사랑스러울 때건 그 아이에게는 그 모든 아름다움이 극히 약한 외부의 충격만으로도 한순간에 부스러질 수 있을 듯한 위태로운 분위기가 있어, 때로 나는 그 아이를 쳐다보는 것만으로도 가슴이 아프고 괜히 슬퍼졌다.

그런 천사 같은 외모와 달리, 여동생의 성격은 전형적인 한국의 십대였다. 단순했고, 쉽게 짜증을 냈으며, 언제나 불만이 가득해 그 불만을 터뜨릴 대상을 찾았다. 대개는 그 대상이 나였고, 불만의 내용은 '왜 우리는 쥐의 자식인가'라는 점이었다. 내가 형에게 간혹 터뜨리던 불만과 비슷했다.

어머니는 죽은 인간의 육신 쪼가리로 우리 몸을 만들었다. 여동생을 낳기 위해 가출 소녀의 피부와 형의 눈이 필요했다. 그런데 우리의 마음은 어디서 오는 걸까? 나는 태어날 때부터 인간의 말을 할 줄 알았고, 신촌 거리를 기억했으며, 갖가지 인간의 풍습을 알고 있었다. 그러나 거기에는 개인적인 경험에 해당하는 부분이 빠져 있었다. 극장에 대해서는 잘 알고 있지만 극장에 간 기억은 없다. 〈캐리비안의 해적〉 줄거리를 설명하고 인상적인 장면을 묘사할 수 있지만 그 영화를 언제 어디에서 누구와 함께 보았는지는 모른다.

어머니가 딜레마에 빠져 있다는 게 내 가설이었다. 어머니는 인간과 닮은 자식을 낳고 싶어 하지만, 그 자식은 인간을 닮을수록 어머니를 싫어하고 어머니의 통제에서 벗어나려 한다. 형은 자신의 생존에 관한 문제를 제외하고는 거의 아무런 욕망이 없는 존재처럼 보였다. 나는 커피를 좋아하는 등의 사소한 취향과 인간 세상에 대한 막연한 동경심이 있다. 형이나 나보다 더 월등하게 인간에 가까운 여동생은 구체적이고 생생한, 거의 인간과 같은 욕망을 품고 그 욕망에 따라 행동하는 것처럼 보였다. 그녀는 쥐를 싫어했으며, 지하 세계를 혐오했다. 어머니는 여동생과 정신이 원활하게 이어지지 않는 듯했으며, 그래서 키메라 쥐를 통해 종종 내게 여동생의 상태를 묻곤 했다. 여동생이 생각하는 것이나 느끼는 바는 내게도 잘 전해지지 않았고, 그녀의 위치 정도만 겨우 파악할 수 있었다. 그렇다고 내게 사람 여동생을 다스릴 수 있는 다른 기술이 있는 것도 아니었다. 쥐와 유전자가 전혀 섞이지 않은 멀쩡한 인간들도 십대 자식을 감당하지 못하는 판에.

여동생은 태어난 다음 날 낮 외출을 했으며, 나는 연세로의 중저가 화장품 가게 앞에서 동생을 붙잡아 집으로 데려왔다. 동생은 가게 앞 진열대에 수북이 쌓인 저가 화장품과 향수를 넋 나간 사람처럼 고르고 또 고르며 점원을 불안하게 만들고 있었다. 내 손에 이끌려 뤼미에르 빌딩으로 걸어오는 동안에도 동생은 거리의 간판과 쇼윈도 안의 상품, 지하도 벽에 붙은 의류 브랜드의 광고 사진들에 완전히 눈길이 팔려 제대로 걷지 못했다. 개미가 단물에 홀리듯, 옷과 신발과 핸드백의 화려한 디자인과 색감이 그녀에게는 도저히 거부할 수 없는 자극으로 다가오는 모양이었다.

형과 내가 살던 원룸에는 책도, 컴퓨터도, 초고속 인터넷도 없었던 반면, 신촌 거리에는 흥미롭고 매력적인 것들이 넘쳐났다. 내가 할 수 있는 일은 아르바이트를 가지 않는 시간 동안 여동생 근처에 있으면서 그녀가 위험한 일을 하려고 할 때 나타나 제지하고, 그 대가로 욕을 한 바가지 얻어먹는 것뿐이었다. 여동생이 큰 사고를 치는 건 시간문제였다.

태어난 지 닷새째 되는 날, 여동생은 신촌 유플렉스에서 속옷을 훔치다 잡혔다. 게스 언더웨어 직원이 그녀를 붙잡고 매니저를 부르는 동안 나는 얼른 동생 쥐들을 모았다. 털이 무성한 시궁쥐 서너 마리가 갑자기 나타나 언더웨어 매장을 습격하자 손님과 점원들은 패닉에 빠졌고, 나는 그 틈에 얼른 동생을 데리고 백화점을 빠져나왔다. 동생은 내가 나타나 위기에서 구해주자 울음을 터뜨렸으나 1층에서는 다시 비쿰이니 엘리자베스아덴이니 부르주아니 하는 브랜드에 정신이 팔렸다.

일주일째 되던 날부터 동생은 창천어린이공원에 나가기 시작했고, 나는 그게 마치 그녀에게 예정돼 있던 운명이라는 느낌마저 들었다. 예쁘장한 용모 때문에 그녀는 한 어린 레즈비언 그룹에 낄 수 있었고, 그 뒤로는 종일 그 더러운 놀이터에서 시간을 보냈다. 한편으로는 동생 곁에 붙어 있지 않아도 돼서 안심이 되었으나, 비인가 어린이집에 아이를 맡긴 부모의 심정이었다. 여동생은 어머니의 자식 중 가장 인간과 닮게 태어났다는 축복을 전혀 깨닫지 못했으며, 자신에게 주어진 선물을 허망하게 낭비하기 시작했다.

학교를 자퇴한 어린 레즈비언들과 어울리기 시작하면서 여동생은 요구가 많아졌다. 베가레이서 스마트폰을 사기 위해 나는 처음으로 소매치기에 나섰다. 돈이 문제가 아니라 신분증을 마련하기 위해서였다. 아직 주민등록증을 발급받지 않은, 그러나 주민등록번호는 있는 여자아이의 신분증.

첫 범죄의 중압감 때문에 지하철을 타고 2호선 노선을 거의 반 바퀴나 돌아 방배역에 가서야 겨우 목표로 삼은 여학생에게 다가갈 수 있었다. 여학생은 선 채로 졸고 있었기 때문에 나는 쉽게 그녀의 가방 밑을 찢어 지갑을 꺼낼 수 있었다. 문제는 다른 데 있었다. 미성년자가 휴대전화 서비스에 가입하려면 보호자 신분증도 필요하다는 것이었다.

"오빠는 주민등록증 안 가져왔어?"

신촌의 이동통신사 대리점에서 여동생이 나를 짜증스럽게 쳐다보고 또 힐난의 말을 한바탕 퍼부으려 할 때, 나는 "잠깐만 기다려, 금방 가져올게. 딱 5분만"이라고 말하며 가게에서 나왔다. 뒤에서 동생이 반쯤은 나더러 들으라고 욕설을 내뱉는 소리가 들렸다. 나는 대리점을 나가자마자 눈에 띈 남자를 쫓아가 전광석화와 같은 속도로, 실로 고난도의 안창따기에 성공했다. 지갑은 신분증만 꺼낸 뒤 화단에 버렸다.

내가 쳐다보는 사이 여동생이 잠에서 깬 모양이었다. 동생은 내게 짜증을 내는 대신 희미하게 눈을 뜨고 나를 바라보았다. 이 아이가 이렇게 평온한 얼굴로 나를 봐주는 것이 얼마만인가 싶어 나는 자못 감격스러운 기분마저 들었다.

"오빠, 우리 같이 도망가자."

내가 대답하지 않자 동생은 다시 한번 "같이, 도망가자"라고 말했다.

"어디로?"

"어디로든."

"우린 도망 못 가."

"왜?"

어머니가 이 대화를 눈치채지 않을까 두려웠다.

"우린 이렇게 태어났어. 갈 곳이 없어. 인간들은 자기들 세상에 우리를 끼워주지 않아. 우리는 주민등록번호도, 호적도, 졸업장도 없어. 그리고 저 땅 아래 커다란 세계와 다른 동생들이 느끼는 것에 문자 그대로 묶여 있어서, 거기에서 벗어날 수가 없어."

"이럴 바에야 날 왜 낳았어! 누가 낳아달랬어?"

동생은 갑자기 신경질을 부리면서 이불을 뒤집어썼다. 나는 이불 아래서 동생이 흐느끼는 소리를 듣다가 잠이 들었다.

그런 이유로, 동생이 어느 날 뤼미에르 빌딩 808호에서 사라졌을 때 나는 놀라지 않았다. 도망친다면 어머니의 해산이 가까워졌을 때 도망칠 거라는 것쯤은 예상하고 있었다.

내가 걱정하는 것은 동생이 도망쳤다는 게 아니라 동생이 조만간 붙잡힐 것이라는 사실이었다. 그리고 그때 얼마나 가혹한 벌을 받게 될지 모른다는 것⋯⋯.

그사이 동생이 잠시 누릴 자유로움이나 즐거움의 실체를 생각하면 서글퍼지기까지 했다. 동생이 혼자 뭘 할 수 있겠는가? 그 아이는 쥐의 운동감각이나 반사 신경을 지닌 것도 아니었고, 인간들처럼 똑똑하지도 않았다. 시궁쥐들의 생활에는 절대 적응할 수 없는 아이였고, 인간세계에서 돈벌이를 할 방도도 없었다. 기껏해야 레즈비언 동료들의 호의에 기대 하루살이 인생을 살거나 미성년 성매매를 하게 될 터였다.

어머니는 이번엔 아홉 마리를 낳았고, 난산은 아니었지만 반인반서 세 마리는 모두 실패작이었다. 아예 내장이 밖으로 튀어나오거나 팔다리가 하나씩 없다든가 하는 심각한 기형이었다.

동생 쥐들을 다 낳은 뒤 어머니는 숨을 헐떡이며 **여동생은 언제 찾아올 거냐**라고 물었고, 나는 "아직 걔가 어디 있는지 모르겠어요"라고 대답했다. 거짓말은 아니었지만 아주 떳떳한 것도 아니었다. 나는 가능하면 동생이 어머니와 나로부터 오래 떨어져 즐겁고 행복한 꿈이나마 꾸길 바랐다.

동생은 창서초등학교 근처 낡은 빌라의 반지하 방에 있었다.

어머니의 분만 이틀 뒤, 나는 동생이 있는 빌라에 찾아갔다. 현영빌라 102호 대문 앞에서 초인종을 누르기 전에 나는 한동안 머뭇거렸다. 그러나 곧 집 안에서 "내 옷 내놔!"라는 동생의 비명 소리가 들렸으므로 더 망설일 필요가 없어졌다.

"뭐야, 누구세요?"

"택배입니다."

반지하 방에서 "너 택배 시킨 거 있냐?" 하는 남자의 목소리가 들리고 잠시 뒤 문이 홱 열렸다.

차라리 어머니의 회합실이나 휴게실이 낫겠다 싶을 정도로 더럽고 지저분한 집이었다. 방 한구석에는 컵라면 용기가 수십 개나 쌓여 있었으며, 곳곳에 널린 소주병에는 담배꽁초가 가득 들어 있었다. 방바닥에는 이불이 몇 장 깔려 있었고, 말라붙은 라면 국물 자국 위로 화장품, 라이터, 담뱃갑, 가방 같은 물건들이 어지럽게 널려 있었다.

내 앞을 가로막고 있는 것은 왁스로 머리카락에 힘을 잔뜩 준 십대 남자아이였다. 방에는 남자아이가 두 명 있었는데, 내 앞에 선 아이는 트레이닝 바지에 흰 속옷 상의를 걸친 채 한 손에 캠코더를 들고 있었고, 이불 위에 엉거주춤하게 앉아 있는 아이는 팬티와 민소매 러닝셔츠 차림이었다. 이불 아래 사람이 한 명 더 있었고, 그게 하의만 입고 있는 내 동생이었다.

"오빠!"

동생의 울부짖음에 남자아이들은 잠시 움찔했으나, 내가 혼자고 별로 힘이 세 보이지 않는다는 사실을 이내 깨달았다.

"내 동생이니 그냥 데리고 갈 수 있게 해줄래."

캠코더를 들고 있던 녀석은 "싫은데요"라고 고개를 젓더니 동료를 향해 웃음을 터뜨렸다.

"쟤가 여기 있고 싶어 해서 여기 있는 거예요."

앉아 있던 녀석이 교복 바지를 찾아 입고는 문가로 왔다. 두 녀석 다 나보다는 머리 하나만큼 더 키가 컸다.

"데려갈게."

두 남학생 사이를 지나 방 안으로 들어서려 하자 남자아이 한 명이 내 어깨를 반사적으로 붙잡았다. 그가 내 몸을 붙잡고 어쩔 줄 몰라 하는 사이 내가 그의 손을 뿌리쳤다.

"아저씨, 남의 집에 왜 들어와요?"

"이 아저씨가, 쥐 새끼같이 생겨가지고서는……."

방을 가로질러 동생 앞에 섰을 때 뒤에서 갑자기 발길질이 날아왔다.

여동생이 비명을 질렀다.

"아저씨, 남의 집에 그렇게 막 들어오면 안 되지!"

나는 비틀거리며 일어섰다.

"야, 그런데 이 사람 진짜 좀 쥐같이 생기지 않았나?"

낄낄거리는 남학생들을 마주 보면서 나는 차분히 때를 기다리고 있었다. 남학생 한 명이 손바닥을 들어 나를 내리치려는 시늉을 했다가 내가 꿈쩍하지 않은 게 민망했는지 입맛을 쩝쩝 다셨다.

"그 캠코더에 담긴 동영상 지우고, 나랑 내 동생이랑 순순히 가게 해줘. 그러면 아무 탈 없을 거야."

"아저씨, 남의 걸 왜 아저씨가 지우라 마라 해? 그리고 쟤는 자기가 여기 있겠다고 해서 있는 거라니까? 우리가 이래라저래라 안 해. 의심나면 직접 물어보라고."

"그러니까 애를 잘 키웠어야지, 아저씨."

교복 바지를 입은 남자애가 말을 마치자 트레이닝 바지 차림이 거들었다.

교복 바지가 다시 입을 열었을 때 어딘가에서 쥐 한 마리가 그 입속으로 미사일처럼 날아들었다. 빌라 지하에서 이때를 기다리던 동생 쥐 수십 마리 중 하나였다.

"억! 어? 어야 이거?"

남자아이는 '뭐야 이거'라고 말하고 싶었으나 입을 다물지 못해 발음이 샜다. 교복 바지는 황급하게 쥐를 떼어내려 했지만, 쥐는 입속에서 남자애의 혀를 물고 놔주지 않았다. 남자아이는 제 이로 쥐를 물어 죽인다는 생각은 감히 하지 못했다. 혀가 찢기면서 벌어진 입 사이로 피가 흘러내렸다.

빌라 곳곳에서 시궁쥐들이 나타났다. 쥐들은 로켓처럼 불량 청소년들에게 달려들어 몸을 물어뜯었고 개중 몇 마리는 각각 교복 바지와 트레이닝 바지 속으로 들어가 몸을 타고 올라가는 데 성공했다. 동생 쥐들은 시건방진 가출 남학생들의 고환을 단단히 물었다.

여동생이 옷을 챙겨 입은 것을 확인한 뒤 나는 입을 열었다.

"너희들, 이제부터 내가 말하는 대로 하지 않으면 불알을 터뜨려버릴 줄 알아."

창틀 위에서, 문설주 옆에서, 천장의 틈 사이에서 크고 검은 쥐 스무 마리 남짓이 우리를 노려보고 있었다. 조금 전까지 의기양양했던 두 고삐리는 사색이 되어 고개를 끄덕였다. 나는 그들에게 옷을 입히고, 입에서 피를 흘리는 교복 바지에게 수건을 한 장 줬다. 나는 동생과, 동생을 괴롭히던 불량배 두 명을 데리고 신촌 거리로 나와 뤼미에르 빌딩 지하로 향했다. 동생은 반항하지 않고 고개를 푹 숙인 채 나를 따라 걸었다.

결국 이렇게 끝나는구나.

나는 동생의 운명이 가련해 속으로 눈물을 흘렸다.

"아저씨, 이제 저희 보내주시면 안 돼요?"

트레이닝 바지의 흐느낌이 휴게실의 천장에 부딪혀 메아리쳤다. 혀가 잘려 말을 못하는 교복 바지는 껑껑대며 울었다.

어머니가 유령처럼 벽을 통과해 모습을 드러냈을 때 교복 바지는 공포에 질려 몸을 움직이지 못했고, 트레이닝 바지는 몸을 돌려 무작정 달아났다.

"아아악!"

고환에 매달려 있던 쥐가 제 역할을 하는 바람에 트레이닝 바지는 몇 걸음 못 가 사타구니를 감싸고 비명을 지르며 쓰러졌다. 그 위로 다른 쥐들이 달려들어 그의 몸을 새카맣게 덮었다. 그 주위로 피가 흥건히 고이기 시작했다.

교복 바지가 몸을 덜덜 떨며 오줌을 지렸다. 어머니는 무표정하게 그에게 다가갔다. 어머니가 입을 벌려 자기 머리를 입안에 넣을 때에도 교복 바지는 저항할 생각을 하지 못했다. 송곳니를 교복 바지의 목에 갖다 대는 동안 어머니의 몸은 완전히 불투명해졌고, 형체와 무게감도 갖췄다.

어머니가 입을 벌리자 교복 바지의 잘린 목에서 선혈이, 맥박이 뛸 때마다 1초 간격으로, 재래식 펌프에서 물이 나오는 것처럼 뿜어져 나왔다. 교복 바지의 몸뚱이는 머리를 잃고 바닥에 쓰러진 뒤에도 경련을 일으키며 꿈틀거렸다.

어머니는 입안에서 교복 바지의 잘린 머리를 이리저리 굴리다가 오도독하고 씹었다. 내 몸의 어느 부분이 그 소리에 저항했고, 나는 한기에 몸을 떨었다.

덜컹덜컹…….

멀리서 지하철이 지나가는 소리가 들렸다. 여동생은 그 소리가 나기만을 기다렸던 듯, 몸을 굽히고 있다가 갑자기 전력 질주하며 휴게실 끝으로 달려갔다. 객차의 불빛이 도망자의 몸에 긴 그림자를 달아주었다. 여동생은 이내 어둠 속으로 사라졌다.

"쫓아갈까요?"

어머니 옆에 서 있던 꼽추 반인반서가 물었다.

"그냥 둬라……."

어머니의 목소리에는 뜻밖에도 너무나 인간적인 뉘우침과 한탄의 기운이 서려 있었다.

"오늘은 죽이고 싶지 않구나."

미로와 같은 지하 통로가 거미줄 외곽에 이르면 집쥐 한 마리도 통과할 수 없을 정도로 좁아져 결국은 끝이 나는 걸까, 아니면 어딘가 깊은 곳에서 다시 통로가 커지고 복잡해지면서 또 다른 지하 왕국을 만나는 걸까. 지하 세계가 지표면 아래로 인간 세상만큼이나 넓게 퍼져 있다면 여동생이 저 방향 어딘가에서 밖으로 통하는 출구를 찾아 어머니의 권능이 미치지 않는 곳으로 도망칠 수도 있는 걸까.

어머니는 그 답을 알 테지만 내게 말해주지 않았다. 어머니에게 이제 나는 그저 새로 태어날 다른 동생의 후견인에 불과한지도 몰랐다. 형이 그랬던 것처럼. 어머니는 내 코나 입술을 원하고 있을지도 모른다.

지하철 2호선이 지나간 뒤에도, 나는 반대 방향에서 들려올지도 모르는 여동생의 발소리에 한동안 귀를 기울이고 있었다.

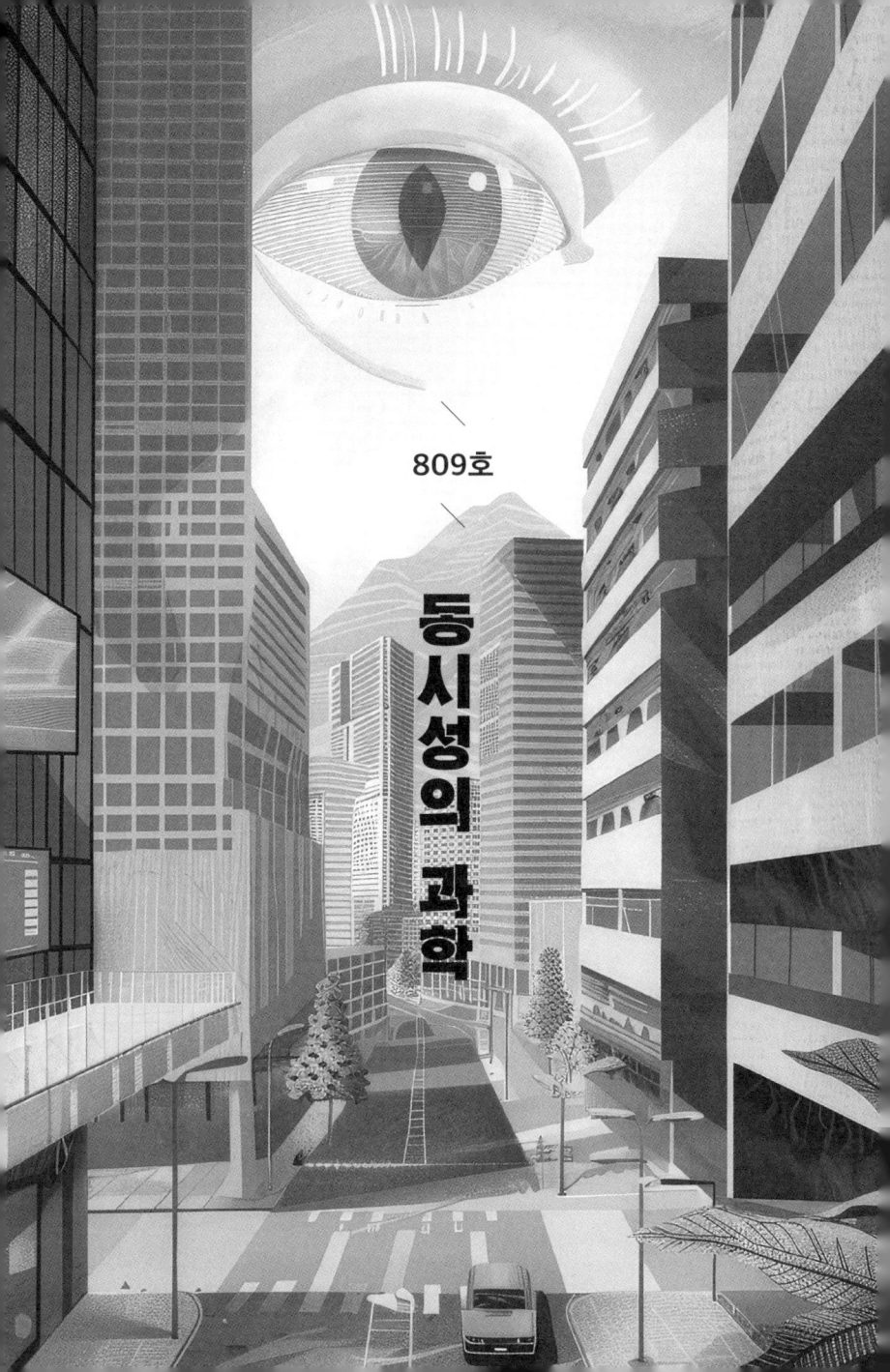

809호

동시성의 과학

주말에 기현이라는 아이가 자살했다. 그 아이는 매일 〈스포츠타임스〉 인터넷 홈페이지에 들어가 재미없기로 악명 높은 연재 만화 〈말랑툰〉의 독자 댓글란에 욕을 쓰는 게 취미였다. "작가야, 돈이 그렇게 궁하니? 웬만하면 만화 그만두고 다른 직장 찾아봐라" 같은. 〈말랑툰〉은 네티즌이 별 이유도 없이 집중적으로 공격하는 웹툰이었다.

그런데 그런 악플을 견디다 못한 〈말랑툰〉 작가가 집에서 목을 매 자살했고, 〈말랑툰〉 작가가 목을 매 자살했다는 사실을 알게 된 기현도 죄책감에 시달리다 아파트 옥상에서 뛰어내렸다.

아이는 이것도 세상에 널리 퍼져 있는 동조 현상의 한 사례라고 생각했다. 결과적으로 기현은 〈말랑툰〉 작가의 죽음에 동조한 것이다.

아이들은 뻔히 알면서 선생님에게 물어봤다.

"선생님, 기현이는 왜 안 나와요?"

망설이던 담탱이가 엄숙한 표정으로 "모두 눈 감으세요"라고 말한 뒤 기현의 죽음을 공식화했을 때는 더 극적인 동조 현상이 벌어졌다. 여자아이 중 한 명이 울기 시작하자 몇몇 여학생이 거기에 호응했고, 급기야 남자아이들도 울음을 터뜨렸다. 눈을 다시 떴을 때 아이를 제외한 반 아이들 전체가 눈이 붉어져 있었다. 선생님도 말을 끝까지 잇지 못하고 창문 쪽으로 고개를 돌렸다.

우리 반 아이들이 각자 따로따로 기현의 죽음에 대해 들었다면 그렇게 많은 아이가 울음을 터뜨리지는 않았을 거다. 이제 학기가 시작된 지 겨우 일주일이 지났을 뿐이고, 기현을 모르는 아이들이 대부분이었다. 기현은 말 없는 아이, 어떻게 생겼는지 기억이 잘 안 나는 아이였다.

세상의 일들이 대부분 이처럼 복잡한 동조 현상 때문에 일어난다. 스티븐 스트로가츠 교수의 책 《동시성의 과학, 싱크》에는 "서로 동조하는 경향은 우주에서 가장 일반적인 현상이다. 그 이유는 아직 우리가 이해하지 못하고 있지만, 원자에서 동물에 이르기까지, 사람에서 행성에 이르기까지 모두 그렇다"라고 나와 있다. 이 책에서는 반딧불, 개, 뇌세포, 원자, 지구와 달, 주가지수, 고속도로의 자동차, 패션의 유행들이 모두 주변 사물과 동조해 깜빡이거나 짖거나 박동하거나 광자를 쏘아대거나 값이 오르거나 내리거나 속도가 빨라지거나 느려진다고 이야기한다.

19세기 과학자들은 세상의 작동 방식을 이해하기 위해 사건 하나하나의 원인을 찾았다. 이러한 탐구 방식은 세상의 모든 현상이 개별적으로 일어나고 그것들이 서로 간섭하지 않는다고 착각하는 것으로, 동조 현상을 철저히 무시하는 것이다. 그러나 행성의 공전과 같은 극히 예외적인 독립 운동을 제외하고 대부분의 사건은 서로 복잡하게 중첩돼 함께 일어난다. 전혀 상관없을 것 같은 사소한 일이 중대한 사건의 원인이 되기도 하고, 작은 우연이 겹쳐 끔찍한 비극이 일어나기도 한다. 따라서 사건 하나하나의 원인과 결과를 좇는 방식으로는 결코 세상의 작동 방식을 이해할 수 없다. 과학자들이 날씨를 예측하지 못하고, 경제학자들이 주가를 예측하지 못하는 이유가 바로 이것이다.

그렇기 때문에 아마 앞으로의 과학 교육은 자세한 사항을 외우는 것보다는 빠르고 정확하게 인상비평을 하는 능력을 키우는 방향으로 바뀔 것이다. 미래 사회에서 필요한 것은 복잡한 패턴을 한눈에 인식하는 능력이다.

매일 그런 능력을 키우는 훈련을 했다. 아이는 온라인 게임 〈무영검 파천황〉에서 아이템 장사를 하고 있었는데, 게임 속 아이템의 위치는 논리와는 아무런 상관이 없었으므로 동조 능력이 특히 필요했다.

다른 사람들이 아이에게 "어떻게 그렇게 비싼 아이템을 잘 찾아내느냐"라고 물을 때면 아이는 항상 "게임과 동조해야 해요"라고 대답했다. 그러면 그들은 웃으며 더 이상 묻지 않았다. 그들은 아이와 동조할 생각이 없었고, 그래서 아이의 표정을 살피지 않았고, 아이가 사용하는 단어에 주의를 기울이지 않았으며, 아이의 속뜻을 짐작하려고 하지 않았다.

아이는 〈무영검 파천황〉의 사소한 신호들을 항상 눈여겨본다. 낮과 밤에 만나는 플레이어 수의 차이, 몬스터 수, 싸고 흔한 아이템이 나오는 확률, 게임 지도의 미세한 조정, 공식 홈페이지 자유게시판에 올라오는 게시물 수, 플레이어들이 하는 말의 수준과 욕설의 빈도 등. 그러면 언제 어디로 가야 할 것 같다는 감이 생겼고 그 감에 따라 움직이면 소위 말하는 '목'을 차지할 수 있었다. 플레이어들이 집단 전쟁을 벌이는 곳이라든지, 비싼 아이템을 막 들고나온 몬스터라든지 하는. 그런 감을 말로 설명할 수는 없다. 아이는 옛 도인들이 제자들에게 요구한 "마음의 눈으로 보라" 같은 주문이 결국 동조 현상을 이용하라는 것이 아닌가 생각한다.

외종숙은 아이가 '게임과 동조해야 한다'라고 말할 때 웃지 않은 유일한 사람이다. 아이가 외종숙을 외종숙이라고 불렀을 때 어머니와 외종숙은 그 말뜻이 뭔지 몰랐다. "어머니의 사촌 오빠나 남동생을 외종숙이라고 해요"라고 설명해주자 외종숙은 그냥 고개를 끄덕였고, 어머니는 "그냥 아저씨라고 불러"라고 심드렁하게 대꾸했다.

그냥 아저씨라고 불러.

하지만 아저씨라고 하면 다른 남자 어른도 다 해당하잖아요.

그럼 만나 아저씨라고 불러. 만나투어를 운영하니까.

만나 아저씨는 '게임과 동조해야 한다'라는 아이의 말에 "그러니?"라고 한 번 말했을 뿐이었다. 불경기 때문에 중동으로 성지순례를 가려는 사람은 거의 없었고, 만나 아저씨는 뤼미에르 빌딩 809호 만나투어 사무실에서 아이가 〈무영검 파천황〉을 할 수 있도록 컴퓨터를 빌려주고 게임비를 내주었다. 아이는 아이템을 사 가는 사람들이 외종숙의 은행 계좌에 돈을 넣게 했고, 7 대 3으로 외종숙과 수익을 나눴다. 그는 적지만 용돈을 벌 수 있었고, 아이는 공짜로 〈무영검 파천황〉을 할 수 있었다. 수익의 30퍼센트를 가져가는 대신 외종숙은 가끔 아이에게 저녁으로 자장면이나 볶음밥을 사주었다. 외종숙과 아이, 무림을 소재로 한 온라인 게임과 불경기는 그런 방식으로 얽혀서 서로 동조하고 있었다.

동시성의 과학에 대해 아이에게서 설명을 들은 외종숙은 "나는 전 세계 오지와 동조하고 싶구나"라고 말했다. 그는 자신이 한국과 동조하는 기분이 안 든다고 했다. 그러나 땅이 바싹 메마르고 비가 오지 않는 사막의 나라들에 가면 마치 고향에 있는 듯 마음이 편하다는 것이었다. 그것은 어느 나라가 더 부유하고 더 민주적인지의 문제가 아니었다.

아이 역시 말은 꺼내지 않았지만, 자신이 전반적으로 한국 사회와 맞지 않는다는 점은 알고 있었다. 아이는 특히 학교와 교실을 혐오했고 선생님과 다른 학생들이 싫었다. 아이는 중학생이 된다는 사실이 너무나 두려웠는데 중학생이 되면 시험을 봐야 하기 때문이기도 했다. 부끄럽게도, 실제로 시험을 치면 자신의 점수가 좋지 않을 것을 알고 있었기 때문에 시험이 특히 두려웠다. 아이는 스스로 천재라고 생각했고 다른 사람들도 아이더러 천재라고 했지만 성적에 대해서는 낙관하지 않았다.

만나투어에서 게임을 하고 있으면 간혹 어딘가에서 첼로 연주가 들려왔다. 대개는 서툰 솜씨로 연습하는 소리였지만 간혹 느릿느릿하고 우울하면서도 아름다운, 묘하게 매혹적인 곡이 여러 번 들렸다. 아이는 그 곡의 멜로디를 열심히 흥얼거리면 작곡자의 정신과 동조해 곡의 제목을 알아낼 수 있지 않을까 생각했다.

어느 날에는 만나투어 사무실에서 나오다가 자기 키만 한 첼로 케이스를 어깨에 메고 있는 여자아이와 복도에서 마주쳤다. 소녀는 아이 또래로 보였고 얼굴이 희었으며 키가 아이보다 조금 작았다. 여자아이는 가르마를 타지 않고 앞머리가 눈썹 아래까지 곧게 내려와 있었고, 좀 우울한 인상이었다. 소년과 소녀는 함께 엘리베이터 통로 앞으로 걸어가 말없이 엘리베이터가 오길 기다렸다. 엘리베이터가 막 떠난 직후였기 때문에 다음 엘리베이터가 오기까지는 시간이 꽤나 걸렸다. 그 시간이 상당히 길게 느껴졌다. 특히 소녀가 굉장히 무거워 보이는 케이스를 들고 있었기 때문에 아이는 내심 마음이 불편했다. 멋있는 남자라면 그걸 들어줘야 하는 게 아닐까 생각했으나, 막상 입이 떨어지지 않았다. 핏줄이 보일 것처럼 얼굴이 하얗고 머리가 새카만 여자아이는 엘리베이터 안으로 들어서자 어깨에 메고 있던 첼로 케이스를 바닥에 내려놓더니 엘리베이터 벽에 기대며 "휴" 하고 짧게 한숨을 내쉬었다. 그 한숨 소리를 듣자 첼로 케이스가 가슴에 얹히는 것 같은 기분이었다. 8층에서 1층까지 내려가는 시간은 굉장히 길었다. 1층에 도착했을 때 아이는 여자아이가 가는 방향만 확인하고 얼른 건물 안으로 돌아와 화장실로 도망쳤다.

그 일이 있고 나서 한 주 동안 만나투어 사무실을 나설 때

마다 가슴이 두근거렸다. 그러나 첼로 케이스를 든 여자아이
는 아이를 기다리고 있지 않았다. 아이는 가장 중요한 동시성
의 법칙을 어기고 있었던 것이다— '뭔가와 인위적으로 동조
하려고 해서는 안 된다'.

30년 만의 지독한 황사였다. 전국 초등학교에 휴교령이
내려졌고 갈 곳이 없어진 아이는 아침 일찍 만나투어 사무실
로 왔다.

"게임 하러 왔니?"

"휴교예요, 황사 때문에."

외종숙은 "아아"라고만 대꾸했을 뿐, 아이가 왜 집에 있지
않는지는 묻지 않았다. 새 담임선생님은 자꾸 집 사정을 물어
아이를 곤혹스럽게 했으나 만나 아저씨는 그러지 않았다.

아이의 어머니는 올해도 반 청소에 나올 생각이 없는 것
같았다. 어머니는 다른 학부모와 나이 차이가 너무 많이 나
서 학교에 나갈 수 없다고 했다. 아이의 어머니는 고작 서른
한 살이었다. 선생님이 "왜 너희 어머니는 청소하러 안 나오
시니"라고 물으면 아이는 차라리 자기가 교실 청소를 혼자 다
하고 싶은 심정이 되었다.

컴퓨터를 켜는 동안 만나 아저씨는 옆에서 물끄러미 거리
를 내려보고 있었다. 건물들은 마치 누런 연기 속에 떠 있는
듯했다. 아저씨는 그렇게 해서라도 사막과 동조하고 싶었던

것일까? 아이는 사막 한가운데 있는 도시를 상상했다. 매일 모래 폭풍이 불어 하늘은 항상 노을빛이고 거리에는 인적이 없는 도시.

그날 아이는 만나투어에서 종일 게임을 했다. 낮에는 볶음밥을, 저녁에는 자장면을 시켜 먹었다. 아이는 자장면을 먹으면서 만나 아저씨에게 같은 반 학생 중에 자살한 친구가 있다고 말했다. 그 말을 들은 외종숙은 잠시 동안 자장면 먹는 것을 멈추고 심각한 얼굴이 되어 "그것참 안된 일이구나"라고 말했다. 그는 잠깐 동안 진지한 표정으로 무언가를 생각하는 듯했으나 그 이상은 말이 없었다.

아이는 기현이 죽은 뒤 처음으로 그에 대해 생각하며 만나투어 사무실을 나왔다. 그리고 엘리베이터 앞으로 갔을 때 얼굴이 하얀 그 소녀가 서 있어서 자기도 모르게 탄성을 지를 뻔했다.

소녀도 아이를 기억하는 것이 분명했다. 아이 얼굴을 보자마자 새침한 표정이 되어 고개를 돌렸기 때문이다. 두 사람은 엘리베이터 안에서도 한참 동안 그렇게 어색하게 있었다.

엘리베이터가 1층에 거의 도착했을 때 아이는 입을 열었다.

"저기 말이야."

"응?"

심장이 두근두근 뛰었다.

소녀는 애써 무관심한 태도로 아이를 쳐다보았다. 그러나 거기에는 분명히 기대와 초조가 섞여 있었다.

"이 노래가 뭐야?"

아이는 그렇게 말하고는 804호, 소녀가 첼로 레슨을 받는 집에서 흘러나오던 느릿한 멜로디를 허밍으로 불렀다.

"그런 노래는 없어."

소녀는 어이없어하며 아이를 쳐다보다가 가버렸다. 집에 들어왔더니 어머니는 또 술에 취해 있었다. 아이가 오자 부스럭거리며 일어나 학교는 어땠느냐 묻고 저녁을 차려주겠다고 했지만 입에서는 술 냄새가 심하게 났다.

그날 밤 아이는 얼굴이 흰 소녀와 사막에 있는 꿈을 꿨다. 소녀는 자연스럽게 머리를 갈라 하얀 이마를 드러내고 있었다. 아이는 내내 마음을 떠나지 않던 첼로 곡을 허밍으로 부르고 그 노래가 무엇인지 물어보려고 했지만 멜로디가 떠오르지 않았다. 그러자 소녀가 "그런 노래는 없어"라고 말했다.

며칠 뒤 소녀를 다시 만났다. 이번에는 뤼미에르 빌딩에서가 아니라 연세대 캠퍼스에서였다. 아주 기막힌 우연의 일치였기 때문에, 아이는 자신과 소녀가 서로 동조하고 있다고 믿을 수밖에 없었다.

아이는 그날 수업이 끝난 뒤에도 갈 곳이 없어 거리를 배회하고 있었다. 만나투어는 만나 아저씨가 몸이 아파 그날 문을 열지 않았다. 주머니에는 몇백 원밖에 없었고, 연세대 캠퍼스에 가면 자판기에서 200원으로 코코아를 사 먹을 수 있었다. 학생회관 로비에 무료로 이용할 수 있는 컴퓨터도 두 대 있었다.

막상 연세대 학생회관까지 걸어갔을 때는 모래 먼지를 너무 많이 삼켜서 코코아보다는 탄산음료를 마시고 싶었다. 그러나 돈이 없어 역시 200원인 유자차를 마셨다. 유자차는 몹시 달아 마시고 나니 목이 심하게 탔다.

그러고 나서 세 시간인가 네 시간 동안 로비에 있는 컴퓨터로 인터넷을 했던 것 같다. 대학생 서너 명이 아이 뒤에 서서 자기 차례가 오기를 기다렸으나 아이가 컴퓨터를 놓지 않자 포기하고 돌아가버렸다.

해가 지고 나서야 학생회관에서 나왔다. 대학약국 앞에 있는 떡볶이 가게 아줌마는 떡볶이를 500원어치만 달라고 하면 "그렇겐 안 판다"라고 거절할 때도 있었지만 대개는 푸짐하게 떡볶이를 많이 주곤 했다. 떡볶이를 사 먹으려고 대학교 정문을 나서는데, 얼굴이 흰 소녀가 교문과 삼거리 사이 아스팔트 위에 멍하니 서 있는 것이 보였다. 뒷모습이었고 첼로 케이스도 없었지만 아이는 금방 소녀를 알아봤다.

소녀는 아이가 바로 앞에 섰는데도 2, 3초간 그를 알아보지 못했다. 자기 앞에 누군가가 서 있다는 것 자체를 인식하지 못하는 듯한, 넋 나간 표정이었다.

아이를 알아보자 소녀의 얼굴은 잠시 파르르 떨렸고, 눈에서 눈물이 한 방울 주르륵 떨어졌다. 그리고 와락 터지는 울음.

아이는 소녀의 양손을 잡고 "왜 그래, 왜 그래"라고 물었고 여자아이는 대답하는 대신 눈물을 펑펑 쏟으며 "나 좀 집까지 바래다줘"라고 말했다. 그래서 아이는 이름도 모르는 소녀를 집까지 바래다주게 되었다.

소녀의 집은 아현동에 있었다. 아이의 집에서 그리 멀지 않은 불량 주택가였다. 소녀는 빨리 걷지 못했고, 금요일 밤이라 신촌 거리에 사람들이 엄청나게 많아 연세대 정문에서 아현동까지 꼬박 한 시간이 걸렸다. 밤 9시 정도였는데 술에 취한 대학생들이 거리를 가득 메우고 있었다.

아현동 다세대주택 골목에서 소녀는 집에 다 왔다며 아이더러 돌아가라고 했다. 소녀는 울음은 그쳤지만 딸꾹질을 멈추지 못하고 있었다. 아이는 충동적으로 소녀를 껴안고 입을 맞추려 했다. 그러자 소녀는 아이의 머리와 가슴, 등을 마구 때리고 골목길의 주택으로 들어가버렸다.

소녀를 다시 만나는 데는 시간이 다소 걸렸다. 동시성의 법칙을 어기고, 아이가 계속 소녀를 만나려고 애쓰고 804호의 동향을 신경 썼는데도. 두 사람은 이미 동조를 시작한 것 같았다.

"넌 이름이 뭐니?"

소녀는 마치 아이를 기다린 것처럼 뤼미에르 건물 복도에서 있었다.

"상호. 너는?"

"내 이름은 상화인데. 우리 이름이 비슷하네."

이름은 비슷했지만 나이는 소녀가 한 살이 더 많았다. 상화는 중학교 1학년이었다. 소녀는 소년이 중학생인 척 굴면서 자기를 속였다고 화를 냈다. 아이는 소녀의 비위를 맞추기 위해 중학교 생활에 대해 이것저것 물었고, 소녀는 다소 뻐기면서 대답했다. 그러나 아이는 존댓말은 하지 않았고, 상화도 사실 중학교에 대해서 아는 것이 그리 많지 않았다. 아직 3월이었기 때문이다.

소년 소녀는 맥도날드 신촌점에서 아이스크림콘을 하나씩 먹었다. 상호는 상화에게 저번에 연세대 앞에서 만났을 때 왜 그렇게 이상한 행동을 했는지 물었다. 소녀는 "비밀 꼭 지켜줄 거지?"라고 물은 뒤 그날 있었던 일을 이야기해주었다.

상화는 그날 연세대 대강당에서 열린 샤이니의 '극장 TV 드라마' 〈샤인 유어 라이트〉 4화 상영을 보러 갔다. 뮤지컬에 출연 중인 키를 제외한 샤이니 멤버 네 명이 전날 3화 상영에 와서 깜짝 무대 인사를 했기 때문에 이날도 혹시 멤버들이 오지 않을까 하는 기대가 있었다. 그러나 기획사 직원만 몇 명 왔을 뿐, 샤이니는 오지 않았고, 이런 행사 때 으레 오곤 하는 SM 소속 다른 신인도 보이지 않았다. 상화는 혹시나 하는 마음에 상영회가 끝난 뒤에도 한참 동안 대강당에서 나가지 않다가 다른 관객들이 모두 빠져나간 뒤에야 건물을 나섰다.

소녀가 학생회관을 지나 세브란스병원 근처까지 왔을 때 대학생인 듯한 이십대 남자 한 명이 그녀에게 "너 참 예쁘게 생겼구나. 이리 잠깐만 와볼래?"라고 말하며 손을 잡아끌었다. 상화는 남자가 무서워서 그 손을 감히 거부하지 못했다. 남자는 세브란스병원과 연세대가 이어지는 어둑한 길로 소녀를 데려가 돌로 만든 벤치에 앉혔다. 상화는 남자가 자기의 허리를 더듬을 때도 아무 말 못 했고 남자가 자신의 얼굴을 만지다가 입술을 갖다 댔을 때도 가만히 있었다. 남자의 몸에서는 암내가 심하게 났고 상화는 미칠 것 같은 기분이 됐다. 남자는 소녀의 입에 자기 혀를 밀어 넣으려 했다. 그때 어떤 커플이 그 앞을 지나갔고, 소녀는 있는 힘을 다해 남자를 밀치고 밝은 곳으로 달려 나왔다. 그렇게 해서 상화는 멍한 정신으로 교문까지 걸어 나왔고 교문에서 아이를 만났다.

상화는 이 일을 나중에 부모에게 말하지 못했다. 이 일을 설명하려면 먼저 학원을 가지 않고 연세대에 〈샤인 유어 라이트〉를 보러 간 것부터 말해야 했기 때문이다.

소녀는 이 이야기를 마치 아주 오래전에 벌어진 일처럼 무덤덤하게 말했다. 아이는 화제를 돌리려고 극장 TV 드라마에 대해 물었는데, 소녀는 그에 대해 제대로 대답하지 못했다.

"TV 드라마인데 극장에서 하는 드라마가 극장 TV 드라마야."

"그거 나중에 TV에서 방영해?"

"아니. 그걸 TV에서 왜 해! 아니, 잘 모르겠는데? 몰라."

그런 식이었다. 아이는 소녀가 그다지 똑똑하지는 않은 것 같다는 인상을 받았다.

아이가 자신의 이야기에 흥미를 잃는 것 같다고 생각하자 소녀는 다른 이야기를 꺼냈다. 그녀는 자신이 왜 항상 이마를 머리카락으로 덮고 다니는지 알아맞혀보라 했고, 아이는 고개를 저었다.

"여기 눈썹 위로 담뱃불에 덴 화상 자국이 있거든."

그녀는 머리카락을 쓸어 올려 이마를 보여주었다. 희고 훤칠한 이마를 드러내고 눈을 동그랗게 뜬 소녀는 인형 같았다. 뽀얀 피부에 볼이 도톰하고 눈이 큰 소녀는 아이보다 어려 보였다.

"화상 자국이 어디에 있어?"

소녀가 손가락으로 가리킨 곳에는 아주 작은 붉은 점이 하나 있을 뿐이었다.

"잘 보이지 않아. 신경 쓰고 보지 않으면 그런 게 있는지도 모르겠는데?"

"우리 엄마는 내가 이걸 드러내면 흉하다고 엄청 화를 내셔. 그러다가도 이게 생긴 게 다 자기 잘못이라고 나한테 미안하다고 하고."

"어쩌다가 거기에 화상을 입게 됐는데?"

"어렸을 때 엄마랑 같이 길을 가는데 앞에 가던 아저씨가 들고 있던 담배에 머리를 부딪혔어."

"그 아저씨가 치료비 안 물어줬어?"

"아니, 안 물어줬어. 아저씨가 오히려 엄마한테 엄청 화를 냈어."

"나쁘다, 그 아저씨."

"그래."

소녀는 손을 빗 모양으로 만들어 머리가 앞으로 잘 내려오게 빗었다. 아이는 자신도 뭔가 비밀을 털어놔야 할 것 같은 기분이 들었다.

"그 휴대전화 계산기 기능 있어?"

상화는 고개를 끄덕였다.

"나한테 엄청나게 복잡한 곱셈이나 덧셈을 시켜봐. 내가 맞혀볼게."

소녀는 두 손을 다 사용해서 휴대전화 버튼을 눌렀다.

"38 곱하기 94는?"

"3572."

"6085 곱하기 137은?"

"83만 3645."

"5만 864 곱하기 354.7 나누기 2만 7388 곱하기 49만 9996 더하기 65만 4321은?"

"3억 3001만 9672.0353732."

"어떻게 한 거야?"

소녀가 놀라워하며 물었다.

"숫자랑 동조하면 돼. 계산하려 하지 말고 숫자들을 가만히 받아들이면 저절로 머릿속에서 답이 떠올라."

"그거 나도 되는 거야? 내가 수학을 못하거든."

"누구나 할 수 있어. 동시성의 과학은 우주의 기본 법칙이거든. 뇌가 없는 반딧불도 수천 마리가 서로 동조해서 깜박이는 속도를 조절할 수 있어."

아이는 동시성의 원리에 대해 자신이 아는 내용을 최대한 자세하게 소녀에게 설명했다. 네 이름과 내 이름이 비슷한 것도 우연이 아니고, 우리가 뤼미에르 빌딩과 연세대에서 마주친 것도 우연이 아니다. 우리는 이미 서로 동조하고 있다. 상화는 꼭 필요한 대꾸만 하며 숨죽이고 이야기에 귀를 기울였다. 아이가 말을 마치기까지 두 시간이나 걸렸다.

"그런 이야기는 한 번도 들어보지 못했어."

"왜냐하면 이제 막 학계에서 인정받은 이론이거든. 학교에서 이런 이야기를 가르치려면 몇십 년은 지나야 해."

소녀는 아이가 시키는 대로 복잡한 사칙연산을 암산해보려 했으나 번번이 답이 틀렸다.

"처음에는 하기 어려워. 내가 천천히 가르쳐줄게."

두 아이는 다음 날에도, 그다음 날에도 만났다. 나흘째 되는 날 소녀는 맥도날드 아이스크림이 지겹지도 않느냐며 아이를 자기 집으로 데려갔다. 첼로를 배우는 소녀의 집은 아이가 생각했던 것만큼 부유하지는 않았다. 다만 그 다세대주택 건물이 상화의 가족 소유라고 했다. 소녀의 아버지는 어떤 연구소의 책임 연구원이었고, 어머니는 가게를 운영했다. 아이는 자기가 4학년 때 아버지가 어머니와 이혼해 다른 여자와 살고 있으며, 어머니는 몸이 아프다고 말했다. 소년 소녀는 둘 다 외동이었다.

상화의 집에는 책이 많았고 방에서는 약간 퀴퀴한 냄새가 났다. 소녀는 안방 장식장을 보여주었다. 십자가와 성모상 옆에 술병이 많이 있었다.

상화는 그날도 여전히 암산이 되지 않자 마음이 상해 누나 노릇을 하려 들었다. 소녀는 아버지 찬장에서 '깔루아'라고 쓰여 있는 검은색 술병을 꺼내 왔다.

"너 술 마셔본 적 있어?"

아이는 있다고 거짓말했다. 소녀는 찻잔을 꺼내 아이에게 양주를 한 잔 따라주고 자기도 한 잔을 따라 마시기 시작했다.

"술이 많아서 조금 마셔도 아무도 몰라"라고 소녀는 말했다.

검은 양주를 한 모금 마시고 나니 도저히 서 있을 수가 없었다. 아이는 비틀거리며 방구석으로 걸어가 벽에 기대앉았다.

괴상한 기분이었다. 심장이 뛰는 대로 세상이 부풀었다가 줄어들기를 반복했다. 그것은 세상과 아이가 동조를 시작했음을 의미했다. 얼굴에서 땀이 흐르고 구역질이 났지만 그 느낌은 아주 근사했다. 아이는 세상이 줄어들고 확대되는 박자와 심장박동을 일치시키는 일에 정신을 집중했다.

소녀가 걱정스러운 얼굴로 앞에 쭈그리고 앉아 이마에 손을 댔을 때, 아이는 터져 나오는 감정을 주체하지 못하고 몸을 벌떡 일으켰다. 고통 속에서 강렬한 기쁨이 솟아올랐다. 깨달음에서 오는 충만함, 세상과의 일체감, 수수께끼를 해결했을 때 느끼는 짜릿함, 첫 경험의 흥분, 아픔을 참아냈을 때의 자랑스러움, 거기에 상화가 자신에게 보여주는 관심에 대한 만족감까지, 갖가지 위대한 감정이 마음속에 뒤범벅이 되어 있었다.

아이는 그런 깨달음을 소녀에게 말하고 싶어 웅변적으로 팔을 벌렸다가 장식장을 쳤다. 그 바람에 찬장에 놓여 있던 유리 접시가 바닥에 떨어져 산산이 깨졌다. 십자가와 예수가 스테인드글라스풍으로 알록달록하게 그려진 네모난 접시였다. 상화는 비명을 질렀고 아이의 달뜬 기분은 순식간에 사라져버렸다.

상화가 빗자루와 쓰레받기로 유리 조각들을 쓸어 담는 동안 아이는 식은땀을 흘리며 앉아 있었다. 소녀는 처음에는 소리를 질렀지만 아이가 손에서 피를 흘리고 있는 모습을 보고는 태도가 부드러워졌다. 사실 손에 난 상처는 유리 접시에 손이 부딪칠 때 생긴 것이 아니었다. 칼날처럼 날카로운 유리 파편을 보고 자기도 모르게 손을 뻗었다가 베인 것이었다. 파편은 예수 그리스도의 손 부분이었다. 소녀는 아이를 나무랐다.

"바보야? 왜 유리 조각에 손을 대?"

"날카로운 물건이 근처에 있으면 자꾸 손이 가."

날이 있는 물건을 병적으로 무서워하면서도 그런 물건이 근처에 있으면 눈길을 돌리지 못했다. 손에 쥐고, 휘두르고, 무언가를 베고 싶은 욕구가 있었다. 나중에 자신이 그걸로 무서운 일을 저지를 것 같은 불길한 예감이 있었다. 그런 이야기를 했더니 소녀는 고개를 저으며 "넌 참 이상해"라고 말했다.

소녀는 아이를 화장실로 데려가 손을 씻기고 약통에서 후시딘 연고를 꺼내 발라주었다. 상처는 생각보다 커서 연고를 바르는 중에도 계속 피가 흘러나왔다. 소녀는 한숨을 쉬고 손가락에 반창고를 붙여준 다음 피가 멎도록 아이에게 손을 들고 서 있으라고 했다. 아이는 그 명령에 고분고분 따랐다. 머리가 나쁘다고 생각했던 그녀가 갑자기 누나나 어머니처럼 느껴져 이상한 기분이 들었다.

상화의 집을 나온 아이는 골목에서 배 속에 있던 걸 전부 토했다. 토악질을 너무 열심히 하는 바람에 눈에서 눈물이 줄줄 흘렀고 나중에는 코와 귀까지 먹먹해졌다. 속이 쓰렸고 입 안은 시고 쓴 맛으로 가득 찼다.

집에 들어갔을 때 아이의 얼굴은 눈물과 침, 땀 위에 황사 먼지가 들러붙어 아주 엉망이었다. 화장실에서 세수를 하고 있는데 어머니가 밖에서 취하지 않은 목소리로 말했다.

"네가 학교에 안 온다고 선생님한테서 전화 왔더라."

아이는 뭐라고 변명해야 할지 몰라 아무 대답도 하지 않고 있었다.

내가 이렇게 더러워져서 집에 들어왔는데 왜 나를 씻겨주지 않는 거예요?

내가 이렇게 울고 있는데 왜 모르는 척하는 거예요?

"상호야, 내가 네 엄마가 아니었으면 좋겠지?"

마른 목소리였다.

"다른 엄마들처럼 돈도 많이 벌고, 밥도 잘해주고, 학교 청소도 꼬박꼬박 나가고……. 그치?"

화장실에서 나갔더니 어머니는 한 손에 식칼을 들고 머리를 풀어 헤친 채 양반다리를 하고 마루에 앉아 있었다. 아이는 무섭기도 하고 어떻게 해야 할지 몰라 숨을 죽이고 조용히 방으로 걸어갔다. 방문을 닫는 동안 젊은 어머니는 "그냥 콱 죽어버릴까? 내가 죽었으면 좋겠지?"라고 고함치고 있었다.

다음 날 아침 어머니는 입으로는 끙끙 신음을 냈지만 정신은 멀쩡해 보였다.

"상호야, 엄마가 오늘 죽을지도 모르겠다."

어머니는 그러고서 누군가와 오랫동안 통화를 했고, 아이에게 메모지를 한 장 주었다.

"학교 끝나고 그 집에 가서 뭐 좀 받아 올래? 그 집 아줌마한테 가서 그냥 상호라고 그러면 된다."

메모지에는 '지하철 2호선 잠실역. 잠실 5단지 아파트 529동 ○호'라고 쓰여 있었다. 아이가 받아 와야 하는 물건은 굉장히 중요한 것인 듯했다. 어머니는 아이에게 "봉투를 받은 다음에는 다른 데 들르지 말고 곧장 집에 오너라" 하고 당부했다.

아이는 상화에게 같이 잠실에 갔다 오지 않겠느냐고 전화를 걸었다. 상화는 내키지 않았지만 아이가 조르자 신촌역 앞 맥도날드에서 저녁 7시에 만나자고 했다.

아이는 7시까지 신촌 거리를 빈둥거리며 돌아다녔다. 어머니는 봉투를 받으면 즉시 들어오라고 했지만, 물건을 받으러 바로 출발하라고 하지는 않았다. 만나투어 사무실에는 왠지 가고 싶지 않아 오락실에 가서 다른 사람들이 게임 하는 모습을 구경했고, 만홧가게에 가서 벽장에 있는 만화책을 고르는 척하며 읽다가 주인에게 걸려 혼이 났다. 신촌 현대백화점에 가서 1층부터 8층까지 매장을 돌아다닌 뒤 편의점에서 컵라면을 사 먹었다. 레드망고에 가서 요거트 아이스크림을 먹고 싶었는데 그럴 돈은 없었다.

상화는 잠실까지 가는 것이 못마땅한 기색이었다. 몸에서 희미하게 떡볶이 냄새가 났다. 두 아이는 지하철을 탔다.

"정말 밥만 먹고 오는 거야. 남친과의 1박 여행. 유후. 갑자기 맛있는 밥이 필요할 땐 오뚜기덮밥, 리소토."

상화가 지하철 플랫폼 기둥에 있는 광고를 읽었다.

"그게 무슨 뜻이야?"

"남자친구하고 갑자기 여행 가서 밥을 먹게 됐는데, 여자가 밥을 잘 못하는 거지. 반찬도 없고. 그럴 때를 위해서 오뚜기 리소토를 가져가라는 거야. 저런 건 그냥 데워 먹기만 하면 되잖아."

"그건 나도 아는데, 왜 밥만 먹고 돌아와야 하는 거야? 저런 건 먹는 데 시간이 오래 걸리지 않잖아."

상화는 "넌 정말 이상해"라고만 말했다. 자기도 답을 모르는 것이 틀림없었다.

지하철은 먼지 냄새가 났고, 앉을 자리가 없었다. 성수역에서 행색이 남루한 노숙자 한 명이 아이들이 있는 칸에 올라탔다. 사람들이 그를 슬금슬금 피해 노숙자 주변에는 빈 공간이 생겼다. 그는 자신을 피하지 않고 앉아 있던 남자 대학생에게 별안간 뭐라고 알아들을 수 없는 소리를 버럭 질렀고, 대학생은 짜증 난다는 표정을 지으며 물러났다.

"저 아저씨 미쳤나 봐."

상화가 아이에게 속삭였다.

노숙자는 그 말을 들은 것 같았다. 그는 소녀를 향해 얼굴을 돌렸고 아이는 용감하게 상화를 자기 뒤에 서게 했다. 그러나 그가 사람들을 헤치고 자신을 향해 걸어오자 간이 콩알만 해졌다. 소녀가 뒤에서 아이의 옷을 잡아당겼고, 아이들은 열차 다른 칸으로 도망쳤다. 겨우 숨을 돌리고 있는데 상화가 울상이 돼 말했다.

"어떡해, 저 아저씨 우리 쫓아오나 봐."

상화가 가리키는 방향을 보니 정말로 노숙자가 어슬렁어

슬렁 걸으며 아이들을 쫓아 열차 칸과 칸 사이의 문을 열고 이쪽 칸으로 넘어오고 있었다. 소년 소녀는 또 다른 칸으로 도망쳤다. 몇몇 어른이 아이들과 노숙자를 흥미롭게 쳐다보기는 했으나 그 사이에 끼어들려는 사람은 없었다. 소녀와 아이는 그 노숙자가 다른 사람에게 관심을 돌릴 때까지 몇 칸이나 도망쳐야 했다. 노숙자가 끝까지 쫓아왔더라면 아마 지하철에서 내렸을지도 모른다.

잠실역에서 내렸을 때 아이는 어머니가 적어 준 쪽지를 잃어버렸다는 사실을 깨달았다. 쪽지는 처음에 손에 쥐고 있었다. 그러나 손가락에 반창고를 감고 있었던 데다, 노숙자에게 쫓기면서 그만 땅에 떨어뜨린 것이 분명했다. 상화는 아이가 휴대전화를 빌려달라고 말하자 평소와 달리 눈치 빠르게 진상을 알아챘다. 소녀는 설욕의 기회가 온 것을 반겼다.

"쪽지 잃어버렸지?"

"휴대전화나 빌려줘."

"이래서 애들은 안 된다니까. 뭐든 손에 쥐여주면 다 잃어버려요."

"휴대전화 달라니까!"

아이가 소리를 지르자 소녀는 "나 집에 갈래"라며 뾰로통해졌다. 상화의 기분을 달래는 데 시간이 한참 걸렸다.

아무리 전화를 걸어도 아이의 어머니는 전화를 받지 않았다. 아이가 기억하는 주소는 529동 1509호였다. 529동이라는 동수는 맞는 것 같았고, 뒤의 9호도 맞는 것 같았다. 529동 1509호 아니면 1209호, 어쩌면 1309호일 수도 있었다.

529동 1509호의 초인종을 누르자 5초 정도 있다가 머리카락이 뽀글뽀글한 아주머니가 나왔다.

"저 상혼데요."

"그런데?"

서로 멀뚱멀뚱 상대를 바라보는 어색한 시간이 이어졌다.

"우리 어머니가, 여기에 오면 아주머니가 뭘 주실 거라고 해서……."

"너희 어머니가 누군데?"

"……."

1209호에서는 그런 창피한 일을 겪지 않아도 되었다. 집에 아무도 없었기 때문이다. 한 층을 올라갈 때 상화는 "1309호도 아니면 난 집에 갈 거야"라고 말했다. 1309호에서 속옷 차림의 아저씨가 나와 아이의 이야기를 듣더니 대꾸도 않고 문을 닫아버리자 상화는 즉시 집으로 돌아가겠다고 선언했다.

"아까 네가 529동 1509호 아니면 1209호 아니면 1309호라고 했잖아."

"딱 한 집만 더. 1409호만."

아이의 어머니는 계속 전화를 받지 않았고, 아이는 상화에게 거의 빌다시피 해서 1409호에 같이 갔다. 그 집도 아니었다. 상화는 신경질을 내며 아이의 손을 뿌리치고 엘리베이터를 타고 떠났다. 상화는 아이와 헤어지며 무표정하게 "동조 능력을 발휘해봐"라고 말했다. 놀리는 말인지 아닌지 알 수 없었다. 아이는 1109호와 1009호에 갔다. 이제는 아무런 자신도 기대도 없었다. 기적을 바랄 뿐이었다. 909호 문이 닫힐 때 아이는 울기 시작했고, 809호의 주인아주머니는 웬 아이가 집 앞에서 울고 있는 모습을 보고는 조용히 문을 닫았다.

709호에서 삼십대 중반으로 보이는 여자가 문을 열어주었다.

"왜 이렇게 늦게 왔니? 너희 어머니가 나한테 몇 번이나 전화를 걸었다. 자, 이거 가져가라. 꼭 갚으라고 해."

기적이 일어났지만 그때는 아무 느낌도, 심지어 기쁜 마음조차 들지 않았다. 그저 '이제 끝났다'라는 생각뿐이었다.

경비실을 나올 때 보니 밤 10시 반이었다. 지하철을 타는 일이 너무 힘들고 두려웠다. 노숙자가 여전히 지하철에서 자신을 기다리고 있을 것만 같았다. 709호 아주머니에게서 받은 봉투를 열어보니 만 원짜리 지폐 100장이 들어 있었다. 아이는 잠실역에서 택시를 탔다.

아이는 주머니에 손을 넣어 만 원짜리 한 장을 꼭 쥐고 운전석과 조수석 사이에 머리를 내밀어 미터기와 전방을 번갈아 봤다. 택시 기사가 신촌이 아닌 다른 곳으로 가지 않는지 감시하기 위해 도로 표지판이 보일 때마다 고개를 쑥 내밀었다.

택시는 강변북로를 무섭게 달리다가 아현동으로 들어왔다. 이대역을 지날 때 아이는 1차선과 2차선 사이에 어떤 물체가 놓여 있는 것을 보았다. 택시 기사는 그 물체를 보더니 핸들을 꺾어 흰 차선 위로 차를 몰았고, 차는 왼쪽 앞바퀴와 뒷바퀴로 정확히 그 물체를 짓밟고 지나갔다.

물렁물렁한 물체가 타이어 아래서 짓이겨지는 것이 똑똑히 느껴졌다. 아이는 자리에서 일어나 고개를 돌려 택시가 무엇을 밟고 지나갔는지 살폈다. 다리가 네 개 있고 꼬리가 있는 물체였다. 물체 주변에는 번질번질한 액체가 고여 있어서 지나가는 자동차 불빛이 그 부분만 유난히 많이 반사하고 있었다. 뒤따라오던 차가 급히 방향을 꺾어 그 물체를 피하는 모습도 보였다.

택시에서 내릴 때 아이는 타이어를 보지 않고 차에서 멀어지는 것만 생각하다가 잔돈을 받지 못할 뻔했다. 왜 그 동물을 피하지 않고 일부러 쳤는지는 끝까지 묻지 못했다.

집은 불이 꺼져 있었다. 아이는 덜덜 떨면서 어머니를 찾았다. 어머니는 안방 문 앞에 부자연스러운 자세로 무릎을 꿇고 앉아 있었다. 세탁소용 옷걸이의 갈고리가 문손잡이에 걸려 있었다. 옷걸이 아랫부분은 어머니의 머리카락에 가려 보이지 않았다.

"엄마?"

어머니는 아무 대답도 하지 않았다. 울먹이며 다시 불렀지만 어머니는 미동조차 하지 않았다. 아이는 울면서 문 앞으로 갔다. 두꺼운 보라색 혓바닥이 입 밖으로 나와 턱까지 늘어져 있고, 목에는 흰 철사가 감겨 있었다. 눈은 부릅뜬 채였다. 그게 어머니라는 것을 확인한 뒤 집을 나섰다. 그러나 어디로 가야 할지, 무엇을 해야 할지 알 수 없었다.

계단을 내려오면서 아이는 다시 세계와 동조를 시작했다. 이번에 세상은 커졌다가 줄어드는 대신 천천히 깜빡이기 시작했다. 눈을 감지 않는데도 저절로 시야가 어두워졌다가 밝아졌다. 심장박동수 1, 2에서 점점 밝아져 3에서 가장 환해졌다가, 4에서 어두워지고, 5가 지나면 앞이 완전히 깜깜해졌다. 그리고 반복.

봉투 속에 아직 98만 6500원이 있었다. 아이는 뤼미에르 빌딩으로 갔다. 길거리는 황사 먼지 속에서 느릿하게 깜빡였다.

만나투어 사무실의 초인종을 누르고 문을 두드렸지만 안에서는 아무런 인기척도 들리지 않았다. 눈물이 쉴 새 없이 흘러내렸다. 그렇게 10분 이상 만나투어 사무실의 문을 두드리고 있었던 것 같다. 갑자기 한 집의 문이 열렸다. 상화가 첼로 레슨을 받으러 다니는 집이었다. 804호.

"왜 그렇게 울고 있니?"

노란 원피스를 입은 중년 여인 한 명이 804호에서 나왔다. 주름이 있었지만 선이 고운 얼굴이었다. 아이는 대답하는 대신 소리 내어 크게 울음을 터뜨리고 말았다. 세계는 여전히 불안하게 깜빡이고 있었다. 아주머니는 아이를 자기 집으로 들어오게 했다. 소년은 울음을 참느라 꺽꺽대며 허밍으로 노래를 불렀다.

"이게 무슨 노래예요?"

"쇼팽의 〈첼로 소나타 3악장〉이란다, 애야."

아이는 열에 들떠 헛소리를 하기 시작했다. 소년은 첼로를 연주하고 얼굴선이 고운 그 아주머니가 사실은 자신의 진짜 어머니라고 주장했다. 그러나 진짜 어머니와 자신의 세계는 만나서는 안 되기 때문에 자기가 어쩔 수 없이 다른 집에 맡겨진 것이라고.

"우리는, 끅, 서로 동조해서는 안 되는 두 세계에 따로따로 속해 있고, 끅, 그래서 우리가 만나면 두 사람 중 한 명은 죽어야 해요, 끅."

"걱정 마라, 애야. 죽는 건 나일 테니까."

두 사람을 잇는 것은 쇼팽의 〈첼로 소나타 3악장〉의 멜로디였다. 아이는 진짜 어머니가 죽어야 한다는 사실이 너무 두렵고 슬펐다.

쇼팽은 이런 일이 생기리라는 것을 수백 년 전부터 알고 있었다. 예수 그리스도상과 노숙자와 택시 기사는 이 사실을 경고하려고 했었다. 진짜 어머니가 아이의 이름이나 주소를 물었지만 아이는 입을 열지 않았다. 진짜 어머니는 아이가 눈물과 황사 때문에 얼굴이 너무 더럽다며 같이 씻자고 했다. 아이는 울음을 그쳤지만 몸이 떨리는 것은 어쩔 수 없었다. 진짜 어머니는 따뜻한 물로 아이의 눈물을 닦아주었다. 부드러운 손이었다.

"혼자 씻을 수 있지?"

아이가 울음을 멈추고 다소 진정되자 여인은 화장실을 나갔다. 아이는 화장실 문을 잠그고 옷을 벗은 뒤 물을 틀었다. 거울의 김을 닦자 빼빼 마르고 겁먹은 표정의 어린이가 나타났다. 아이는 샤워기에서 쏟아지는 물방울과 수증기를 신기하다는 듯이 한참 바라보았다.

"…… 아이가 좀 아픈 것 같아요."

밖에서 어머니가 수화기에 대고 말하는 소리가 들렸다. 세상은 아까보다 조금 더 빠르고 분명하게 꺼졌다 켜지고 있었다. 화장실 수납장에는 유리컵에 칫솔과 치약이 들어 있었다. 아이는 유리컵을 화장실 한구석에 던졌다. 작은 유리 파편들이 몸과 얼굴에 따갑게 와 박혔고 나머지 유리 조각들이 반짝거리며 흩어졌다. 아이는 그중에서 길게 날이 선 조각을 하나 집어 들었다. 조각을 쥔 손가락에서 피가 배어 나왔다.

"이게 뭐니? 괜찮니?"

진짜 어머니는 화장실에 흩어진 유리 조각을 보고 깜짝 놀라며 물었다. 유리 파편들이 박힌 얼굴과 가슴, 배에서 피가 흘러나왔다. 세계가 천천히 한 번 깜빡였다. 여인은 아이를 화장실 밖으로 데리고 나와 몸에 박힌 유리 조각들을 빼내려 했다. 어머니는 방바닥에 신문지를 몇 장 겹쳐 깔고 그 위에 아이를 서게 한 다음 두 팔을 올리게 했다. 아이가 "왜 경찰에 연락하셨어요?"라고 묻자 그녀는 "그야 나는 네가 누군지 모르니까……"라고 대답했다. 아이가 껴안으려고 하자 어머니는 잠시 움찔했다가 약간 거리를 둔 채 살며시 소년을 껴안았다. 여인과 소년은 파국을 기다리며 그렇게 껴안고 있었다. 소년은 작은 돌도끼처럼 뾰족하고 날카로운 유리 조각을 여전히 손에 쥔 상태였다.

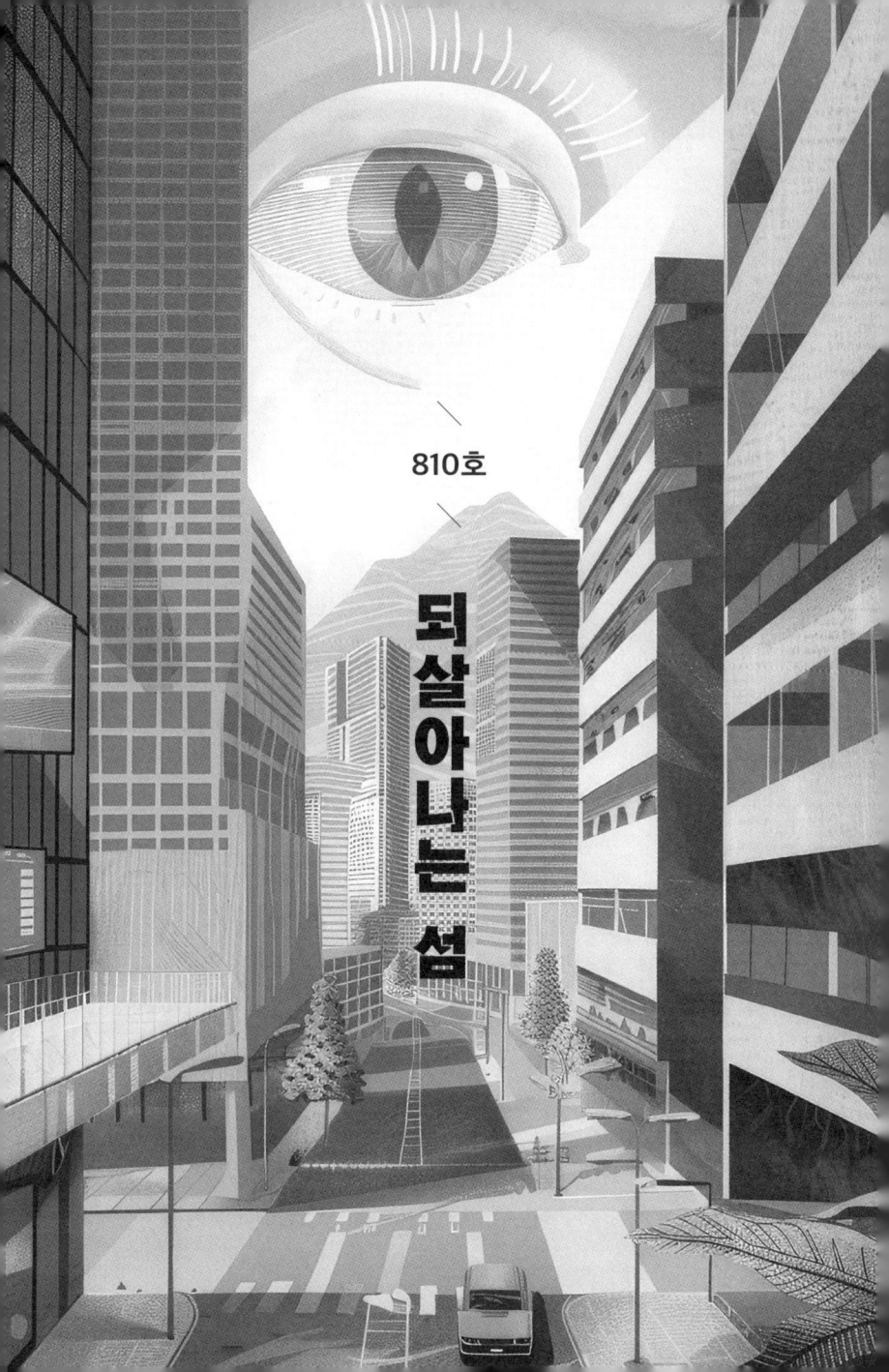

810호

되살아나는 섬

"좀 걷지 않을래?"

동호회 후배가 "네"라고 들릴락 말락 하게 대답하자 이현수는 마음이 놓였다. 그러나 한편으로는 마지막으로 나온 술집에서 화장실을 가지 않았기 때문에 소변을 얼마나 참을 수 있을지 몰라 불안한 마음도 들었다.

현수와 여자 후배는 장식 없이 수수한 서강대 정문을 지나 캠퍼스 안으로 들어왔고, 오르막길을 걷다 자판기 커피를 한 잔씩 뽑았다. 메리홀 앞을 지날 때 여자 후배가 "오빠, 뭐 할 얘기가 있는 거예요?"라고 물었다. 기대감보다는 '저 오늘 집에 일찍 가야 해요'라는 의미가 담겨 있는 듯해 현수는 속으로 움찔했다.

하지만 오늘이 아니면 안 돼. 언제까지 바라보기만 할 셈이야?

성 이냐시오관의 가파른 계단에서 그는 용기를 내 여자 후배의 손을 잡았다. 계단을 다 오르자 여자 후배는 슬그머니 손을 뺐다. 현수는 양팔을 벌리고 있는 예수상 옆에 자리를 잡고 재킷을 벗어 후배가 앉을 자리를 마련해주었다.

"고마워요."

얼굴이 새침하게 예쁜 그 후배가 다시 들릴락 말락 하게 말했다. 동문회관 뒤로 마포구 남쪽의 아파트 단지들이 들쭉날쭉 복잡한 스카이라인을 그리고 있었다.

이현수는 여자 후배가 자신을 어떻게 생각하는지 이미 알고 있으면서도 물어보지 않을 수 없었다―"우리 사귀지 않을래?"라고. 그러지 않으면 가슴이 터지거나 끝없는 번민의 굴레에 빠질 것 같았기 때문이다.

"오빠, 우린, 우린 그냥…… 안 돼요."

"왜 안 되는지 물어봐도 되니?"

"우린 그냥…… 안 돼요."

더 지분거리지 않고 "그래, 알았어"라며 후배를 웃으며 보낼 수 있어서, 그 정도 자존심은 지킬 수 있어서 다행이었다. 실은 방광이 터질 것 같아 그쯤에서 성 이냐시오관의 화장실을 찾아가지 않으면 안 되었다.

뤼미에르 빌딩 810호로 돌아오는 길에 골든라거 캔맥주를 하나 사 마셨다. 룸메이트가 틀어놓은 케이블 TV에서는 〈레지던트 이블 3〉가 방영 중이었다. 밀라 요보비치가 벌이는 얼토당토않은 활극을 보다가 주섬주섬 옷을 챙겨 입고 다시 밖으로 나섰다. 편의점에서 캔맥주를 세 개 사서 검은 비닐봉지에 넣고 무작정 걸었다. 그 시각까지도 불야성인 신촌로터리에서 벗어나, 서강대를 지나, 막연히 남쪽으로.

남자 굿이 있고 여자 굿이 있었다. 서울시 무형문화재 제35호로 지정된 밤섬도당굿은 남자 굿이다. 이 마을굿은 조선이 들어서면서 유교식 제례와 섞였고, 1980년대 이후에는 전통문화의 틀에 갇혀 기이하게 화석화하는 중이었다. 현수동 밤섬 부군당에서 당굿이 열리면 으레 콘텐츠학과 대학생들이 8밀리미터 캠코더를 들고 참여했다.

반면 당주 혼자 필요한 노래를 순서 없이 부르는 게 전부인 여자 굿은 수백 년 동안 본질적인 변화 없이, 마을과 섬의 안녕을 지키는 역할을 비밀리에 이어오고 있었다. 수백 년 동안? 어쩌면 수천 년 동안. 1968년 밤섬이 폭파될 때도, 폭파된 뒤로도 마찬가지였다.

여자 굿의 현 당주는 이름이 여러 개였다. 미용실에서의 호칭은 '마리아' 선생님이었다. 태어났을 때는 남동생을 보자는 의미에서 사내 남(男) 자를 쓴 '남이'라는 이름이 붙었으며, 술집에 다닐 때는 '나미'라는 애칭을 썼다. 전 당주에게 무녀

수업을 받는 동안에는 '긴몰개'라는 이름으로 불렸다.

전 당주의 이름은 '새홀리기'였다. 대학 교목처에서 일할 때는 신자도 아니면서 '아그네스'라는 세례명을 썼다. 새를 홀려 잡아먹는다고 하는 맹금류의 이름이나 미모와 정결의 상징인 가톨릭 성녀의 이름 모두 전 당주에게 썩 잘 어울렸다. 그녀는 성녀 같기도, 육식 조류 같기도 한 위대한 무녀였고, 거대한 수수께끼였다. 밤섬을 다시 살려내 물 위로 끌어내고, 이 섬에 수천 마리의 철새를 불러온 이가 새홀리기였다.

그토록 강력한 힘을 지닌 당주가 왜 밤섬이 폭파되는 것을 그대로 놔뒀는지는 미스터리였다. 그러나 어쨌든 새홀리기 당주는 옛 밤섬이 있던 자리에 순전히 노래의 힘으로 새 밤섬을 쌓아 올렸다. 새홀리기 당주가 토사와 갈풀, 버드나무로 만드는 섬은 매년 1300평씩 면적이 늘어나 나중에는 폭파되기 전보다 더 커졌다.

사람들은 그걸 위대한 자연의 힘이라거나, 밤섬의 기적이라고 불렀다. 사람들은 선율의 힘을 두려워해 노래를 몰래 전수한 북미 인디언의 전통이나, 노래로 구체적인 지형이나 여정을 묘사한 호주 원주민의 능력을 이해하지 못했다. 피타고라스 음계는 평균율로 다듬어지면서 수비학(數秘學)의 마력을 잃어버렸고, 현대인은 평균율에 너무 익숙해져 그 12음계가 자연스럽다는 착각마저 한다.

서강대교는 노래의 힘이 약한 마리아에게 새홀리기 당주가 자리를 물려주면서 선물한 일종의 신력 강화 장치였다. 새홀리기는 강변에서 콧노래를 부르는 것만으로도 밤섬에 쌓이는 흙의 양이나 위치, 나무가 자라는 속도를 조절할 수 있었고, 마음만 먹으면 강 건너 여의도 국회의사당에까지 힘을 미칠 수 있었다. 그러나 마리아의 노래는 섬에서 멀리 떨어지면 급격히 힘을 잃었다.

공사 중인 서강대교를 보며 새홀리기 당주는 마리아에게 "저 다리가 다 지어지면 섬 바로 위에서 노래를 부를 수 있을 거야"라고 말했다.

"하지만 저 다리 때문에 사람들이 섬으로 갈 수 있게 되면 어떻게 하지요?"

"그것도 이미 다 조치해뒀단다."

1999년, 서강대교가 개통된 해. 서울시는 세계적으로 희귀한 도시 내 철새 도래지인 밤섬을 서울 최초의 생태 경관 보전 지역으로 지정했다. 새홀리기는 그해 죽었다.

2012년, 이현수가 동호회 후배에게 퇴짜를 맞은 해. 3월 말이지만 밤에는 쌀쌀했다. 현수는 발걸음 닿는 대로, 대체로 남쪽으로 걸었다. 캔맥주를 두 개째 마실 때부터 흥얼흥얼 노래가 나왔다. 브로콜리너마저, 언니네 이발관, 10cm, 박정현,

린, 커피소년과 전자양의 노래를 가사가 기억나는 데까지 불렀다.

노랫말이 가슴에 사무쳐 흐느적거리다, 이게 다 철이 덜든 자의 자아도취라는 생각에 정신이 번쩍 들곤 했다. 광흥창역을 지나 횡단보도를 두 번 건너자 서강대교 보행로로 통하는 층계가 나타났다. 서강대교의 아치형 구조물에 이르러서야 다리 건너편이 여의도이며, 교량 중간에 생태계 보전 지역인 밤섬이 있다는 사실을 알았다.

다리 중간에는 망원경이 설치된 전망대가 있었고, 그 옆에는 '철새들의 낙원, 밤섬의 기적'이라는 안내문이 있었다.

실연과 알코올과 자기 연민에 취한 남학생은 목청 높여 인디 밴드의 노래를 불렀다. 그러다 멀리 다리 가운데에서 자기 말고도 다른 사람이 큰 소리로 노래를 부르고 있다는 사실을 깨닫고는 목소리를 확 줄였다.

다리 난간 앞에서 노래를 부르는 사람은 중년으로 보이는 여인이었다. 오페라 가수라도 되는 양 두 팔을 벌리고 연극적으로 들어 올렸다 내렸다 하며 노래를 부르고 있었다. 아리아를 독창 중인 거라면, 자세로 보아 객석은 한참 아래 검은 강물 어딘가에 있었다.

여자가 부르는 노래는…… 음정과 선율, 박자가 모두 설명할 수 없이 기이했다.

한순간 현수는 노래를 부르는 여자가 정신이상자거나 취객이고, 저러다 갑자기 한강으로 뛰어내리는 건 아닐까 싶어 긴장했다. 그러나 보이지 않는 상대와 왈츠를 추는 것처럼 동작이 기묘하긴 했어도 여자의 행동은 어쩐지 품위 있어 보였고, 목소리도 광인이라고 생각할 수 없을 만큼 차분했다.

여자는 현수가 있는 방향을 빤히 보는 듯하더니 다시 의식을 계속했다.

D와 E 플랫 사이에 있는 음이 미묘한 폭으로 떨리다 굵어지고, 두 음이 불협화를 유지하다 갑자기 풍부한 음색의 한 음으로 뭉쳐지더니, 멜로디가 조를 경쾌하게 바꾸며 되풀이되고, 행진곡풍 박자에 당김음이 많아져서는 어느 순간 호소력 있는 춤곡으로—.

이게 뭐람.

현수는 퍼뜩 정신을 차렸다. 동호회 모임 뒤풀이에서부터 오늘 한 일은 전부 잘못이다. 왜 뒤풀이에서 술을 그리 많이 마셨지? 왜 후배를 학교로 데리고 가서 어처구니없는 고백을 했지? 새벽 2시에 한강 다리에서 우수에 빠지는 건 또 무슨 우스꽝스러운 꼬락서니람?

현수는 어깨를 부르르 떨고 몸을 돌려 강북 방향으로 걸어갔다. 그러나 뤼미에르 빌딩으로 돌아가는 동안에도 그는 노래를 계속 흥얼거렸다. 의식은 이성을 되찾았지만, 머릿속은 다리 위의 여자가 부르는 기이한 멜로디 때문에 야릇한 흥분 상태에 빠져 있었다.

그는 노래를 멈출 수가 없었다.

"제 눈에는 그 유명하다는 여배우보다 아그네스 자매가 더 아름다웠습니다."

1973년, 종합대학 개교 3주년 자선 바자회가 열린 해. 캠퍼스를 걸으며 폴 수사가 새홀리기 당주에게 말했다. 새홀리기 당주는 프랑스인 수사에게 "그야 수사님은 저를 좋아하시니까요"라고 대수롭지 않다는 듯 대답했다. 백인 수사의 얼굴이 잠시 붉어졌다.

바자회에는 외빈으로 영화배우 윤정희 씨가 참석했다. 물방울무늬 드레스를 입고 참석한 윤정희를 보겠다며 학생과 교직원, 심지어 교수들조차 행사장에 몰려들었다.

19년 뒤 성 이냐시오관이 들어설 노고산 기슭 잔디밭에 폴 수사가 재킷을 벗어 새홀리기가 앉을 자리를 만들었다.

"고마워요."

수사는 종이봉투에서 사과를 두 알 꺼내 소매에 쓱쓱 문질러 닦고는 한 알을 새홀리기에게 권했다.

서강대 남쪽으로 시야를 가리는 높은 건물이 거의 없던 시절이었다. 잡초 무성한 낮은 언덕이 많았고, 한강은 채 1.5킬로미터도 떨어져 있지 않았다. 강변이 정비되지 않아 폭이 넓은 큰 강이 석양을 반사하면서 황금빛으로 반짝반짝 빛났다.

"아그네스 자매가 살던 섬이 혹시 저기입니까?"

갈수기여서 폭파되고 남은 섬의 잔해가 수면 위에 점점이 드러나 있었다. 새홀리기 당주는 말없이 고개만 끄덕였다.

"골재가 없다고 사는 사람을 쫓아내고 섬을 파괴하다니, 잔인하고 어리석은 처사입니다."

젊은 신학자들이 한창 해방신학에 심취해 있던 시대였다. 폴은 한국인에 대해, 또 한국에서 벌어지는 일들에 대해 항상 묵직한 죄책감을 느꼈다.

"죄스러워하실 것 없어요. 섬 주민들은 그리 반대하지 않았는걸요. 여름마다 수재가 심한 지역이라 살기 어려웠어요."

'정말이지 이 여자는 독심술이라도 부리는 것 같다'라고 수사는 생각했다. 새홀리기 당주는 말을 이었다.

"그리고 이 나라는…… 곧 충분히 부유해질 거예요. 그러니 이곳 사람들에 대해 수사님이 미안해하실 필요는 없어요. 15년쯤 뒤에 여기서 올림픽이 열릴지도 모른다고 제가 말씀드리면 수사님은 안 믿으시겠죠?"

이것은 전망일까, 예언일까? 분명한 것은 아그네스의 이런 무지막지한 낙관주의가 매사에 지나치게 종교적인 젊은 수사에게 지난 수년간 커다란 위안이 되어왔다는 점이었다.

"아그네스 자매가 한 말인데, 그렇게 되겠죠."

파리에서 공학을 전공하던 폴은 자살 미수 사건을 한 번 겪고 전공을 신학으로 돌렸다. 혹독하기로 이름난 프랑스 예수회에서 수련을 마쳤으며, 예수회가 새로 설립한 대학을 도우라며 관구장이 한국행을 명했을 때 주저 없이 그에 따랐다.

타국 생활에 적응하느라 고생하는 동안에는 그를 지긋지긋하게 괴롭혀오던 허무를 느낄 수 없어 차라리 좋았다. 파견 첫 2년간 폴의 당면 과제는 한국어 배우기였다. 외국인에게는 절대 본심을 드러내지 않는 듯한 이곳 사람들에게 마음으로 다가서고 싶었다. 그러나 한국어는 너무나 어려웠고, 프랑스인에게 한국어를 가르칠 좋은 교재나 교사는 전무했다. 연세대 한국어학당에서 한국어 수업을 들으면서 그는 가벼운 절망감을 맛봤다.

그랬기에 교목처의 말단 여직원이 프랑스어를 유창하게 구사하고, 천부적인 어학 강사기도 하다는 사실을 알게 됐을 때는 이루 말할 수 없이 놀랐다. 핍박받으면서도 우아함을 잃지 않고, 내면에 놀라운 지혜를 품고 있는 아름다운 여성의 모습은, 엘리트 수사가 갖고 있던 순진한 제3세계 민중상에도 동화처럼 잘 들어맞았다. 처음에는 한국어 교습을 위해, 그다음에는 동정과 연민으로, 이후에는 존중과 존경심으로, 폴은 아그네스 자매와 두터운 우정을 쌓았다. 그리고 이제 그 감정은 우정 이상의 것이 되어가고 있었다.

폴이 흘끔흘끔 눈치를 살피는 동안 새홀리기 당주는 한강을 내려다보며 생각에 잠겨 있었다. 올림픽이 열릴 것이다. 민주화가 되고, 아시아에서 가장 먼저 평화적으로 여야가 바뀌는 나라가 될 것이다. 그러나 그런 국가적 사건들은 그녀의 관심사가 아니었다. 마음만 먹으면 신력으로 큰 부자가 될 수도 있었지만, 그녀는 거기에도 흥미가 없었다.

새홀리기의 관심사는 섬과 그 주변 그리고 섬에 살던 사람들이었다. 여의도는 부유한 땅이 될 것이었다. 그녀가 그렇게 만들 테니까. 그러나 한강의 진짜 고상하고 아름다운 기운은 모두 현수동으로, 그중에서도 옛 밤섬 주민들의 집으로 향할 것이었다.

"학교 상징물들이 결정됐다는 얘기 제가 전에 했던가요? 이런 건 보직 교수들보다는 예수회 의견이 더 중요하니까, 이사회에도 그대로 올라갈 겁니다."

학교를 상징하는 동물은 앨버트로스로 정해졌다는 설명이 새홀리기의 관심을 끌었다.

"앨버트로스가 어떤 동물인가요?"

"몸길이가 1미터쯤 되는 새인데 거위처럼 생겼고, 몸은 흰색인데 날개 끝은 검어요. 아주 멀리 납니다. 학교 주변에 이런 새가 어디 있느냐며 저는 반대했는데, 다른 수사님들이 마음에 들어 하셔서."

새홀리기 당주는 폴 수사가 내민 그림을 보다가 "이 새는 이 근처에 옵니다. 보기 쉬운 새는 아니지만"이라고 대답했다.

"그래요? 한국 이름은 뭔가요?"

새홀리기 당주는 가만히 생각하다 "나그네새"라고 대답했다.

새홀리기가 잡을 수 없는 아주 큰 새. 그녀가 만날 수 없는 다다음 당주의 이름.

오늘부터 다시 태어나자, 거듭나자! 이런 결심은 하도 자주 해서 이제 감흥조차 없다. 지금처럼 사는 건 싫고 앞으로 확 달라지고는 싶은데, 그게 혹시 불가능한 건 아닐까 싶은 불안감.

동호회 모임에 나가 여자 후배를 다시 만나는 게 창피하긴 했지만 그렇다고 모임에 불참하는 건 더 우스꽝스러운 일이기에 현수는 후드티를 입고 자취방을 나섰다. 이름은 '기업연구동호회'였지만 실체는 취업 준비 스터디 모임이었다.

그날의 연구 대상 기업은 삼성엔지니어링과 SK커뮤니케이션즈였다. 자기소개서를 돌려 읽은 뒤 서로 첨삭을 해주고 잠시 휴식했다.

커피를 마시는 동안 현수는 자기도 모르게 어떤 멜로디를 허밍으로 읊조렸다. 며칠 전 서강대교에서 들었던 이상한 노래의 한 파편이었다. 그가 이상한 선율을 읊조리고 있다는 사실을 자리에 앉은 어느 누구도, 심지어 현수 자신조차 깨닫지 못했다.

그가 노래 한 소절을 그렇게 부르고 난 뒤 시작한 모의 면접 시간에는 갑자기 모임 분위기가 바뀌었다. 현수가 서강대교에서 새벽 2시에 느꼈던 열패감이 스터디 멤버 사이에 스멀스멀 퍼졌다. '모의 면접이라는 거 참 한심하고 웃기지 않아? 우리가 정말 이런 걸 해야 해?'

기어이 누군가가 "오늘 왜 이렇게 까칠해?"라는 말을 터뜨리고 말았다.

"지원서에는 희망 분야가 기획인데 답하는 내용은 마케팅이니까 그렇죠. 면접관이 이 정도도 못 물어보나요?"

얼굴을 붉혔던 당사자 두 사람이 서로 외면하는 것으로 술렁임이 잠시 가라앉았지만 3분도 못 가 "면접관이 이렇게 답하는 걸 좋아할지 그렇게 답하는 걸 좋아할지 형이 어떻게 알아요?"라는 말이 튀어나왔다.

"오늘 분위기 왜 이래요? 저녁 약속이 있어서 먼저 가볼게요."

끝내 멤버 한 명이 프린트물과 노트를 챙기더니 자리에서 일어났다.

마리아 당주는 춘분날 아침에 미니벨로를 타고 서강대교를 다시 찾았다가 충격에 빠졌다. 새벽에 부른 노래의 효과가 왜곡되어, 갈풀이나 버드나무들이 엉뚱한 방향으로 싹을 틔우고, 섬 주위 물길이 흐트러져 있었다.

마리아는 주니어 디자이너들에게 오늘은 미용실에 조금 늦게 도착할 것 같다고 문자메시지를 보낸 뒤, 자전거 옆에서 서둘러 잘못된 굿의 부작용을 보정하는 노래를 불렀다. 섬이 크게 변한 것은 아니었지만, 그 결과보다는 사건의 원인을 받아들이기 힘들었다.

지난밤, 서강대교에 검은 봉지를 들고 마리아 당주 근처까지 온 청년이 있었다. 애매한 인상의 청년은 '무시하고 지나가라'라는 주문이 담긴 박자에도 아랑곳하지 않고 마리아를 알아봤고, 겁주고 경고하는 멜로디에도 한참이나 버텼다. 마리아는 노래가 잘 먹히지 않은 게, 그 젊은이가 취해 있어서 그런가 보다 여겼다.

그런데 지금에 와서 돌이켜보니, 그 남학생도 뭔가 노래를 부르고 있었다. 그의 노래가 섞여 들어가면서 여자 굿의 곡조 몇몇이 제 역할을 하지 못하게 됐다. 새홀리기 당주 이후로 마리아는 자신 외에 신통력 있는 노래를 부르는 사람을 처음 만난 것이었다.

미용실에 돌아와서도 골똘히 청년의 정체에 대해 생각하느라 펌 시술 중 타이머가 울리는 것을 알아채지 못해 손님 머리를 상하게 할 뻔했다.

마리아는 자신이 밤섬 여자 굿의 당주로 선택된 것이 과분한 은총임을 알았다. 새홀리기를 만나지 못했다면 어떻게 되었을까? 지방 유흥업소를 전전하다 일찍 시들고, 지금쯤이면 만신창이가 됐을 것이다. 마리아는 자신이 자력으로 그 어둠을 헤쳐 나올 수 있었을 거라 생각하지 않았다.

미용실에서 스태프를 '시다'라고 부르고 주니어 디자이너를 '시야기'라고 부르던 시절, 새홀리기는 정신적으로뿐 아니라 물질적으로도 마리아에게 부모와 같은 존재였다. 기술이나 수완이 빼어나다고 할 수 없는 자신이 미용사로 성공한 까닭은 새홀리기의 도움을 음양으로 받은 덕분이었다.

마리아는 자신이 새홀리기와는 비교할 수 없을 만큼 신통력이 떨어진다는 사실을 뼈저리게 느꼈고, 그래서 주어진 사명에 더 최선을 다하려 했다. 말레이시아 주재원이 된 남편에게 "나는 현수동에 남겠다"라고 단호히 선언할 수 있었던 것도 그 때문이었다.

하지만 최선을 다하는 것으로 충분할까? 새홀리기가 워낙 기틀을 잘 다져놨고, 후계자가 해야 할 일을 친절하고 확실하게 잘 일러두고 떠났기에 지금 당장 해야 할 일이 뭔지는 알았다. 그러나 섬이 꿈꾸고, 되고자 하는 바가 뭔지 마리아로서는 이해하기 힘들었다.

마리아는 진짜 당주 사이에서 가교 역할을 하는 게 자신의 임무라고 생각했지만 다음 당주를 어떻게 찾아야 하는지 알지 못했다. 후계자에 대해 새홀리기는 "때가 되면 만나게 될 것"이라는 말만 했을 뿐, 다른 설명을 하지 않았다.

그리고 자기도 모르게 그 '때'가 왔고, 강력한 후계자 후보를 새벽에 한강 다리에서 마주쳤던 것이다. 술에 취해 가요를 흥얼거리는 것만으로도 정식 무녀의 노래에 영향을 미칠 정도로 잠재력이 큰 젊은이였다. 그런데 마리아는 그 청년에게 좌절감을 주어 쫓아버렸으며, 청년이 누구인지, 어디로 연락하면 되는지, 어떻게 생겼는지조차 알지 못했다.

"아그네스 자매, 언젠가 자매께서 나중에는 이 일대로 철새들이 많이 다니게 될 거라고 하지 않았습니까? 앨버트로스도 그때 오는 겁니까?"

"네. 수사님께서 또 예지력이라고 놀리시면 할 말 없지만요."

1974년, 영화배우 윤정희가 피아니스트 백건우와 결혼한 해.

"아니, 그런 게 아니라…… 이상한 생각을 했어요. 높은 빌딩들이 들어서고 파리나 런던만큼 복잡한 도시가 되는데 거기에 철새 도래지까지 있다면 그거야말로 현대 문명이 가야 할 방향이구나, 참 살기 좋은 곳이겠구나, 하는 생각 말이오."

"별로 그렇진 않아요."

폴 수사는 그날따라 쫓기듯 수다스러웠다. 새홀리기는 폴이 왜 신학도의 길을 걷게 됐는지 알 것 같았다. 이 남자는 의문이나 갈등을 마음에 담아두고 숨길 수 없는 사람이다. 그는 아마 '나는 왜 사는가'라는 질문을 외면할 수 없어 종교에 빠졌을 것이다.

그리고 새홀리기는 이 선량한 프랑스인이 지금 마음속에 어떤 의문을 품고 있는지, 무엇 때문에 번민하는지 잘 알고 있었다. 이런 남자의 욕망의 대상이 된다는 것은 황홀하기까지 했고, 그 달콤씁쓸한 감각을 즐기느라 이 남자의 번민을 미리 막지 못했다. 지금이라도 노래를 불러 남자가 고민을 다른 방향으로 돌리거나 잊게 만들 수는 있었다. 그러나 이 강직한 수사는 그런 걸 원하지 않으리라.

사제 수업을 받으러 파리로 돌아가야 하는 날이 다가오면서 수사는 조급해졌다. 그는 마음속으로 '오늘이 아니면 안 돼. 언제까지 바라보기만 할 셈이야?'라고 생각하고 있다. 그는 서강대 정문에 이르러 마침내 '좀 걷지 않을래요?'라고 청할 것이고, 성 이냐시오관이 생길 산기슭에서 어정쩡하게 자신의 마음을 고백할 것이다.

"좀 걷지 않을래요?"

폴 수사가 교문 앞에서 거의 비는 듯한 표정으로 말했을 때 새홀리기는 "아니요, 그냥 가겠어요"라고 대답했다.

"수사님이 저에게 어떤 질문을 하실지 알고 있으니까요. 그리고 그 대답은 '아니요'입니다."

"제가 할 질문을 안다는 건, 저와 함께 프랑스로 가지 않겠느냐는 질문을 이야기하는 것일 테죠? 그리고 그 대답이 '농'이라는 거고요?"

"예."

"왜 그런지 여쭤봐도 될까요?"

"왜냐하면 어떤 사람도 결심만으로 다시 태어날 수는 없는 거니까요. 수사님은 서품을 받건 받지 않건 사제로 사실 겁니다. 지금 이 순간에는 영혼을 사로잡는 듯한 열정이 진실해 보인다 해도, 결국 자신의 바탕을 이루고 있는 틀로 되돌아갈 수밖에 없을 거예요."

정말 완전히 다른 사람이 되고 싶다면 기존의 자신을 이루던 믿음을 다 부숴버리고 밑바닥으로 가라앉아야 한다. 섬역시 마찬가지였다. 새홀리기는 섬이 되고자 하는 바를 이해했고, 그 비전을 실현하려면 먼저 섬을 없애버려야 한다는 결론을 얻었다. 그래서 그녀는 여의도 개발을 추진했고, 공사에 필요한 골재를 얻어야 한다는 명분으로 사람들이 밤섬을 폭파시키도록 했다.

이는 새홀리기에게도 적용되는 명제였다. 그녀는 무녀로 태어났고 당주로 살아왔다. 폴을 따라 프랑스로 간다 해도 그 본질은 변하지 않는다. 결국엔 섬으로 돌아오게 되리라.

새홀리기가 고개를 돌렸을 때 폴은 필사적인 심정이 되어, 나중에 후회할 걸 알면서도 묻지 않을 수 없었다—"저를 사랑하세요?"라고.

새로 태어나는 기분만이라도 느껴보자, 싶어서 머리를 자르러 갔다. 그런데 캠퍼스 안에 있는 이발소는 마침 전기 공사로 휴무였고, 두어 번 가본 블루클럽 서강점은 그새 폐업한 상태였다. 휴대전화로 검색해보니 광흥창역 쪽으로 조금 더 걸어가면 '소박하지만 은근히 실력 있는' 미용실이 있다고 해서 그리 갔다.

학교 남쪽 방향을 택한 이유는 신촌이나 이화여대 근처의 프랜차이즈 미용실에서는 주눅이 들기 때문이다. 대학생이 되기 전에는 오로지 목욕탕 이발소에서만 머리를 깎았던 터라, 좋은 냄새가 나는 여성 미용사들이 "오빠 정말 훈남이시다" 따위 말을 붙이면 어찌해야 할지 몰랐다. 후줄근한 분위기의 개인 미용실에서 "단정하게 잘라주세요"라고 말하고 기도하는 심정으로 처분을 기다리는 편이 차라리 나았다.

그런데…… 이 미용실은 그렇게 촌스럽지도 않으면서 참 편안하네. 걸 그룹 노래 대신 재즈가 흘러나와서 그런가? 여성 스태프가 머리를 감겨주는 걸 즐기며 현수는 자기도 모르게 오디오에서 들려오는 멜로디를 따라 흥얼거렸다.

그가 따라 부른 곡조는 〈(I Love You) For Sentimental Reasons〉이 아니라 그 안에 녹음된 마리아 당주의 노래 일부였다. 손님들의 마음을 가볍게 풀어주고, 자신감을 북돋우고, 세상과 화해하게 하는 곡이었다.

미용실 '마리아 루나헤어'가 대성공을 거둔 비결은 그런 마법의 노래들이 계속 흘러나오는 데 있었다. 손님들은 입을 모아 말했다. "여기만 오면 마음이 편해져. 주인이 착해서 그런가 봐. 스태프들 군기를 잡는 것 같지도 않는데 다들 성실한 게 보기 좋아." 자존감이 높아지는 음악 덕분에 고객들은 패션모델과 비교하지 않고 자신의 아름다움을 당당히 감상할 수 있었다. 몇몇 손님은 마리아 루나헤어의 거울이 '요술 거울' 아니냐며 웃었다. "이 집 거울로 보면 내가 정말 예뻐 보이는데, 우리 집에만 가면 피부가 자글자글하고 눈도 형편없이 처진 거 있지."

커트가 마음에 든 현수가 콧노래를 흥얼거리면서 미용실 문을 나선 지 10분 뒤, 마리아 당주가 자기 가게에 도착했다. 독감에 걸린 아이를 달래는 노래를 부르다 평소보다 두 시간 늦게 출근한 날이었다.

섬이 꾸는 꿈은 한없이 아름답고 동시에 비인간적인 것이어서 보통 사람들은 이해하기 어려웠다. 사람들은 거의 대부분 아름다움이 인간적인 특성이라고 오해한다.

섬은 밀려오는 강물과, 자신을 둘러싼 지형과, 자신이 품은 동식물을 재료로 아름다운 음악을 연주하고 싶어 했다. 강이 마르지 않는 한 영원히, 쉼 없이 노래하고 싶었다.

섬은 궁극의 악기가 되고자 했다. 음을 최대한 공명시키기 위해 바이올린처럼 가운데가 오목한 형태를 갖추고, 풍부한 음색을 내기 위해 몸을 물풀과 억새로 뒤덮고, 그 선율에 여운을 주기 위해 주변을 민물고기 산란장으로 둘러싸고 싶어 했다. 섬은 자신이 부르는 노래를 멀리 전하고 싶었기 때문에 철새들을 가능하면 많이 받아들이고 싶었다.

언젠가는 그 오케스트라에 인간도 필요할 터였다. 인간은 반응이 다채로운 멋진 관객이고, 과거를 기록하는 유일한 동물이니까. 기록과 재생이 가능하다면 강물이 마르고 섬이 사라진 다음에도 음악은 영원할 수 있다.

폭파되어 사라진 뒤 다시 부활한다는 해법을 새홀리기 당주가 제시했을 때 섬은 반대하지 않았다. 사랑하는 주민들은 잠시 떠나보내야 할 테지만, 그들이 섬에 머무르는 한 더 나

은 음악은 영영 시도할 수 없을 것이었다. 1967년 겨울, 모래
사장에 선 새홀리기 당주와 밤섬은 칼바람 속에서 감미롭고
무시무시한 이중창을 함께 불렀다. 가냘프면서도 끊어지지
않고 마음을 휘젓는 애처로운 선율에, 악마 같은 가사를 실은
새홀리기의 유혹에, 섬은 어둡고 무거우면서도 비장한 각오
가 담긴 무조음악으로 응답했다. 양측이 서로 목청을 높이자
한강에는 거센 풍랑이 일고 강 위를 떠다니는 얼음판들이 서
로 부딪쳐 깨졌으며, 수면 곳곳에 소용돌이가 일었다.

　발파 공사를 하던 날, 20년 뒤 섬이 되살아나리라는 것을
알면서도 새홀리기 당주는 식은땀을 흘리며 몸서리를 쳤다.
섬이 사라진 뒤 젊은 무녀는 깊은 슬픔과 우울함에 활기를 잃
고 말수가 적어졌다.

　밤섬과 그 일대 행정동 하나 정도 넓이의 땅이 세상의 중
심이고 만사의 기준인 새홀리기에게 가톨릭의 세계종교라는
개념은 흥미로웠다. 모든 인류의 구원이라는 비현실적인 목
표에 삶을 헌신하기로 결심하고 괴로워하는 예수회 수사들은
감탄스럽기도 하고 순진해 보이기도 했다.

　폴 수사가 사제 수업을 받으러 프랑스로 떠난 뒤 새홀리기
는 말수가 더 없어졌다. 결혼도 하지 않고, 가족도 없이 비밀
스러운 이중생활을 영위하고 있던 그녀는 대화를 나눌 상대
가 거의 없었다.

나이가 들어가면서, 그녀는 자신이 스무 살 무렵에 자신만만하게 구상하고 실행에 옮겼던 밤섬의 재탄생과 주민들의 이주 계획에 대해 회의가 들어 괴로웠다. 그녀는 현수동이 도시화되고 주민들도 그 흐름에 휩쓸릴 거라는 사실은 내다봤으나, 그게 어떤 건지 정확히 알지 못했다. 그녀가 몰랐던 것은 도시가 얼마나 큰 힘을 갖고 있는지가 아니라, 인간의 마음이 얼마나 나약한지였다. 올림픽이 열릴 때쯤, 현수동으로 이주한 주민 절반가량은 더 나은 일자리나 혼처를 찾아 섬과 당주의 영향권 밖으로 이미 떠난 상태였다.

아현동 굴레방다리 앞에 촘촘히 들어선 술집촌에서 새끼마담으로 일하던 마리아를 발견한 건 그즈음이었다. 그녀에게 긴물개라는 이름을 지어주고 노래를 가르치면서 새홀리기는 '밤섬 여자 굿 당주가 지녀야 할 자질'을 다시 생각해보게 됐다.

무녀로서 마리아의 재능은 대단치 않았다. 그러나 애초부터 섬에 새홀리기처럼 괴물 같은 힘을 지닌 무녀가 필요했던 걸까? 여자 굿의 당주가 할 일은 섬사람들의 기분을 북돋우고, 아픈 사람이 있으면 몰래 통증을 덜어주며, 섬이 남자 굿 당주에게 전하지 못한 말들을 가만가만 들어주는 것 아니었던가. 당주의 직권과 무녀의 힘을 남용한 나, 새홀리기가 오히려 불필요한 존재는 아니었을까.

반면 마리아는 술집 새끼 마담에 불과한 자신이 다른 사람들과 넓은 땅의 수호자가 된다는 사실에 감격했고, 당주라는 역할을 황송하게 받아들였다. 젊은 수녀들이 예수 그리스도를 사랑하듯 마리아도 자신의 사명을 사랑했다. 그녀는 아내와 당주라는 두 가지 역할 중 하나만 택하라고 하면 주저 없이 후자를 택할 것이었다. 새홀리기 당주는 자신이 그럴 수 있을지 장담할 수 없었다.

만약 폴 수사가 한국에 돌아와서, 한 번만 더 같은 질문을 해준다면 내가 그 요청을 거부할 수 있을까?

고독한 권력자인 새홀리기는 마리아에게 깊은 애정을 품었으나, 너무 오랜 시간을 외로움과 내적 갈등에 시달려온 터라 그 마음을 밖으로 잘 표현하지 못했다. 그녀는 마리아가 자신을 존경하면서도 두려워한다는 사실을 알았으나 오해를 풀기 어려웠고, 나중에는 그 관계에 대해 얼마간 체념하게 됐다. 그녀 자신의 삶에 대해 오래전에 기대를 접었듯이.

그녀는 지난 수백 년을 통틀어 가장 강한 힘을 부린 당주였으나, 언젠가부터 노래로 자신을 위로할 수가 없게 됐다. 새홀리기는 자신의 수명이 다해감을, 1999년 어느 날 자신이 죽을 것임을 알았다.

시니어 디자이너에까지 오른 마리아에게 새홀리기는 자기 돈으로 가게를 내주었다. 새홀리기는 마리아 루나헤어라는 이름을 직접 짓고, 경쟁자 없이 장사가 잘될 만한 곳으로 가게 위치도 정해주었다.

가게 문을 열던 날, 마리아는 새홀리기에게 흰색 플라스틱 카드를 내밀었다. 마그네틱 선도, IC 칩도 없는 카드 앞면에는 '마리아 루나헤어 평생 무료 이용권'이라는 문구가, 뒷면에는 "각종 커트, 펌, 염색, 볼륨매직, 두피 클리닉, 기타 모든 시술 일체 무료: 사용 기간은 영원히, 이용권은 대여 및 양도 가능합니다"라는 글이 적혀 있었다. 카드를 받은 새홀리기는 눈물을 글썽이며 웃었다.

"종교학과 학생이세요?"

"아, 아닙니다. 저는 근로장학생입니다. 교목처에서 오늘 행사를 도와주면 그것도 일한 시간으로 쳐주겠다고 해서 여기 와 있습니다."

현수는 '진행'이라고 쓰인 이름표를 목에 걸고 성 이냐시오관 계단참에 서 있었다. 그의 뒤로 '종교는 세계를 어떻게 바꿀 수 있는가'라는 포럼 제목이 적힌 현수막이 소강당 입구 위에 걸려 있었다. 마침 말을 걸어온 할머니가 누구인지 정체가 궁금하던 참이었다.

이 할머니는 만년의 오드리 헵번처럼 나이를 감추려 하지 않으면서도 빈틈없이 우아하고 꼿꼿했다. 뒤로 땋은 머리에 검은 숱이 한 오라기도 없고 피부가 무척 흰 데다, 프랑스어를 썼기 때문에 처음에는 외국인인 줄 알았다. 그런데 이 여인은 한국어도 유창했다. 통역인가? 남학생은 나이 든 여자도 아름다울 수 있다는 사실을 그날 처음 알았다.

"학생은 아까부터 무슨 노래를 그렇게 열심히 부르고 있나요?"

"네? 제가 노래를 부르고 있었나요? 아, 이것 참……. 죄송합니다. 어릴 때부터 버릇인데 잘 고쳐지질 않네요."

"아니에요, 괜찮아요. 그렇게 즐거운 얼굴로 노래를 부르는 모습이 보기 좋아서 말을 걸어봤어요. 부르던 노래가 무슨 곡인지 아시나요? 나도 찾아서 들어보고 싶은데."

내가 뭘 부르고 있었더라? 조금 전까지도 흥얼거리던 멜로디가 도통 기억나지 않았다. 여인은 괜찮다고 했고, 멋쩍어진 대학생은 궁금해하던 것을 물었다. 할머니는 기조 발제자인 레비나스 교수의 부인이고, 국제결혼을 해서 지금은 프랑스에 살고 있다고 대답했다.

레비나스 여사는 강당에 들어가서 세미나를 들어보는 게 어떠냐고 권유했고, 현수는 늦게 오는 참석자들을 안내해야 한다고 대답했다. 그는 왠지 경계심이 풀어져 수다스러운 기분이 됐다.

"게다가 아까 세미나 자료집을 읽었는데 내용은 흥미롭지만 막연히 좀 반발심이 생기더라고요. 종교가 과연 세상을 바꿀 수 있을까, 지금 우리한테 필요한 게 종교일까, 하고요."

"왜요? 종교인들이 너무 가식적이어서요?"

"아니요. 그것보다는…… 저는 세상 모든 사람을 살릴 수 있는 절대 선(善)이나 구원자 같은 게 있을까 의구심이 듭니다. 그보다는 체계는 없더라도 사람 사이의 인정이나 연민 같은 게 오히려 우리를 구원할 수 있지 않을까 해요. 죄송합니다, 제가 무슨 소리를 하는 건지 모르겠네요."

"아니에요, 흥미로운 지적이에요. 저도 비슷한 고민을 한 적이 있어요."

"그렇습니까? 저는 때로 이런 생각을 합니다. 다른 사람을 구원하겠다는 선한 마음과 보편타당한 진리에 대한 믿음 때문에 종교전쟁이 벌어지고 세상이 지옥으로 변하는 게 아닐까. 그러니 너무 멀리 떨어져 있는 아프리카 난민을 위해 고민하지 말자, 가까이에 있는 우리 동네, 신촌에 사는 사람들을 위하며 살자. 저는 그렇게 제 손으로 잡을 수 있는 일을 하고 싶어요. 모든 사람이 저처럼 산다면 그것도 하나의 답이 될 수 있지 않을까요?"

여인은 소강당으로 들어가는 대신 이현수와 여러 가지 주제로 제법 오랫동안 이야기를 나눴고, 현수도 그게 싫지 않았다. 레비나스 여사는 세미나가 끝나갈 무렵, "너무 오래 붙들고 말을 시켜서 미안해요. 이거라도 받아요"라며 지갑에서 카드를 한 장 꺼내 현수에게 내밀었다. 그 카드에는 '마리아 루나헤어 평생 무료 이용권'이라고 적혀 있었다.

세계적 종교학자 레비나스 교수 방한… "기독교가 자본주의 부조리에 맞서야"

기사 입력 2012-04-04 11:24

"기독교인들이 프로테스탄티즘 윤리를 넘어서야 한다."

한국을 찾은 세계적인 종교학자이자 철학자인 폴 레비나스 교수가 이같이 주장했다. 레비나스 교수는 2일 서울 마포구 서강대에서 열린 세미나에서 "오늘날 종교의 가장 큰 적은 자본주의로 인한 사회 갈등과 인간 소외"라며 "사유재산을 부정하는 사회는 존속할 수 없지만 그렇다고 종교가 자본주의에 면죄부를 줘선 안 된다"라고 말했다.

(중략)

리옹대 인문학장인 레비나스 교수는 한국과 깊은 인연을 이어오고 있는 인물. 예수회 수사 시절 한국으로 파견 와 4년간 머물렀으며, 이때 한국어를 배워 민청학련 사건과 인혁당 사건 관련자 탄원운동에 참여했다. 사제 수업 중 환속한 그는 53세이던 1999년 한국 여성과 결혼해 현재 프랑스 리옹에서 거주하고 있다.

장휘영 기자 hwi0@

"예전보다 더 멋있어진 것 같아요."

"아그네스 자매는 전과 다름없이 아름답습니다."

1999년, 새홀리기가 죽기로 예정돼 있던 해. 섬은 강물 아래에서 모양을 바꾸었고, 다른 모습으로 태어나 수면 위로 올라왔다. 한국을 다시 찾은 폴은 과거의 강직한 수사가 아니었다. 그는 좀 더 복잡하고 모호한 사람이 되어 있었다.

새 건물 티가 가신 성 이냐시오관에서 폴은 다시 물었다.

"나와 함께 프랑스로 가지 않겠어요?"

"저와 같이할 수 있는 시간이 단 한 해에 불과하다고 해도, 그러시겠어요?" 새홀리기가 되물었다. 폴은 '당연한 걸 묻느냐'라는 표정이었다.

그날 밤 새홀리기는 서강대교 아래를 오래 거닐며 섬이 들려주는 노래에 귀를 기울였다. **가, 가, 네 뜻대로 해.** 도시의 야경을 반사하며 반짝반짝 빛나는 물살이 그렇게 재잘댔다. **그대 떠나면 다시는 돌아오지 못하리.** 몸이 바싹 마른 갈풀들이 어둠 속에서 바람에 몸을 떨며 합창했다. **가, 가, 네 뜻대로 해.** 섬의 노래에 불협화음이 섞여 들어가는 것을 감지한 새들이 몇 마리 푸드득 날아올라 자리를 피했다. 63빌딩과 트

윈타워 앞에 검은 윤곽으로만 보이는 섬의 모습이 갑자기 낯설었다. 섬의 노래 속에는 답이 없었다. 예전에도 그랬다. 섬의 노래를 듣는 동안 새홀리기는 외로워졌다. 자전거와 롤러블레이드를 타고 둔치 도로를 달리는 젊은이들 사이에서 새홀리기는 지독히 고독했다.

새홀리기 역시 더는 오만한 젊은 혁명가가 아니었다. 그녀는 섬이 지워준 운명에서 벗어날 수 있을지 알지 못했지만 이번에는 자신을 믿어보기로 했다. 마리아 당주의 남편이 인천공항으로 차를 모는 동안 새홀리기와 마리아는 뒷좌석에서 조용히 허밍으로 서로 앞날에 행복이 가득하길 기원하는 이중창을 불렀다. 새홀리기는 출국심사대에서 문득 **고마워, 고마워**, 라고 섬이 노래하는 소리를 들은 것 같다고 생각했다.

그해 겨울 어느 날, 여인은 남편과 프랑스의 시골 마을 눈길을 산책하다 문득 자신 안의 새홀리기가 죽어 있음을 깨달았다. 남편은 아내가 갑자기 눈물을 터뜨린 이유를 몰라 당황했지만 조용히 안아주며 자리를 지켰다.

"괜찮습니다. 저도 즐거웠는데요, 뭘"이라며 사양했지만 할머니가 너무 완강해 카드를 받고 말았다. 레비나스 여사는 "파마를 하면 귀엽게 잘 어울릴 거 같아서 그래요"라며 말했고, 실은 현수도 파마를 한번 해보고 싶었다.

하지만 카드가 너무 가짜티가 나서, 그는 카드를 며칠 동안 지갑 속에 묵혀두다 어느 저녁 마리아 루나헤어로 전화를 걸었다.

"제가 평생 무료 이용권이라는 카드를 어떤 할머니한테 받았는데요. 이런 카드가 진짜 있나요? 카드 뒷면에는 대여나 양도도 가능하다고 나와 있는데요."

전화를 받은 상대방은 몹시 당황한 것 같았다. 그런 카드가 실제로 있으며, 언제든 오셔도 괜찮다, 지금 예약을 하셔도 좋다는 대답에 현수도 덩달아 놀랐다.

"정말 뭘 하든 다 공짜란 말인가요?"

이현수가 파마를 하기로 예약한 시각 몇 시간 전부터 마리아는 가슴이 두근거려 가게를 여러 번 청소했다. 다른 디자이너들에게는 반차 휴가를 주었다. 그날 마리아 루나헤어에서 머리를 다듬어야겠다고 생각한 현수동 주민들은 미용실 근처까지 왔다가 숍에서 나오는 음악을 듣고 다른 할 일이 떠오르거나 지금 헤어스타일을 굳이 바꿀 필요는 없다는 생각에 발걸음을 돌렸다.

이현수는 마리아 루나헤어 앞에서 커다란 새 한 마리가 한강으로 날아가는 광경을 목격했다. 몸길이가 1미터는 될 것 같은 흰 새였는데, 두루미나 학은 아니었다. 서울에도 저런 새가 있단 말이야? 밤섬이 근처에 있어서인가?

미용실 원장이라는 중년 여성은 어쩐지 안절부절못하는 것처럼 보였다. 하지만 그 원장이 어려운 외국어를 사용해서 컬의 모양을 설명하려 들지 않고 "머리를 이렇게 '삐용삐용' 위로 올라오게 하는 거 어떠세요?"라고 묻는 바람에 현수는 갑자기 마음이 푹 놓였다. 그는 기도하는 심정으로 눈을 감았다. 그 역시 새로 태어나길 원한다면, 자기 파괴와 침잠의 과정을 거쳐야 할 것이었다.

　　마리아는 노래를 흥얼거리며 약제를 현수의 머리에 바르기 시작했다.

반인반수(半人半獸)의 생태학

정은경(문학평론가)

화려한 도시의 그늘을 가리키는
'뤼미에르 피플'

　　장강명의 《뤼미에르 피플》은 뤼미에르 빌딩에 거주하는 사람들의 이야기를 엮은 연작소설이다. 열 편의 단편소설에 등장하는 인물들이 뤼미에르 빌딩에 거주하고 있거나 그 주변에 위치하고 있다는 표면적인 공통점 외에 '뤼미에르 피플' 연작은 좀 더 심층적인 측면을 공유하고 있다. 그것은 '빛, 광명'을 뜻하는 '뤼미에르(lumière)'의 의미와 관련한 것으로서 '대도시의 한복판' '현대성의 정점'에 붙박인 인간 군상이라는 점이다. 작품에서 뤼미에르 빌딩은 저층의 편의점, 만홧가게 등의 종합 상가와 고층의 오피스텔로 이루어진 빌딩이며 신촌에 위치한 것으로 그려진다. 대학가, 쇼핑몰, 맛집, 유흥과

환락의 거리, 대중문화와 인디문화의 범람 그리고 경의중앙선 신촌역에 이르기까지, '신촌'이라는 지역은 도심의 역사성과 현대성을 동시에 지닌, 복합적이고 중층적인 토포스(topos)다. 지성과 욕망, 전통과 현대, 소비와 문화, 속도와 정체, 부와 가난 등을 모두 품고 있는 이 거리의 한복판에서 작가는 동시대적 삶의 좌표를 거침없이 그려나감으로써 독자에게 도시적 삶의 실체를 들여다보기를 요구한다. 여기에서 그려지는 뤼미에르 빌딩의 사람들은 "눈앞의 저 빛! / 찬란한 저 빛! / 그러나 / 저건 죽음이다 // 의심하라 / 모오든 광명을!"(《오징어》)이라는 유하의 시에서처럼, 죽음의 빛인 줄도 모르고 집어등을 향해 달려든 오징어와 다를 바 없다. 그들은 광명에 붙들린 채 '죽어가는 자들'과 마찬가지다. 따라서 '뤼미에르 피플'은 화려한 도시의 그늘을 가리키는 역설적인 제목인 것이다.

그렇다면 빛에 이끌려 죽음마저 불사하는 불나방 같은 존재들, 뤼미에르라는 첨단 자본의 토포스 주위를 맴도는 이들은 어떤 존재인가? 801호의 줄담배 피우는 어린 임신부와 가출 소년, 802호의 하루아침에 전신마비가 된 일중독자와 룸살롱 호스티스, 나이트클럽 웨이터 커플, 803호의 청각장애인, 804호의 죽은 작가, 805호의 매로 돈을 벌고 쓰는 채무자와 재벌 2세들, 806호의 인터넷 여론 조작 기관 팀-알렙의 멤버들, 807호의 결막염에 걸린 고양이를 갖다 버린 여인과 고양이 마티, 808호의 쥐의 형상을 닮은 반인반서 청소년들, 809호의 알코올의존증을 앓는 엄마의 자살에 동조해 자해하는 어린 소년 상호, 그리고 밤섬 당굿의 당주가 될 운명을 지닌 810호의 대학생 현수 등이 그들이다. 이들은 모두 사회의 평균적이고 정상적인 삶에서 벗어나 있다는 점에서 루저거나 잉여들이다. 그러나 오피스텔의 구조는 동일하나 이 잉여들의 구체적인 결핍과 비애는 각각 다른 문양을 지니고 있다. '루저 1호, 루저 2호, 루저 3호' 등으로 명명해도 상관없을 이 낙오자들의 생태학을 작가는 냉정한 현미경적 시선으로 묘파하고 있는데, 특이한 것은 이 루저들을 인간과 짐승의 형태를 띤 '반인반수(半人半獸)'의 존재로 그리고 있다는 점이다. 연작 열 편 중 동물과 곤충 이름을 달고 있는 여섯 편의 작품 제목 그리고 거기에 등장하는 1호의 박쥐 인간, 7호의 고양이, 8호의 쥐 인간들, 이들 괴물의 일상은 우리 시대 루저들을 환기한다는 점에서 알레고리로 볼 수 있다. 그러나 한편으로는 인간적 의미의 풍자와 교훈성과 무관하다는 점에서 기이한 환상성의 표출이기도 하다.

이들 '괴물'됨의 특징은 역설적으로 사회의 '표준 인간'의 특징을 환기하는데, 그 첫 번째 조건은 '미래'의 유무다. 〈801호 박쥐 인간〉과 〈802호 모기〉의 인물들이 대표적인 경우다. 뤼미에르 빌딩 1층 편의점과 2층 만홧가게에서 아르바이트를하는 1호의 가출 소년 '나'는 자신을 박쥐 인간이라고 생각하는데, 그에 따르면 박쥐 인간의 가장 큰 특징은 미래가 삭제되었다는 것이다. 미래와 연관된 학교, 사회화 등에서 이탈한박쥐 인간 '나'는 "박쥐 인간들은 인간과 달리 현재가 과거와분리되지 않는다. 조상들의 과거는 현재만큼이나 실제적이며, 미래는 현재에 없다"(12쪽)라고 선언한다. 또 이 박쥐 인간은 삶의 생동성(Lebendigkeit)을 혐오해 낮을 기피하고, 절망과비탄에 빠진 인간의 비애를 일용할 양식 삼아 살아가는 존재로 그려진다. 그리하여 박쥐 인간 '나'는 세브란스병원의 장례식장에 가서 인간의 슬픔을 한껏 흡입하거나 801호에 거주하는 어린 임신부의 슬픔에 기대어 살아간다. 이 청소년의 괴물성은 작품 서두의 '실종, 자폐증, 공상'을 키워드로 하는 실종기사에서 짐작할 수 있듯 '배트맨'과 같은 초월적 능력과 상관없는 것이며, 미래의 발전 가능성과 단절된 어떤 퇴행성을 보여주는 표식이다. 그가 일하는 만홧가게에 와서 하릴없이 줄담배를 피우며 시간을 보내는 801호의 임신부 또한 미래와 단절되어 있기는 마찬가지다. 액세서리 상점을 했던 동거남이 교통사고로 죽자 그녀는 배 속의 아이도 잊은 채, 절망의 나날을보내다 박쥐 인간의 도움을 받아 자신의 남자친구를 죽게 한,

거울 장난의 장본인을 찾아낸다. 박쥐로 변신한 '나'는 그 범인을 벌하려 하지만 자동차를 향해 햇빛을 반사시키는 장난을 즐긴 장본인 또한 미래의 비전은커녕 현재와 무의미한 육체성에 질식해가는 지적장애아임을 알고 돌아 나오고 만다.

〈801호 박쥐 인간〉에서 박쥐 인간으로의 변신 모티프는 숨 막히는 성장 제일주의의 자본주의 시스템에 대한 거부를 의미한다는 점에서 카프카의 〈변신〉과 어떤 유사성을 지니는데, 802호의 '일중독자'가 겪는 전신마비를 통해 변신의 의미를 한층 뚜렷이 확인할 수 있다.

디스토피아적 암울함과
허무주의적 페이소스

〈802호 모기〉에 등장하는 마흔네 살의 남자는 어느 날 아침 눈을 뜨자 몸을 전혀 움직일 수 없게 된다. 비교적 모범적인 삶―그는 잘나가는 건설업체 임원이고, 아내와 아이는 캐나다로 어학연수를 떠났다―을 살았다고 자부하던 그는 예기치 못한 '중단'에 맞닥뜨리자 과거 자신의 중단 없던 삶의 투쟁들과 그 결과로 얻은 현재에 대해 성찰하게 된다. 남자는 지난날을 회상하면서 자신의 행복이 온전히 '성취'와 관련되어 있음을 깨닫게 된다. 이를테면 고교생 해외탐방단에 뽑혀 독일에 간 것, 국내의 모든 산에 오른 것, 새벽마다 중국어학원에 다닌 것, 프레젠테이션을 멋지게 해내서 혁신상을 받은 것, 자신의 활약으로 회사가 시공사 업체에 선정된 것 등등. 그에게 삶은 늘 목표를 향한 도전의 연속이었고 이를 성취함으로써 존재감과 행복을 느꼈음을 그는 다음과 같이 고백한다.

그것은 인생을 승부의 연속으로 여긴 인생관의 원인이자 결과였다. 그는 삶을 전장이나 공사장으로 여기고, 무언가를 만들고 빼앗거나 이루면서 기쁨을 느꼈다. 심지어 백두대간을 종주할 때도 풍경 감상은 거의 하지 않았다. 그 여행을 산과 자신의 싸움이라고 생각하며 영어와 중국어 단어장을 들고 다녔다. (…) "목표가 있는 삶은 행복하다"라고 스티븐 코비가 말했다. 남자는 목표를 갖는 것이 대답 없는 질문과 공허에 빠지지 않는 길이라 믿었다. 존재와 의미에 관한 질문은 사람들을 아무 곳으로도 데려가지 못한다. 남자에게 진짜 인생을 사는 방법은 목표라는 한 점에 정신을 집중하고, 치열해지는 것이었다. 그래서 남자는 매사에 목표치를 두고 그것을 달성하기 위해 노력했다. 중간고사, 학기 말·학년 말 시험, 반장 선거, 대입학력고사, 학점, 토익 점수, 취업, 근무 평점, 업적 평가, 승진 심사, 시공사 선정 주민 투표. 금연이나 체중 관리와 같은 생활 습관 교정은 물론이요, 심지어 연애와 결혼도 외교전의 일종이라 여겼다. 그렇게 해서 국내 건설업계 최고라는 회사에 들어가 승승장구했고, 예쁘고 똑똑한 아내도 얻었다. (55~56쪽)

금연이나 체중 관리, 심지어 연애조차 일종의 승부라고 생각하며 살아온 중년 남자, 끊임없이 목표를 설정하고 거기에 맞춰 자신의 능력을 확장하는 일을 유사 종교처럼 믿고 어떤 허무나 회의에도 빠지지 않을 수 있었다던 이 일중독자의 모습은, 다름 아닌 후기 근대사회의 인간에 대한 초상이자 그 병리학이라고 볼 수 있다. 재독 학자 한병철은 《피로사회》에서 과거의 부정성과 규범이 아닌, 긍정성과 능력 맹신의 시대정신에 따른 인간의 병리학을 '우울증'과 '소진증후군'으로 설명한 바 있다. 외부의 명령이나 규율이 아니라 자기 책임과 자기 주도로 성과주의에 매달린 후기 근대사회의 인간들, 즉 스스로 자신의 노동력을 착취하는 성과 주체는 어느 순간 우울증과 피로에 맞닥뜨리게 되는데, 이는 더 이상 '가능하지 않음'에 대한 고백이자 탈진한 영혼의 표현이라는 것이다. 〈802호 모기〉의 '남자'의 전신마비는 이러한 성과 사회의 역설적 자유의 병리적 표출이다.

"남자는 뭔가를 기다리며 수동적으로 살지 않았고 자기변명을 하지 않았으며 언제나 현실에 집중했다. / 남자는 신이 존재하길 바랐다. 의지하기 위해서가 아니라 싸우기 위해서였다. 그 순간 그의 생각을 읽고 그의 말을 들어줄 수 있는 존재, 그가 싸울 수 있는 상대는 신밖에 없었다. 신이 존재한다면 그는 지금이라도 프로메테우스가 될 수 있었다"(61쪽)라는 남자의 고백은 그의 노동이 진정한 의미의 자발성에 의한 것이 아니라 무언가에 대한 반동에 불과했음을 보여준다. 신이 있다면 기꺼이 거기에 대항하는 프로메테우스가 되겠다고 하는 남자의 언명은, 워커홀릭이 사실 프로메테우스의 자유에 대한 도전이 아니라, 타율적이고 기계적인 프로메테우스적 자동 반복이자 자기 착취였음을 드러내는 것이다.

카프카의 그레고리 잠자는 벌레로 변신하기 전 가족 부양과 여동생의 장래를 위해 샐러리맨의 번잡한 활동성에 몸을 맡긴 채 살아온 존재다. 그러나 거대한 벌레로 변하자 일체의 맹목적인 활동성이 중단되고, 돈벌이의 기능성을 상실하자 그는 일체의 사회적 관계에서 소외될 뿐 아니라 가족에게도 외면당한다. 〈802호 모기〉의 남자는 전신마비 상태에 빠지고 나서야, 캐나다의 아내와 아이 그리고 인터넷 택배업체 이외에 자신의 거주지를 알고 있는 자가 없음을 깨닫는다. 금요일의 회사는 과로 뒤 그의 결근을 대수롭지 않게 생각할 것이며 부모나 친구, 캐나다의 가족, 택배 회사 직원 중 누구도 그가 목숨을 잃기까지 그의 부재와 사고를 심각하게 염려할 이는 없다. 과도한 활동성과 노동의 연속이었던 과거, 그 시간 속에 그는 진정 얼굴을 가진 하나의 존재가 아니라 단순한 시스템의 익명적 존재에 불과했음을, '멈춤'을 통해 비로소 인식한다. 생산과 증식이라는 자본주의 시스템 속에서 '무위와 중지'는 존재의 무화(無化)를 의미한다는 저 무시무시한 변신 모티프는, 〈802호 모기〉에서 한층 강화되어 변주되고 있다.

802호의 전신마비 남자는 자신의 주변을 맴도는 모기조차 쫓을 수 없는 거대한 무력감과 허무 앞에서 과거에 자신이 당장의 성취를 위해 미래로 유예했던 여행과 여가 그리고 다른 삶의 가능성을 생각한다. 그것은 미래를 위한 행복의 유예가 아니라 '감정과 욕망에 충실한 어떤 생'에 대한 상상이다. 그렇게 해서 '쩜과 빡' 커플은 '남자'와는 완연히 다른 삶을 사는 802호의 거주자로 등장한다. 폭주족 혹은 그와 유사한 불량 패거리에 휩쓸려 다니는 십대 후반의 여자아이 '쩜(송현아)'은 아동 양육 시설에서 성장한 '빡'이라는 남자아이와 사랑에 빠진다. 진정한 삶이란 자신의 욕망과 감정에 충실한 것이라 믿고 있는 이 커플은 패거리의 규율과 보복에 맞서 사랑을 이루고 동거에 들어간다. '쩜'이 불우한 배경을 지닌 '빡'에게 매료된 것은 기존 여자친구를 버린 그의 감정적 솔직함 때문이기도 하지만, 한편 그가 비슷한 부류의 남자들과 달리 '캐나다 이민'이라는 미래를 꿈꾸고 있기 때문이다. '빡'은 캐나다 이민 점수를 높이기 위해 대학 진학을 준비하고 '쩜'은 그를 돕기 위해 룸살롱에 나가지만, 그들의 꿈은 한없이 보류되고 만다. 거듭된 실패와 유보로 '빡'은 방향을 잃고 패거리와 함께 나이트클럽 일을 하게 되고, 결국 그들은 화류계의 습성을 따라 방탕한 생활을 이어간다. 목표를 잃은 '쩜'과 '빡'은 매일 반복되는 탕진의 나날을 보내고, 급기야 다른 이성과 관계를 가지면서 점차 타락해간다. 그리고 서로에게 상처를 주면서 폭력과 절망에 물들어간다. 어느덧 '죽음'만이 지긋지긋한 현재를 중단할 수 있는 유일한 방법이라고 생각한 '쩜'은 자살을 시도한다. 현재의 감정과 욕망에 충실한 것이 진정한 삶이라고 여겼던 '쩜'은 어느덧 전신마비 남자와 정반대의 깨달음에 이른 것이다.

여자아이는 이제 왜 남자와 여자가 결혼을 하고 아이를 낳는지 이해했다. 사람들에게는 끊임없이 다음 단계, 다음 목표가 필요하다. 어디든 더 좋은 곳으로 나아가고 있다는 느낌, 큰 틀에서 상황이 더 나아질 거라는 믿음이 필요하다. 그런데 그들의 사랑에는 다음 단계라는 것이 없었다. (77쪽)

'쩜'에 대한 '빡'의 손찌검은 사실 "나한테는 미래가 없어"(77쪽)라는 분노와 절망의 표출이다. 박쥐나 쥐 등의 수인족(獸人族)은 아닐지라도 이들 커플이 보여주는 괴물성은 '다른 미래'가 차단된 데에서 비롯된 것이다.

그렇다면 미래를 위해 끊임없이 목표를 정하고 살아가는 미래주의 혹은 성과 주체나, 현재의 감정과 욕망에 충실하면서 삶을 즐기는 향락적 주체나 삶의 온전성, 행복과 무관하기는 매한가지란 말인가? 거대한 생산 시스템에 끼인 부품으로 소모되거나 시스템에서 벗어나 단자화된 존재로 마모되는 것 이외에 어떤 삶의 가능성도 없다는 것인가? 어쩌면 작가는 그렇다고 고개를 끄덕일지도 모른다. 왜냐하면 이 연작소설 전편에 드리워진 디스토피아적 암울함에는 허무주의적 페이소스가 스며 있기 때문이다. 작가는 화려한 도시적 삶의 이면과 루저들의 형상에서 '비인(非人)'됨을 읽어낼 뿐 좀처럼 긍정의 비전과 가치를 이야기하지 않는다.

인간적 가치와 철저하게 단절된
자본주의 괴수들의 편린

'휴먼'이라는 존엄성, 삶의 참된 가치와 이념에 대해 괄호 치기, 이것이 이 연작소설에 등장하는 반인반수의 두 번째 특징이다. 이를테면 〈805호 돈다발로 때려라〉의 채무자와 재벌 2세들, 〈807호 피 흘리는 고양이 눈〉의 고양이의 전쟁, 〈808호 쥐들의 지하 왕국〉에 등장하는 쥐 인간들의 행동은 본능에 충실한 맹목적인 동물의 그것과 하등 다를 바가 없다.

〈805호 돈다발로 때려라〉에 병치된 두 가지 스토리, 즉 가진 자와 못 가진 자의 이야기는 존엄성과 윤리 등의 인간적 가치와 철저하게 단절된 자본주의 괴수들의 편린을 드러낸다. 미국에서 귀국한 재벌 2세 '정민'은 탐욕스러운 사촌들의 기를 죽이기 위해 신종 게임을 제안한다. 돈다발로 사람을 돌아가며 때리는데, 그 희생자가 중지를 요청할 때까지 때린 마지막 사람이 승자가 되며, 그 돈다발은 참가한 희생자에게 주는 것이다. 미국에서 유행하는 게임이란 말에 혹한 사촌들은 게임 장소인 뤼미에르 빌딩 805호에 모이고, 1억 원이 넘는 사채 빚을 지고 있는 채무자 '정민'은 이들 게임의 희생양으로 참가하게 된다. 눈이 찢어지고 얼굴이 붓고 피가 흘러도 채무자 정민과 그의 아내는 묵묵히 그 매를 견뎌내고 결국 1억 3941만 원을 벌게 되는데, 빚을 제하고 그들에게 남은 돈은 겨우 235만 원. 희생자 정민은 "매를 맞는 것도 일종의 노동"(166쪽)이며, 직장 업무 또한 매품과 다를 바 없다고 애써 자신을 위로하지만, 이 게임의 의미를 충분히 알고 있다. 재벌 2세들에게 살아 있는 오락 기계가 되는 것, 그것은 물리적 시간과 육체적 고통의 크기를 초월하는 어떤 것을 뜻한다. 아내와 자식을 관중으로 참가시킨다는 점에서 그 매품 행위의 잔혹성은 강렬해지는데, 그 잔혹성의 핵심은 육체적 아픔을 초월한 인간적인 수치심과 모욕에 닿아 있다. 이들이 실제 게임에서 거래한 것은 절대 사고팔 수 없는 인간의 존엄성이자 인간과 동물의 임계점이었던 것이다. 이 게임에 참가한 재벌 2세들이나 채무자모두 그 임계점을 넘어 동물의 세계로 추락하고 말았다.

가치와 존엄성과는 무관한 동물의 왕국, 이 맹목적인 삶의 진상은 동물과 반인반수 세계에서 더욱 직접적으로 그려진다. 807호의 '마티'는 급성 출혈성 고양이 결막염을 앓고 있는 러시안블루 수컷인데, 여주인에게 버림받고 뤼미에르 빌딩 주변을 배회하다가 길고양이의 세계에 편입된다. 창현교회파, 현영빌라 지하실파 그리고 노인문화센터 공터의 무리로 나뉜 길고양이의 세력권에서 천부적 싸움꾼 기질을 지닌마티는 현영빌라파의 두목에게 싸움꾼으로 길러지고 결국이 길고양이들의 영역 전쟁에 휘말리면서 점차 정글의 법칙을 배워간다. 808호의 '나'는 다른 쥐 형제들과 함께 폐지하도, 배관 시설, 지하 공동구와 지상을 오가는 반인반서(半人半鼠)의 존재다. 이들 쥐 인간은 "어둡고 축축하며, 인간의 존엄성을 전혀 존중하지 않고, 고문과 생체 실험, 근친상간이 빈

번히 일어나 온갖 유전 정보가 신성모독적으로 변형되고 뒤섞이는 공간"(267쪽)에서 소매치기를 비롯한 온갖 범죄를 저지르며 생계를 꾸린다. 인간의 모습에 가장 가까운 여동생조차 불량소년들과 포르노 동영상이나 찍는 비인의 존재로 그려진다. 이들 돌연변이의 괴물성과 생태학에서 인간적인 알레고리를 읽어낼 수도 있을 것이다. 예컨대 "왜 우리는 쥐의 자식인가"(283쪽)라는 여동생의 탄식, "우리는 주민등록번호도, 호적도, 졸업장도 없"(288쪽)다는 주인공의 한탄에서 상류층과 하층민의 절대적인 계급 차이에 대한 절망을, 길고양이들의 세력 다툼에서 인간 사회의 정글 논리를 적극적으로 읽어낼 수도 있다. 그리고 이 독법은 앞서 뤼미에르 빌딩 주변의 존재들을 '수인족'으로 호명하고 있는 작가의 의도를 좀 더 적극적으로 의미화하는 방식일 수 있다.

환상성을 통한
비합리적 · 비가시적인 세계를 강조

그러나 앞서 언급한 바대로, 이 반인반수의 서사는 이러한 알레고리와 의미화에 저항하며 일탈하는 독자적인 '환상성'을 지니고 있다. 이 독립적인 환상성은 〈803호 명견 패스〉 〈804

호 마법매미〉〈810호 되살아나는 섬〉 등에서 엿볼 수 있는데, 이를테면 803호의 청각장애인 '재홍'은 다음 날 날씨를 예측하거나 시간을 맞출 수 있으며 비둘기, 개와 교감하기도 한다. 804호의 '작가'는 타인에게 재앙을 불러올 수 있으며, 밤섬 굿의 당주들인 새홀리기, 마리아, 810호의 현수는 노래를 통해 자연과 사물의 질서를 바꿀 수 있다. 물론 이러한 기이한 초자연적인 능력과 환상의 세계는 〈804호 마법매미〉에서 암시하듯, 비가시적 세계를 보여주는 장치일 수 있다. 〈803호 명견 패스〉에서 왜소증 환자인 여주인공이 정상인은 보지 못하는 1.3미터 높이에서 사람들의 허리와 궁둥이 그리고 노숙인의 세계를 발견하듯, 작가는 이들의 환상성을 통해 비합리적이고 비가시적인 세계의 현존을 강조하고 있다고 볼 수 있다. 중요한 것은, 이 판타지가 유희 충동의 소산이 아니라면, 일종의 허무주의의 소산일 수 있다는 점이다. 〈804호 마법매미〉에는 저주스러운 궁합 탓에 결국 죽음에 이른 커플이 등장한다. 주인공 '나연'은 이들의 운명 앞에서 "인간적인 스케일을 뛰어넘는 숫자를 헤아리다 맛본 무력감"(123쪽)을 느끼며 다음과 같이 고백한다.

어머니의 말이 맞다면 교통사고는 전부터 예정된 운명인바, 두 남녀의 사랑은 사주팔자 앞에 덧없는 것이 되어버린다.

어머니의 말이 틀리다면 교통사고는 완전히 무작위로, 아무 맥락 없이 발생한 사건이며, 그런 독립적인 확률 앞에 두 남녀가 서로 얼마나 아끼고 위하는가 하는 문제는 무의미한 배경이다. 그런 잔인한 양자택일 앞에서 우리가 할 수 있는 일은 아마 히스테리를 부리는 것뿐이리라. (123~124쪽)

위 인용문에서 작가는 운명(필연)과 우연이라는 두 극단에 끼인 인간의 절망을 '히스테리'로 묘사하고 있다. 필연이든 우연이든 그것이 인간 이성에 따라 합리적으로 설명하고 통제할 수 없다면, 인간의 의지와 행동은 무의미할 수밖에 없다는 도저한 허무주의. 〈804호 마법매미〉의 요절 작가는 한 인터뷰에서 "인생과 세계에는 별 대수로운 의미가 없으며, 그 사실을 알아도 죽지 않고 살 수 있다는 것이었다. 극단적인 허무주의와 쾌락지상주의에 동시에 빠지면서도 자기혐오 없이 균형 있는 삶을 누릴 수 있다"(121~122쪽)라고 언급한다. 이 작가의 허무주의는 일면, 실제 작가 장강명의 것이기도 하다. 자살하는 젊은 세대들을 그린 《표백》 그리고 《뤼미에르 피플》 연작소설의 짙은 어둠에는 허무주의의 편린들이 있다. 그러나 《표백》의 사회 진단이 그렇듯, 이 허무주의에는 세상과 인생의 이치를 '하나'로 해명하려는 조바심과 전체주의적 욕망이 내재해 있다. 스펙터클은 우리에게 세계를 한 손에 거머쥘

수 있게 하지만, 그것은 사실의 디테일과 복잡함이 빠진 허상이기 쉽다. 〈809호 동시성의 과학〉에서 작가는 스티븐 스트로가츠의 《동시성의 과학, 싱크》의 논리에 따라 세상의 불합리와 우연을 좀 더 과학적으로 설명하려고 시도하고 있으나, 그것만이 유일한 이치는 아닐 것이다.

《뤼미에르 피플》 세계는 이렇듯 디스토피아적 암울함이 지배적이지만, 긍정적 가치와 희망의 비전이 전혀 없는 것은 아니다. 〈803호 명견 패스〉에서 "그녀가 내 근처에 살고 있기 때문에 책임감을 느껴"(104쪽)라는 재홍의 이웃에 대한 책임감이나, 종교 대신 "체계는 없더라도 사람 사이의 인정이나 연민 같은 게 오히려 우리를 구원할 수 있지 않을까 해요. (…) 다른 사람을 구원하겠다는 선한 마음과 보편타당한 진리에 대한 믿음 때문에 종교전쟁이 벌어지고 세상이 지옥으로 변하는 게 아닐까. 그러니 너무 멀리 떨어져 있는 아프리카 난민을 위해 고민하지 말자, 가까이에 있는 우리 동네, 신촌에 사는 사람들을 위하며 살자"(359쪽)라는 현수의 이야기는 리처드 로티의 철학을 연상시키는데, 이들의 이 자그마한 통찰은 앞서 보여준 허무주의적 페이소스보다 훨씬 더 구체적인 실감으로 다가온다. 이 같은 맥락에서 보자면 《뤼미에르 피플》의 바탕이 되고 있는 르포적 글쓰기는 이 연작소설이 지닌 가장 중요한 강점이라고 할 수 있다. 사건 기사가 등장하는 대부분의 연작소설에서 우리는 이 픽션이 기대고 있는 사실성을 환기할 수 있는 것이다. 미처 언급하지 못했지만 〈806호 삶어녀 죽이기〉에서 작가는 고급 백수 사건을 통해 인터넷 여론의 생리와 그 실상을 냉정하게 묘파하고 있는데, 이 성취는 기자라는 그의 직업 덕분에 가능했던 '현실 탐사'의 결과일 것이다. 박쥐 인간, 쥐 인간, 장애인을 비롯한 뤼미에르 빌딩의 도시 생태학도 근본적으로는 여기서 비롯된 것일 터, 더 많은 실재와 몸 섞는 문제의식과 다음 문제작들을 기대해본다.

신촌 르메이에르 3차 빌딩에는 한대수 선생님과 부인 옥사나 씨가 살았다. 가끔 엘리베이터에서 두 분을 마주치면 나는 쑥스러워서 층을 가리키는 전광판만 뚫어져라 보았다. 이 오피스텔은 지하철 신촌역에서 250미터쯤 떨어진 대로변에 있는데, 주변 유동 인구가 엄청나서 심지어 방 안에 혼자 있어도 출렁거리는 느낌이 들었다. 사람으로 이뤄진 거대한 강물 위에 콘크리트 배가 둥둥 떠 있고, 그 배 이등실쯤에 들어가 있는 기분이었다.

HJ가 2004년 유학을 떠나 2008년에 돌아왔다. 그래서 2003년 초부터 2008년 초까지 르메이에르 3차 빌딩에 사는 동안 나는 평일에 귀가하면 곧장 잠을 잤고, 주말에는 멍하니 창밖을 보며 맥주를 마시거나 책을 읽거나 웹 서핑을 하거나 아니면 아무것도 안 하면서 시간을 보냈다. 야구 모자 하나

눌러쓰고 바로 옆 건물(아트레온 극장)로 영화도 자주 보러 다녔다. 표를 구하기 쉬운 데다 텅 빈 영화관에 있는 기분이 좋아서 심야 관람을 특히 즐겼다. 한번은 톰 크루즈와 제이미 폭스가 나오는 〈콜래트럴〉을 보러 갔다가 유재석 씨와 박명수 씨를 만나 엘리베이터를 함께 타고 올라간 적도 있다. 그러나 쑥스러워서 그 두 사람을 못 본 체했다. 연세대와 서강대 캠퍼스에도 가끔 가서 놀았다. 서강대에서는 성 이냐시오관으로 올라가는 계단에 앉아 캔맥주를 마셨다.

기자 초년병 시절이어서 거의 매일 자정 가까이에야 집에 들어왔는데, 신촌 거리는 그 시각에도 절대 잠들지 않았다. 건물은 밤에도 사람 강물 위에 둥둥 떠 있었고, 어린 폭주족들이 오토바이를 타고 새벽 신촌로를 달리는 소리는 뱃고동처럼 들렸다. 사실 좀 시끄러워서 그렇지 온갖 편의 시설이 걸어서 3분 거리에 있고, 교통이 편하고, 먹을거리도 싸고 다양해서 혼자 사는 젊은 남자에겐 불편할 게 없는 장소였다. 안정된 수입만 있다면. 한마디로 대한민국 자체였다.

토요일 오후에 침대에 누워도 잠이 오지 않으면 멍하니 이런저런 생각을 했는데, 가장 많이 한 고민은 '간식으로 짜파게티를 끓여 먹을까 말까'였다. '이 건물에 있는 모든 거울이 사실은 하나로 연결돼 있는 거라면 어떻게 될까'라든가 '여기서 자다가 전신마비가 오면 어떻게 될까' 따위의 이상한 공상도

했다. 물론 그렇다고 내가 야생 고양이 떼에 시달리거나 거대한 쥐를 만나거나 다른 입주자의 죽음을 목격한 일은 없다.

이 책에 실린 이야기들은 좀 기괴하긴 해도 내가 르메이에르 3차 빌딩과 그 주변을 사랑한 흔적이다. 삶을 긍정하는 사람은 자기가 사는 동네를 사랑하게 되고, 결국에는 자기 동네에 대한 글을 쓰거나 노래를 짓거나 그림을 그리게 된다. 그역도 성립한다. 나는 청담동도 홍대 앞도 아닌 신촌을 다소 연민의 감정을 품고 사랑했다. 신촌은 마치 "너는 못생겼어"라는 말을 너무 많이 들어서 머리카락으로 얼굴을 반쯤 가리고 다니게 된 여인 같았다. 나는 서툰 솜씨로나마 그 여인에게 진한 스모키 화장을 해주고 검은 드레스를 입혀주고 싶었다.

2008년에 마포구 현석동으로 집을 옮겼다. 이 동네는 극장이 먼 대신 한강이 가깝다. 자전거를 한 대 사서 밤섬 주변을 달린다. 밤섬 얘기는 들을수록 흥미롭다.

이 책에 등장하는 모든 이야기는 픽션이다. 서울시청 청사에서 비둘기를 키운다는 일화 외에 나머지 서울시청이나 서대문구청에 얽힌 이야기는 순전히 상상이다. 소설 속 뤼미에르 빌딩과 현실의 르메이에르 3차 빌딩은 이름이 비슷할 뿐이며, 카리브커피도 아무 관련이 없고, AHFC라는 병은 내가 지어낸 것이다. 샤이니도 극장 TV 드라마를 찍은 일이 없다. 밤섬부군당도 당굿이 서울시 무형문화재기는 하나 그 외의 밤섬 굿에 대한 설명은 모두 소설적 창작이다.

HJ, 부모님, 한겨레출판의 김윤정 팀장님과 이지은 님께 감사드린다. 르메이에르 3차 빌딩에 사시는 분들과 밤섬 원주민들, 연세대와 서강대 관계자분들, 서울시와 서대문구 공무원들, 샤이니 팬들께서 혹시 언짢은 대목이 있더라도 너그러이 이해해주셨으면 좋겠다. 어느 분께도 누를 끼칠 의도는 없었다.

2012년 12월
장강명

개정판 작가의 말

소설가를 두 부류로 나눌 수 있지 않나 합니다. 자기가 만든 캐릭터들을 사랑하는 소설가와 그렇지 않은 소설가. 저는 후자 쪽입니다. 제가 사랑하는 개성이나 정신은 있습니다. 저는 뭔가에 맞서 싸우는 사람들, 속으로 신념을 품고 있는 사람들을 좋아합니다. 그러나 그런 속성이 캐릭터 그 자체는 아니지요. 실은 제가 창조한 캐릭터들을 대부분 출간 뒤에 잊습니다. 이런저런 이유로 기억에 남는 캐릭터도 몇 있기야 있습니다. '이 녀석 때문에 진짜 고생 많이 했다'라든가 '이 녀석은 이런 면이 나랑 참 닮았어' 하는 식으로요. 그 캐릭터들을 사랑해서가 아니라요.

제가 사랑하는 캐릭터는 한 줌인데, 아마 연지혜 형사를 제외한 나머지는 전부 《뤼미에르 피플》에 있는 거 같네요. 박쥐 인간, 반인반서 소년, 고양이 마티, 그리고 이현수 씨. 오랜만에 이들을 만나 반가웠습니다. 적어놓고 보니 이들이 속으로 신념을 품고 있는지, 무엇에 맞서 싸우는지 제가 잘 모르네요. 그게 의미심장한 공통점인지 그저 우연인지 생각 중입니다. 이현수 씨가 나오는 장편소설을 쓰면 알게 될까요. 몇 년째 구상만 하면서 아직 제대로 착수하지 못했습니다. 이번에 컴퓨터 하드디스크 폴더를 찾아보니 뤼미에르 빌딩과 관련한 단편소설도 두 편쯤 쓰다 만 게 있네요. 까맣게 잊고 있었습니다.

오랜만에 만난 박쥐 인간, 반인반서 소년, 고양이 마티, 그리고 이현수 씨는 다들 신촌이 너무 변했다며 어리둥절해했습니다. 그들은 "신촌이 왜 이렇게 깨끗해요? 왜 이렇게 조용해요?" 하고 물었습니다. 저도 머리를 긁적였습니다. 13년 전에 저는 '작가의 말'에서 신촌을 "머리카락으로 얼굴을 반쯤 가리고 다니게 된 여인"에 빗댔군요. 그 여인은 이제 신촌을 아예 떠난 것 같고, 신촌은 표백된 듯하네요. 저는 시끄럽고 더러웠던 2000년대 초반의 신촌에 이야깃거리가 더 많다고 여기기에 소설 속 시공간을 굳이 고치지 않았습니다.

개정판 출간을 제안해주신 한겨레출판에 감사드립니다. 13년 전 '작가의 말'에서 제가 "HJ"라고 적었던 제 아내 김새섬 대표는 지금 악성 뇌종양의 한 종류인 교모세포종으로 투병 중입니다. 알려진 수단을 모두 동원해도 평균 생존 기간이 길지 않다고 하는, 아주 두려운 암입니다. 이 책을 좋게 읽으셨다면, 그리고 종교가 있고 여유도 있으시다면, 기도할 때 '김새섬 그믐 대표가 건강하게 오래 살게 해주십시오'라고 빌어주십시오. 염치없이 부탁드립니다.

감사합니다.

2025년 가을에
장강명

뤼미에르 피플

ⓒ 장강명 2025

초판 1쇄 발행   2012년 12월 17일
초판 3쇄 발행   2018년 8월 13일
개정판 1쇄 인쇄 2025년 9월 25일
개정판 1쇄 발행 2025년 9월 30일

지은이 장강명
펴낸이 유강문
문학팀 박선우 최해경 박지호
마케팅 김한성 조재성 박신영 김애린 오민정 우지윤

펴낸곳 ㈜한겨레엔 www.hanibook.co.kr
등록 2006년 1월 4일 제313-2006-00003호
주소 서울시 마포구 창전로 70 (신수동) 화수목빌딩 5층
전화 02-6383-1602~3 **팩스** 02-6383-1610
대표메일 munhak@hanien.co.kr

ISBN 979-11-7213-318-4 03810